你应该具备的——

文学知识

朱鸿儒　主编

全 国 百 佳 图 书 出 版 单 位

时代出版传媒股份有限公司

安徽人民出版社

图书在版编目（ＣＩＰ）数据

————————————————————————————————

你应该具备的文学知识 / 朱鸿儒主编. —— 合肥：安徽人民出版社，
2012.3

ISBN 978-7-212-04824-2

Ⅰ.①你… Ⅱ.①朱… Ⅲ.①世界文学－通俗读物
Ⅳ.①I1-49

中国版本图书馆 CIP 数据核字(2012)第 043574 号

————————————————————————————————

你 应 该 具 备 的
文 学 知 识

朱鸿儒 主编

————————————————————————————————

出 版 人:胡正义

责任编辑:黄　刚

封面设计:光明工作室

————————————————————————————————

出版发行:时代出版传媒股份有限公司 http:www.press-mart.com
　　　　安徽人民出版社 http:wwwahpeople.com
　　　　合肥市政务区文化新区圣泉路 1118 号出版传媒广场八楼
　　　　邮 编:230071
　　　　营销部电话:0551-3533258　　0551-3533292(传真)
印　　制:合肥瑞丰印务有限公司
　　　　　(如发现质量问题,影响阅读,请与印刷厂联系调换)

————————————————————————————————

开本 :787×1092　1/16　　　印张:14　　　　　字数:230 千字
版次:2012 年 3 月第 1 版　　　2023 年 1 月第 2 次印刷

————————————————————————————————

标准书号:ISBN 978-7-212-04824-2　　　定价:45.00 元

目　录

第一章　　文学基础

第二章　诗　词

你应该具备的

第三章　小　说

第四章　文　学　家

第五章　　文学名著

第六章　文学趣谈

目 录

你应该具备的

第七章 文学与语言

第一章　文学基础

"文学"溯源

"文学"一词,最早见于《论语·先进》:"文学子游、子夏。"据宋《论语疏》的解释,这里的"文学"是"文学博学"的意思,即泛指一般的文化学术。具体地说,先秦时代的所谓"文学",包括文、史、哲、经、教等各个方面的著作,其中只有少数是文学作品。当时已有"诗"的概念,但这个"诗"是专有名词,专指"诗三页"(后来被汉儒奉为经典,称《诗经》)。《论语》中还出现了"文"、"文章"的概念,含"文学"相类。

但近代所使用的"文学"一词,鲁迅认为是从日本输入的。他在《且介亭杂文·门外文谈》中说:"用那么艰难的文字写出来的古语摘要,我们先前也叫'文',现在新派一点的叫'文学',这不是从'文学子游子夏'上割下来的,是从日本输入的。"

查"文学"一词,在日本最早见于明治初年育英舍(私塾)的讲义《百学连环》,开始译成中文为"文章学",以后简化为"文学"。也有学者认为,日本所使用的"文学"一词是从中国古典文学语言中提炼出来的,以后才又传入中国,沿用至今。

"作家"含义

作家,现在专指从事文学创作的人。这个词古已有之,不过含义却不同。其最初的含义是"治家",几经演化才成为文艺创作者的专称。相传有人给唐朝宰相王玙送稿费去,却误敲了诗人王维家的门,王维问清了来由,就指点给他看:"大作家在那边。"这里,"作家"的用法似乎跟现在差不多,其实是"专家、高手"的意义,加上"大"字,讥讽这位宰相的意味更强了。北宋秦观所写的词,被称为"作家歌",那是指他的词不仅语言好,而且合乎音律,上口好唱,当时一些著名的歌唱者都喜欢唱他的词。这里"作家"与"内行"是同义词。又如明朝小说《封神演义》:"二将大战,正是棋逢对手,将遇作家。"这里,"作家"与"高手"是同义词。

古代的作家协会

宋元时代有一种编写剧本的团体组织,叫做"书会"。书会向剧团提供剧本,使新戏能不断上演。当时,温州有九山书会、永嘉书会,杭州有古杭书会,苏州有敬先书会。书会中的剧作家称为"才人",他们大多是不得志的下层知识分子,除写戏以外另有职业。如做《荆钗记》的柯丹丘是名学究,改编《拜月亭》的施惠是医生;还有像花李郎、红字李二,则是演员。只有做《琵琶记》的高则诚,中过进士,做过官,要数他地位最高。书会中人除了编写剧本外,也写说唱,写小说(话本),所以这种团体组织,可说是古代的作家协会。

中国神话对后世文学的影响

中国的神话,产生于原始社会,是人们的口头创作。它以幻想的形式,经过不自觉的艺术加工,来反映自然界和社会生活。我国神话在长期流传的过程中不断丰富完善,被整理记录在先秦及秦汉人的著作中。和希腊神话一样,它的许多内容几乎家喻户晓。像女娲补天、大禹治水、后羿射日嫦娥奔月、精卫填海等,都以其永久的魅力,产生了深远的影响。

我国文学史上著名的诗人,如屈原、曹植、陶渊明、李白等,他们那种愤世嫉俗、追求理想、渴望光明的可贵精神,无不受到神话的熏陶和滋养。东晋大诗人陶渊明就在诗歌里赞扬夸父、精卫,提到了神话中的丹木、三青树,他写道:"精卫衔微木,将以填沧海,刑天舞干戚,猛志固常在。"以神话中的英雄人物自励。他们不仅直接摄取神话为自己的创作素材,而且,从刻画人物、表现手法上亦有所继承。屈原的《离骚》就是用幻想的形式、浪漫的手法来反映现实生活和理想;而屈原又根据"天地山川神灵"及"古贤圣怪物行事",创作了《天问》;而《九歌》中的《东君》、《河伯》、《山鬼》等,都是具有神话色彩的优美诗歌。

明朝胡应麟说:"《山海经》是古今语怪之祖。"这说明了神话对志怪小说的影响。从魏晋志怪、唐朝传奇,一直到明清神魔小说的出现,都可以看到这种影响和继承关系。魏晋六朝时的《博物志》、《述异记》等，都记述了精卫等神话故事。而西王母的形象，则从《山海经》中的"其状如人"，"豹尾虎齿而善啸"，到《汉武帝内传》里，成了"容颜绝世"的佳丽夫人，可以看到神话人物在小说中的演变过程。

神话和戏剧有着密切关系，汉朝的"角抵戏"、晋朝的"蚩尤戏"，大多是以神话为题材的表演。一直到今天，以神话为内容的戏剧、舞蹈，仍然活跃在文艺舞台上，起着教育人民的作用。

中国文学中的神统

各国都有神统(神的系统)。希腊、罗马和印度的神统流传于世界，知道的人较多。中国的神统有自己的特点，比其他国更为复杂多变。自《楚辞·天问》、《山海经》以下，历代增补，流传民间，为文学艺术的一个重要支流。较全的神统当然是《西游记》、《封神演义》，而独立发展的是吴承恩的《西游记》。这些书都出于明朝。明朝神、人两大系统互相辉映。特别是神在明朝已成体系了。如果考察这两部小说，以艺术论，《西游记》远胜《封神演义》。但说到内涵，两者难分高下。《西游记》的神话很清楚，是两大独立系统：一个是玉帝体系，一个是如来体系。中间夹着一个孙猴子，自称齐天大圣。结果是双方合力抓他，给以重重磨难，终于皈依一方，成了"斗战胜佛"。《封神演义》的神不这么清楚。封神的执行者是活人姜子牙。外国的神都以不死为特点，中国的神统中却是神仙长生但可以死，死后便下凡为人，人死了可以成神，甚至活着可以兼职为神(魏征斩老龙)。神、人界限不严。

最值得注意的是史、神、人的相混或一致。神降为人、人尊为神，史书是小说、小说成史书，中国小说史和戏曲不都是这样吗?

什么是民间文学

民间文学是人民群众的口头集体创作。它的形式很丰富，从世界上最长的长诗到最短的谚语，大致可分为三大类：

一、散文作品—民间故事，包括神话、传说、生活故事、童话、笑话、寓言等等。

二、韵文作品—民间歌谣、民间长诗（又分叙事长诗与抒情长诗）、谜语、谚语等等。

三、民间曲艺和民间小戏—这是带有职业性的民间文学。曲艺中又包括：评书、相声、快板、快书、鼓词、弹词、渔鼓道情、琴书、牌子曲、时调小曲、走唱等等。

民间文学是最古老的文学。当文字还没有产生时，人类便早已有了口头创作—民间文学。这种口头文学代代相传，不仅真实地反映了社会历史的面貌，而且是人民群众表现思想感情的重要形式。直接的人民性，这是民间文学内容上的主要特点。民间文学同一般作家创作不同，它不仅有文学价值，而且还有科学价值和实用价值。它常常直接为生产劳动和人民生活服务，成为人们不可缺少的斗争工具和良师益友。如劳动号子、谚语、史诗、寓言等。

民间文学虽是不识字的群众所创造，但它在创作和流传过程中集中了群众智慧，因此不少优秀作品达到了很高的艺术水平。《孟姜女》、《梁山伯与祝英台》、《白蛇传》、《牛郎织女》等传说故事与戏曲，乃至被马克思认为后代"不可企及"的典范之作——希腊神话与荷马史诗，都是千百年来深受人民喜爱的代表作品，具有不朽的艺术魅力。

民间文学是作家创作的导师。我国历史上最重要的文学形式如四言诗、五言诗、七言诗、词、曲乃至小说、戏剧等等，几乎都来自民间文学。中外最伟大的作家都受过民间文学的哺育。历代的文学高潮都与学习民间文学有深刻的渊源。

《史记》的民间文学色彩

在《史记》中，处处闪耀着民间文学的光辉。《史记》的民间文学色彩，同作者的生活经历是分不开的。司马迁著《史记》前曾游历全国，在旅行中也曾采集传说俚语。《史记》中的许多故事，都是直接取材于民间传说，如《魏公子列传》，就是作者"过大梁三墟"，听"墟中人语"的记录整理；《淮阴侯列传》中韩信受食漂母、胯下之辱等故事，是作者过韩信家乡时直接听人讲的。

《史记》在吸收和运用歌谣俗谚方面,也是十分成功的。如《李将军列传》中的"桃李不言,下自成蹊";《魏世家》中的"家贫思良妻,国乱思良将";《留侯世家》中的"忠言逆耳利于行,良药苦口利于病"等,至今都是脍炙人口的名句。据粗略统计,仅《本纪》、《世家》、《列传》三个部分,就引录了谣谚80多条。

什么是说唱文学

说唱文学,又名曲艺。它是以文学为主,包含表演、音乐的民间艺术形式。它历史悠久,流传广泛,有强烈的人民性和浓厚的民族色彩,是民间文学的一个重要组成部分。从文学史上来看,说唱文学曾经极大地影响了作家的创作。

说唱文学与其他文学样式不尽相同,它除了供读者阅书欣赏外,更主要的是供演员表演,是演出的"底本"。所以它还包含音乐和表演两个因素。说唱文学的表演与戏剧不同。说唱文学是一种"叙述体",而戏剧是"代言体"。戏剧里要求"一人一角",而说唱演员可以"装文扮武我自己,一人能演一台戏"。不过说唱的表演是叙述中的模拟,动作不要求过多过杂,以"写意"为主,只需"点到而已"。在这三种因素中,文学是主要的。演唱者有"人保活,活保人"的说法,"活"即是指"底本",所以写成的作品就称作说唱文学了。

说唱文学在文学史上曾列入"俗文学"或"讲唱文学",得到过一些专家学者的重视,如鲁迅、老舍、郑振铎、田汉、阿英、赵树理、罗常培、吴晓玲、钟敬文等都曾为它倾注过心血。

早期的儿童文学

中国儿童文学,古已有之,但较为零散且多被历史湮没,有待发掘、辑佚。近代有据可查考的,多集中出现于晚清。

当时,创作较多的是儿童诗歌。梁启超于1902年发表《爱国歌》四章,不久又写了《黄帝歌》四章。同时期,诗人黄遵宪发表了《出军歌》四章、《幼稚园上学歌》以及《小学校学生相和歌》十九章等。杨哲子、张敬夫、刘公、自由斋主人等也都有儿童诗作问世,此时专为儿童改写的寓言亦不鲜见。这以外其他体裁的创作较少,但并非空白,1904—1905 年间遯庐发表的《童子军传奇》,就是颇有进步意义的儿童剧。晚清的儿童小说、童话,虽多为林杼、周桂笙、梁启超、天笑、鲁迅、周作人等翻译家、作家的译作,但其中也有为躲避清廷检查而托言译著,实则以自家创作为主的作品。署名为"中国轩辕正裔"的长篇小说《瓜分惨祸预言记》即是一例。

晚清儿童文学是我国儿童文学的幼年阶段,但它为日后儿童文学成为文学领域中的独立门类奠定了基础和提供了条件。

赋是什么文体

《诗经》六义有"风、雅、颂、赋、比、兴",这里的"赋"是一种写作手法,即"直言赋陈"的意思。"赋"通常是指赋体文章,可说是一种押韵的散文。这种散文体萌芽于战国,成熟于汉朝,并占据当时文坛霸主的地位,故汉赋与唐诗、宋词、元曲并称。

东汉班固在著名的《两都赋序》中写了这么一段话:"赋者,古诗之流也。"战国时期的楚国辞赋家宋玉,从屈原创造的骚体诗变化出赋的体裁,创作了《风赋》和《神女赋》等作品。宋玉的赋作明显地继承骚体诗的风格,而又使之向散文体方面迈进一步。宋赋对后世文学产生了很大的影响。战国时荀况的《赋篇》则是散文体的作品,是文学史上最早的赋作。

汉赋是汉朝赋体文学的主流,其内容都是描写帝王的宫殿、苑林、游猎、饮宴等宫廷生活,基本的手法是铺陈夸张,是典型的宫廷文学。汉赋不同于楚辞,它不是抒情而是描写叙事,因此它对描写手段和散文的发展是有贡献的,但由于其内容狭窄,缺少真情实感,又喜欢堆砌,形式呆板,所以尽管统治了汉朝文坛 400 余年,其实价值并不高。

汉以后赋产生了两个发展倾向:一是向骈文方向发展,二是进一步散文化。南北朝时,骈俪之风日盛,古赋变为骈赋(俳赋)。唐宋时,骈俪又变为律赋,徒趋形式,而价值日下。在这种情况下,又出现了文赋,突破格律樊笼,成为骈散结合的自由体裁,取得较高成就,像杜牧的《阿房宫赋》、苏轼的《赤壁赋》等,就与普通的文学散文差别不大了。

第一章 文学基础

"七体"文章

"七体"作为一种文体,起源很早,在《楚辞·七谏》中已见端倪。其后,西汉的枚乘著文,假借吴客说七件事,从而启发楚王的太子,因此题作《七发》。从此,后代文人纷纷仿效其体,例如傅毅作《七激》、张衡作《七辩》、曹植《七启》、王粲作《七释》、张协作《七命》、左思作《七讽》,而唐朝史学家编纂的《隋书·经籍志》中所录《七林》十卷,很可能就是专收"七体"的文集。七体文章以讽刺、规劝为目的,以主客问答为形式,特点为赋,唐宋古文运动时逐渐衰落下来。

什么是骈文

骈文作为一种文体,起源于秦、汉,形成在魏、晋,兴盛在南北朝。骈文在六朝时被叫做"今体"(相对先秦散体古文而言),或叫做"丽辞"(亦作"俪辞",即对偶的文辞)。直到中唐,柳宗元在他的《乞巧文》中才开始把这种文体称作"骈四俪六",简称骈文。

骈是两马并驾一车的意思。骈文全篇以双句(即俪句、偶句)为主,讲究对仗和声律,崇尚夸饰和用典。因为它能根据汉语文字的特点组成整齐美观的偶句式,词藻华美,色彩鲜丽,亦注重声韵的和谐,再加上多用典故,使文章不那么直露,所以这种文体对我国文学的发展曾经起过一定的积极作用。

骈文发展到南北朝,在形式、技巧上更加精密。不但要求把对偶句分类归纳为言对、事对、正对、反对等类型;而且随着"四声八病"说的提出,在声律上要求平仄配合,并且在文句的字数上也渐渐趋向于"骈四俪六"。起先,大都是由四四相对和六六相对的形式组织成篇,如:"勇冠三军,才为世出;弃燕雀之小志,慕鸿鹄以高翔。"(丘迟:《与陈伯之书》)进而发展到四字六字相间的形成,如"前园后圃,从容丘壑之情;左琴右书,萧散烟霞之外"。世称之为四六文。

骈文在形式技巧上下工夫很多。其致命弱点是不重思想内容,发展到后来,流弊越来越大。隋朝的李谔批评骈文是:"连篇累牍,不出月露之形;

积案盈箱,唯是风云之状。""竟一韵之奇,争一字之巧。"(李谔《上隋文帝书》)这样,骈文日益走入了形式主义、唯美主义的死胡同,造成了文风的萎靡和形式的僵化。任何文体,当堕入形式主义的泥坑时就失去了生命力,从而成为文学发展道路上的障碍。于是,唐朝韩愈、柳宗元等人针对骈文弊病发起了古文运动。

寓言及其特点

寓言是一种带有劝喻和讽刺性的文学体裁。它的特点是:结构简单,篇幅短小,情节单纯有趣。寓言作品中的主人公可以是人,也可以是有生物或无生物。

寓言在我国历史悠久。早在春秋战国时期,诸子百家的许多著作中,就有大量的寓言,至今还广为流传,产生了很好的作用。例如《孟子》里"揠苗助长"的故事,便深刻地讽刺了那些只从主观愿望出发,不按客观规律办事的主观主义者;《庄子》里"井底之蛙"的故事,讽刺了那些鼠目寸光并沾沾自喜的人;《淮南子》里"掩耳盗铃"的故事,嘲笑了那些利令智昏、自欺欺人的愚蠢行为。

童话漫谈

童话,是以丰富的想象、幻想和夸张来塑造形象,反映生活,对儿童进行思想道德教育的一种文学形式。列宁说:"儿童的本性是爱听美妙的童话的。"

童话起初产生于民间。人民群众在自己的社会实践中创作了许多丰富、优美的民间童话,这些童话又多反映社会劳动人民迫切要求摆脱压迫剥削、追求自由幸福的愿望,如《田螺姑娘》、《神笔马良》等童话都是这样的。

童话充满幻想的成分,这是童话的主要特征。但它的幻想又不是空想,而是在现实的基础上产生的,再从幻想的情景中反映现实。优秀的童话作品,总是把幻想与现实巧妙而密切地融合在一起,营造一种如诗似画的艺术境界。

童话的形式与其他文学作品相比较更为广泛，更为自由。童话的形式是多种多样的，除用散文形式写的童话外，还有童话诗和童话剧。如果从创作特点上来看，童话大致可以分为四类。

　　第一类拟人化的童话，就是把动物、植物乃至世界上一切没有生命的东西，赋予人的生命，用拟人的语言和行动，使之成为童话中的人物。例如严文井的《小溪流的歌》，叶圣陶的《稻草人》。

　　第二类是人物童话，就是以普通人作为主人公的童话。只是这些人物在童话中的行为比现实生活中的人的社会实践有更多的夸张和想象性。如安徒生的《皇帝的新装》。

　　第三类是超人化的童话，即童话中的人物形象属于一些超自然的、幻想的、想象的形象，如神仙鬼怪；把某些概念，如勇敢、幸福、善良、邪恶等加以人格化，像普希金的《渔夫和金鱼的故事》就属于此类。第四类是知识童话，也称为科学童话。它以科学理论和实践为依据，把神奇的世界或者科学发展的未来远景，用童话故事表现出来，引起儿童的兴趣与遐想，如高士其的《我们的土壤妈妈》等等。

杂文解说

　　杂文的概念有广狭之分。广义的，用鲁迅先生的话说，"凡有文章，倘若分类，都有类分归，如果编年，那就只按做成的年月，不管文体，各种都夹在一处，于是成了'杂'"。狭义的，仍用鲁迅先生的话说，叫做"讲小道理，或没道理，而又不是长篇的，才可谓之小品"（按：即杂文）。鲁迅的广义的说法倒是和古时杂文的初义相通的，古时各种文章的总称便是杂文，语出《文心雕龙·杂文》。现在的杂文界说大都从鲁迅狭义说引申开来的，即杂文是散文的一种，是直接而迅速地反映社会事变的文艺性论文。建国以后的杂文继承了战斗杂文的传统，对有害的事物迅速给予讽刺或抨击，对新生的进步的事物给予热情支持和讴歌，成为新型的文艺性政论。杂文的基本特征：首先，杂文是战斗性文体。它是时代的"感应的神经"、"攻守的手足"，是匕首投枪，也是银针和解剖刀。对于敌人和有害于人类进步和社会文明的一切腐朽落后的东西，杂文是锐利的武器，它"立刻给以反击或抗争"、指斥和鞭挞。

其次,杂文是文艺性的政论。就其广泛涉及社会生活的各个方面来说,也可以说杂文是文艺性的社会论文。它是文艺性和议论性文体的杂交品。这是杂文的本质性特征,也是杂文之所以称其为杂文的根本之所在。再次,短小精悍,是杂文的又一特征。因为唯其短小,才能快捷,才能机敏地顺应形势发展的迫切需要,适时而立见成效。

小品是什么

什么是小品?有人说小品就是散文,但也有人说小品只是散文的一个分支;有人说小品即杂文,但也有人认为小品不等于杂文;有人主张小品主要是抒情,但也有人提出小品常常是夹叙夹议。出现这种各执己见的情况,除去历史的原因外,还因各家侧重的角度不同。

小品的特点,首先是它的篇幅短小。当然小文章不等于小品。鲁迅说:"一般的意见,(小品文)第一是在篇幅短。但篇幅短并不是小品文的特征。

一条定律不过数十字,不能说是小品。这该像佛经的小乘似的,先看内容,然后讲篇幅。讲小道理,或没道理,而又不是长篇的,才可谓之小品。"

小品的另一特点是表现手法的灵活运用。无论是状物写景、叙事记人,还是抒情、议论,各种表达方法都可自由地使用。并且常常是综合运用,有的借景抒情,有的夹叙夹议,不拘一格,但都要写得细致而有情味。茅盾的《白杨礼赞》状物写景生动传神,寓意深远,以平凡的白杨树象征伟大的中国人民。

这是对小品在篇幅、内容和表现手法方面的介绍。不过文学的分类很难有绝对的界限,鲁迅也称杂文为小品文。当代的小品,从广义的散文中分出来后,现在又分出很多小支,如时事小品、历史小品、讽刺小品、科学小品等。因其表现和传播的手段不同,除了文学小品外,又有戏剧小品、电视小品等。

诸宫调

诸宫调是宋金元说唱体文学形式之一。它是一种有说有唱而以唱为主的文艺样式,取同一宫调的若干曲牌连成短套,首尾一韵,再用不同宫调的许多短套连成数万言的长篇,杂以说白,以说唱长篇故事。因用琵琶等乐器伴奏,故亦称"启弹词"。诸宫调在北宋时已经出现,根据王灼《碧鸡漫志》和吴自牧的《梦粱录》等记载,知道当时已有创作和表演诸宫调的艺人,其中,董解元的《西厢记诸宫调》又称《弦索西厢》,或《西厢拘弹词》,是今存宋金时期唯一完整而又代表了当时说唱文学水平的作品。诸宫调在故事内容上比唐变文更加丰富,乐曲组织也更为多样,而且初步注意了说白和歌曲的分工,直接影响了戏曲体制的发展。这种文学形式在刻画人物、描写环境、结构布局、曲白结合诸方面,都达到了相当高的水平。它和话本、传奇小说、傀儡戏、"燕乐"等文学样式及歌曲、舞蹈艺术一起,为元杂剧和南戏的产生奠定了坚实的基础。

笔记与文学的关系

历代笔记与文学的关系十分密切。

笔记的第一大类就是人们通常所说的笔记小说。从晋人干宝的《搜神记》、南朝刘义庆的《世说新语》一直到清人蒲松龄的《聊斋志异》、纪晓岚的《阅微草堂笔记》等均属笔记范畴,它们本身就具有很高的文学价值。《世说新语》往往采用略貌取神的手法,只用简单的一两笔就能勾画出人物的精神风貌。《聊斋志异》更是我国文学史上一枝奇葩,它的艺术手法至今仍为文学创作借鉴、吸收。

属于笔记第二大类的,如明人张岱的《陶庵梦忆》一书向来脍炙人口。其中《湖心亭看雪》、《西湖七月半》等小品文,语言清新,气韵生动,是笔记中抒情写景的上乘之作。

历代笔记中的一些内容,甚至可以直接为文学创作吸收,成为文学作品的素材。唐人段成式的著名笔记著作《酉阳杂俎》卷一有这样一个记载:"上(皇帝)夏日尝与亲王棋……上数枰(棋盘)子将输,贵妃放康国猧子(一种犬名)于坐侧。狷乃上局(棋盘),局子乱,上大悦。"

　　笔记的第三大类(考据辩证类)如明末清初顾炎武的《日知录》、清人赵翼的《陔余丛考》。《日知录》考证经史地理,包罗万象;《陔余丛考》论及经义、史学、掌故等,这类笔记的主要内容侧重学术,和文学关系较远,这里不再详述。

　　历代笔记对文学研究、文学欣赏、文学创作都有一定的价值。当然,其中也不可避免地存在着封建糟粕,在阅读时应加以区分。

为什么叫三部曲

　　三部曲最早出现于古希腊,至今已有2500多年的历史。远在公元前5世纪时,被称为古希腊悲剧之父的埃斯库罗斯创作了基督三部曲。如《普罗米修斯》三部曲,由《被缚的普罗米修斯》、《被释放的普罗米修斯》、《带火的普罗米修斯》组成;《俄瑞斯忒斯》三部曲,由《阿伽门农》、《奠酒人》、《报仇神》组成。叫做三部曲,是因为它们的情节互相连贯。后来,随着历史的发展,人们便将内容各自独立而又互相联系的文学作品统统称为三部曲。

　　由于形式完整、故事连贯、风格一致等特点,三部曲一产生,便受到了人们的欢迎。历史上许多中外名作家都利用这种形式,创作了多部脍炙人口的三部曲,而三部曲的范围也随之扩大,不再限于戏剧、小说,甚至连诗歌也出现了三部曲。

中国现代文学的三部曲

　　"三部曲"泛指三部内容各自独立而又相互连贯的文学作品。我国现代文学中有不少三部曲。举例如下:

　　郭沫若的"女神"三部曲:《女神之再生》、《湘累》、《棠棣之花》。

　　郭沫若的"漂流"三部曲:《歧路》、《炼狱》、《十字架》。

　　茅盾的"蚀"三部曲:《幻灭》、《动摇》、《追求》。

　　茅盾的"农村"三部曲:《春蚕》、《秋收》、《残冬》。

　　巴金的"爱情"三部曲:《雾》、《雨》、《电》。

巴金的"激流"三部曲:《家》、《春》、《秋》。

阳翰笙的"地泉"三部曲:《深入》、《转移》、《复兴》。

什么是评点

评点是我国古代一种很重要的文学批评形式。开始出现于南宋,吕祖谦的《古文关键》就是一本评点文章的著作。据史料记载,刘辰翁、方回等也曾评点过唐宋的说部(旧指小说及轶闻之类的著作)和诗集。评点的普遍流行,则是明朝中叶以后的事情。小说评点最早始于余象斗的《水浒志传评林》、《批评三国志传》等,书的每页上方有一栏很短的评语,评点简单,影响不大。影响大的是署名李贽的两个关于《水浒传》的评点本。所谓"评"就是指写在书眉和行间的对小说的人物、语言、景物等的评论。所谓"点",则是指点在原文旁边的点(、)、圈(。),意思是此处属于描写的精彩处。"评"和"点"常常结合运用,即在原文旁边点了之后,在夹批或眉批中说明为什么点这一段,所以通称评点。从评点所使用的颜色上分,还有所谓"朱批"、"墨批"等。这种批评方式的特点是,发表意见比较自由和灵活,批评者可以在全书卷首的序言、总评以及每回总评中发表自己对全书或每一章回的思想艺术特点的见解,也可以对某一叙述、某一事件、某一人物的描写在眉批和行批中,以三言五语发表自己的看法、感想等。

什么是风骨

"风骨"一词,起源于汉魏以来的人物品评。它与风韵、神韵一样,是当时十分流行的一种对人的赞语。如《晋安帝纪》称王羲之"风骨清举",这种品评反映了当时士大夫忘形重神、重视人的精神风貌的社会风气。"风骨"作为文学理论的专门术语,则始自刘勰。《文心雕龙》中有《风骨》篇,对文章的风骨问题作了专门论述。刘勰总结了建安文学"梗概多气"的时代特点,赋予"风骨"以新的含义,将它作为晟高的风格标准。

"风骨"二字的含义,争论较多。黄侃认为"风即文义,骨即文辞",这种说法比较笼统,但基本符合《文心雕龙·风骨》的原意。

"风骨"作为一个完整的概念,就是要求文章"刚健既实,辉光乃新"。无论在思想风貌还是语言艺术方面都具有明朗、遒劲、刚健有力的表现,像鹰疾飞那样"骨劲而气猛",它属于刚性美的范畴,这对于当时文艺作品中普遍存在的形式主义、唯美主义的创作倾向具有特别重要的针砭意义。

刘勰、钟嵘的风骨理论,对后代产生了巨大的影响。唐初陈子昂、李白为反对齐、梁以来的绮靡诗风,提倡"建安风骨",拉开了唐诗革新的序幕,终于横制颓波,为唐诗发展开拓了一条健康的道路。于是"风骨"之说,成为古代文学理论发展史的一块重要的里程碑。

什么是古文运动

古文运动是发生在唐朝中叶的一场提倡散体文,反对统治文坛的骈体文的文学革新运动。"古文",是指用文言所写的散体文;所谓"运动",是后人的说法。当时提供散体文的人数很多,观点基本一致,并形成了相当规模的浪潮,最后终于取得了胜利。所以大家把它称作文学史上发生的一场"运动"。

古文运动的发起者和领导者是韩愈和柳宗元。韩柳在古文运动中明确地提出了一系列思想理论和文学主张。在文章内容上,针对骈文不重内容、空洞无物的弊病,他们提出"文道合一"、"文以明道"。文指形式,道指内容,两者要互相结合,其中又以道为主体,文是阐明道的手段和工具。(尽管这里讲的"道",脱离不了儒家思想体系,但它强调了文学要有思想内容,这是正确的。)要求文章反映现实,"不平则鸣",充满革除时弊的批判精神。在文章形式上,首先提出革新文体,要求突破骈文四六对偶的束缚,句式可长可短,不拘一格,只要"文从字顺",能将内容阐述清楚,表达充分就行;其次要求革新文学语言,"务去陈言",反对因袭前人,要"辞必己出",立足于创新,用自己的语言来写作。除此之外,他们还强调作家的品德修养,指出要想"立言",先得"立行","文以行为本"。真诚的作品只能出自真诚的作家。他们把作家品行高低和作品优劣的关系强调到如此突出的地步,这在中国文学史上可以说是前所未有的。

　　古文运动经过韩柳等人的共同努力,取得了巨大成绩,但在唐朝并没有夺得最后胜利,晚唐五代和宋初文坛上,骈体四六文重新抬头,直到北宋欧阳修等人再次掀起诗文革新运动,才比较彻底地扫除了形式主义骈文的恶劣风气。因此,我们通常将其并称为"唐宋古文运动"。

古代重人不重文的风气

　　不是名人的作品,不为世人所重,一旦经名人推荐,马上驰誉当时,这种重人不重文的风气,在我国古代流传甚广且久。

　　西晋著名文学家左思,出身寒门,未成名时,欲赋三都,大文豪陆机听说后,写信告诉弟弟陆云说:"这里有一贱人欲作《三都赋》,待其写成,可用来盖酒坛子哩。"左思苦写十年,赋成,时人讥鄙,几乎一文不值。左思无奈,以赋谒宰相张华,张嘱请名人作序。左思乃求序于大名士皇甫谧,谧撰序成,以前讥鄙者莫不恭恭敬敬地看待其赋。于是,洛阳人士争相传抄,一时洛阳纸贵。

　　此风至唐更盛。文士在应举前,须把所作诗文写成卷轴,投送朝中显贵,得到他们品评赞赏后,才有可能考中进士。这种风尚,当时号称"行卷"。著名诗人白居易,青年时初入长安,将诗文谒文豪顾况。顾况初见居易,颇轻之,以其名取笑道:"长安居,大不易。"及读居易"离离原上草,一岁一枯荣。野火烧不尽,春风吹又生……"诗时,大为欣赏,连声说:"居易!居易!居易!"从此,居易仕途顺利,名噪一时。

　　古文大家韩愈也是走"行卷"的路子才得以入仕的。《旧唐书·韩愈传》说,愈欲考进士,"投文于公卿间",依赖曾为宰相的郑余庆为之延誉,由是知名当时。

　　五代以后,"行卷"风尚渐衰,但重人不重文的风气仍存。

文学史风格流派录

　　建安风骨　汉末建安时期所出现的比较优秀的诗歌,代表作家有曹氏父子、建安七子等,其内容或反映社会之动乱,或抒发其渴望国家统一之抱负,大抵情辞慷慨,格调刚健遒劲,在思想性和艺术性上均有鲜明特色。后人称这种特色为"建安风骨"。唐陈子昂所说的"汉魏风骨",即指此而言;李白也对"蓬莱文章建安骨"加以称道。

元嘉体:指南朝宋文帝元嘉年间出现的一种诗风。严羽《沧浪诗话》谓:"元嘉体,宋年号,颜(延之)、鲍(照)、谢(灵运)诸公之诗。"

齐梁体:南朝齐、梁时代出现的一种诗风。这类诗歌,多讲求音律对偶,绮丽浮艳,世称齐梁体。

宫体:南朝梁代在宫廷中所形成的一种诗风。作者以梁简文帝为首,大都描绘声色。

徐庾体:南朝梁徐、庾二家父子的诗风、文风。《周书·庾信传》:"时(庾)肩吾为梁太子中庶子,掌管记,东海徐搞为左卫率,搞子陵及信(肩吾子)并为抄撰学士,……文并绮艳,故世号为徐庾体焉。"但庾信作品的风格后来有所转变。

玉台体:以《玉台新咏》为代表的一种诗风。陈徐陵编选《玉台新咏》,其自序说:"撰录艳歌,凡为十卷。"所收诗篇,虽有少数质朴刚健之作,但大多文词绮丽,后遂称此种类型的作品为"玉台体"。

元和体:①指唐诗人元稹、白居易的诗风。《新唐书·元稹传》:"稹尤长于诗,与居易名相埒,天下传讽,号元和体。"据元稹《上令狐相公诗启》,有些人专事模仿他们那些互相唱和的长篇排律和流连光景的短篇,当时也都曰之为元和体。元和是唐宪宗的年号。②指唐朝中、后期出现的模拟元和作家的作品。李肇《唐国史补》卷下:"元和以后,为文笔,则学奇诡于韩愈,学苦涩于樊宗师。歌行则学流荡于张籍。诗章则学矫激于孟郊、学浅切于白居易,学淫靡于元稹。俱名为元和体。"

长庆体:指唐诗人元稹、白居易的诗风。两个人是好友,诗歌风格亦相近。其作品皆于穆宗长庆年间编集,元稹有《元氏长庆集》,白居易有《白氏长庆集》,故有此称。

香奁体:以唐韩偓《香奁集》为代表的一种诗风。该集中诗多绮丽脂粉之语。后遂称此类型的作品为"香奁体",又名"艳体"。

西昆体:北宋初期出现的一种文风,主要表现在诗歌方面。其特点是专从形式上模拟李商隐,追求词藻,堆砌典故。代表者为杨亿、刘筠、钱惟演等人。因他们曾相互唱和,编成《西昆酬唱集》,故得名。欧阳修《六一诗话》曰:"盖自杨、刘唱和,《西昆集》行,后进学者争效之,风雅一变,为之昆体。"

元祐体:指宋哲宗元祐年间苏轼、黄庭坚、陈师道诸人的诗风。严羽《沧浪诗话》称为"元祐体"。

台阁体:明初上层官僚间所形成的一种文风,流行于永乐、成化年间。其特征是形式典雅工丽,内容多为粉饰太平和颂扬统治者功德。代表作家有杨士奇、杨荣、杨溥,时称"三杨"。

韩孟诗派:"韩孟诗派"是以中唐诗人韩愈和孟郊为代表的一个诗歌流派。两个人是挚友,诗歌风格相近,都喜欢琢句雕章。他们着力实践杜甫"语不惊人死不休"的主张,在形式上追求翻空出奇,形成一种奇险怪僻的诗风,具有某些形式主义倾向,但他们的诗对扭转大历以来平庸靡荡的诗风起了一定作用。

田园诗派:"田园诗派"是盛唐另一重要诗歌流派,这派诗人以善于描绘田园生活著称,其代表人物是王维和孟浩然、储光羲、常建。王、孟等人继承并发展了魏晋以来陶渊明、谢灵运等优秀田园山水诗人的传统,艺术上日趋精工,摹景状物更加细腻。他们往往通过对田园景色的描绘,流露出对恬静的田园生活的留恋和对大自然秀丽的风光的热爱,同时也抒发了怀才不遇的苦闷和对黑暗官场的厌恶。王维和孟浩然的诗作体现了田园诗派的最高水平。储光羲作品不多,但成就颇高,以《钓鱼湾》一首最有名;常建以《题破山寺后禅院》最负盛誉,其中"曲径通幽处,禅房花木深"两句,是脍炙人口的佳句。田园诗派虽和边塞诗派并称为唐朝诗歌的两大流派,虽然它的思想价值不及边塞诗派,但因为他们描绘了优美的田园风光,艺术技巧较高,所以得到后人推崇。

南唐词派:"南唐词派"是五代时南唐的一个词派。代表人物有中主李璟、后主李煜和元老冯延巳。南唐君臣终日纵情酒色,不图进取,因此,他们的词都有一种颓靡浮艳的色彩和情调。李璟的作品虽然只流传下四首,却充分体现了这种特点。南唐词人中写词较多的冯延巳,他的作品也不脱香艳之风,但有些词写得清丽多彩、委婉情深。南唐词人中,成就最大的是李煜。他的词前期多写宫廷生活和男女恋情,成就不大。后期由于国破被俘,从君主降为囚徒,使他的词脱去游乐的宫廷气息,充满不幸者的感伤。如最为传诵的《虞美人》："春花秋月何时了,往事知多少?小楼昨夜又东风,故国不堪回首月明中!雕栏玉砌应犹在,只是朱颜改。问君能有几多愁?恰似一江春水向东流。"感情真挚,格调哀婉,比喻绝妙,具有感人的艺术力量,扩展了词表现生活和抒发感情的能力。

唐宋派:"唐宋派"是明朝散文流派之一。以王慎中、唐顺之、归有光、茅坤为首。他们主张作文应学习唐宋文章的法度,但应有自己的特点,对前后七子"文必秦汉"的拟古主张表示不满。

吴江派:"吴江派"是明朝戏曲流派之一,也叫格律派,以吴江人沈璟为代表。他主张戏曲的语言本色,强调戏曲的音律,并以此为品评戏曲价值的唯一标准。他说:"名为乐府,须教合律依腔,宁使时人不鉴赏,无使人挠喉捩嗓。"又说,"宁协律而调不工,读之不成句,而讴之始协,是曲中之工巧"。他的主张在当时曾得到不少人支持,形成势力和影响都很大的吴江派。其重要作家有吕天成、卜世臣、王骥德、叶宪祖等人。吴江派作家在创作实践上,其"命意多主风世",戏曲内容多宣扬封建伦理道德和宿命论思想。较有名的传世之作是沈璟的《义侠记》。吴江派的作家们极力讲究音律,重视戏剧特点,给舞台演出提供了有利条件;他们主张"语言本色",并努力实践,动摇了当时浮华的文风;但他们往往因过分追求音律而忽视了内容,形式主义倾向较严重。

公安派:"公安派"是明后期的文学流派,以袁宏道及其兄宗道、弟中道为首。因三袁是公安(在今湖北)人而得名。他们反对前后七子的拟古风气,主张文学要抒写性灵,企图在一定程度上突破儒家思想对文学的束缚,在当时很有影响。其部分作品抨击时政,表现对道学的不满,但多数篇章局限于抒写闲情逸致。

竟陵派:"竟陵派"是明朝后期的文学流派,以钟惺、谭元春为首。两人都是竟陵(今湖北天门)人,故名。他们反对拟古,要求抒写性灵,其主张和公安派基本相同。但又因公安派的作品有肤浅之弊,企图以幽深孤峭的风格矫之,以致流于艰涩。

苏州派:"苏州派"是明末清初的重要戏曲流派。以李玉为首,包括朱佐朝、邱园、毕魏、张大复等。他们交往密切,常组织带有集体创作性质的写剧活动,又都是苏州人,故名。这些人大多是由明入清,目睹东南地区资本主义萌芽经济和苏州的多次"民变",对现实有较清醒的认识,清入关后,

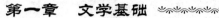

他们拒不参加科举考试,坚持以布衣身份写剧。苏州派的代表作品有李玉的《清忠谱》。他们的剧作大都能联系社会实际,思想性强。艺术上广泛吸取了各种民间艺术的营养,取材质朴自然,生活气息浓厚,又能联系舞台演出,故其剧作不仅是"案头文学",而且是"本色当行"。苏州派作家在积极进行剧本创作的同时,还对一些落后倾向进行了抵制和斗争,在当时剧坛上产生了一定的影响。

复社:"复社"是明末一个全国性文社组织,领导人是张溥、张采。他们集合南北各地文人三千多人大会于虎丘,约于1663年成立复社。复社成员有正义感,崇尚气节,关心人民疾苦,以文社形式进行政治和社会活动,"执政大僚,由此恶之",群众却支持和拥护他们。在明末抗清斗争中,复社成员大多壮烈殉国,或隐退山林,不与清廷合作,表现了崇高的民族气节。复社在文学创作上主张复古,实际上是要使复古为现实服务。复社许多作家,像顾炎武、陈子龙、夏完淳都写了不少慷慨激昂感人至深的爱国诗篇;复社其他成员还写了许多有关时事、政治的文章,产生了强烈社会效果,这类作品以张溥的《五人墓碑记》影响最大。由于复社主张抗清,于顺治九年(1652年)被清政府取缔,但在文学史上像复社这样大规模的文学组织,与政治这样关系密切的社团还很少见,它对后世的影响极为深远。

浙西词派:"浙西词派"是清词流派之一。由浙西词人朱彝尊所开创,重要作家有厉鹗等。其作品多写琐事,记宴游,且有不少无聊的咏物之作。在艺术性方面,则把宋朝词人周邦彦、姜夔的风格、格律和技巧,奉为填词的最高境界。

桐城派:"桐城派"是清散文流派。由康熙时方苞所开创,其后刘大櫆、姚鼐等又进一步加以发展。他们都是安徽桐城人,故名。但后来桐城派的作家,却不都是桐城人。他们主张学习《左传》、《史记》等先秦两汉散文和唐宋古文家韩愈、欧阳修等人的作品,讲究"义法",要求语言"雅洁",以阳刚阴柔分析文章风格,其作品一般内容贫乏,往往流于空洞。但在清朝颇有影响。

阳湖派:"阳湖派"是清朝散文流派,恽敬、张惠言等开创。恽敬为江苏阳湖(今武进)人,后继者亦多同县人,故名。他们的渊源,出于桐城派,但对桐城派古文的清规戒律有所不满;作文取法儒家经典,而又参以诸子百家之书,故文风较为恣肆。

常州词派:"常州词派"是清词流派之一。常州词人张惠言开创,周济又进一步加以发展。他们反对浙西词派提出依据儒家"诗教",尊崇词体,强调寄托,同时又竭力在前人作品中寻求"微言大义",流于穿凿附会。他们的作品,意旨亦较为隐晦,对清末词坛影响颇大。

同光体:"同光体"是活动于清末和辛亥革命后一段时期的一个诗派。代表人物有陈三立、陈衍、沈曾植等。他们的作品,在艺术上一味模仿宋朝的江西诗派,并流露出不满民主革命的情绪。因陈衍在《石遗室诗话》中把同治、光绪以来"诗人不专宗盛唐者"称为"同光体",后遂以此作为这一诗派的名称。

"豪放派"与"婉约派"词作为一种文学形式产生于隋唐,经过五代到宋朝时进入鼎盛时期。

"豪放派"与"婉约派"是后人论宋词的特定概念。"豪放"、"婉约"之说最早见于明朝张綖的《诗余图谱》:"词体大略有二:一体婉约,一体豪放。婉约者欲其辞情酝藉,豪放者欲其气象恢弘。盖亦存乎其人,如秦少游(秦观)之作多是婉约,苏子瞻(苏轼)之作多是豪放。大抵词体以婉约为正。"后人又将这里所说的"体"引申为"派"。

一般来说,"婉约派"的词题材狭窄,多写风花雪月,格律精工,亲切婉丽,纤巧优美;"豪放派"则内容广泛,刚健奔放,追求壮美。"婉约派"往往过于追求形式;"豪放派"的末流也容易声浮气躁,流于粗糙。

应当说明,在古人丰富的词作里,实际上风格是多样的,非"婉约"、"豪放"所能全部囊括。即使是同一作家,也往往"婉约"、"豪放"并存,如苏轼的《江城子》(十年生死两茫茫)和《念奴娇·赤壁怀古》,前者"婉约",后者"豪放"。其实,同一首词也可以"婉约"、"豪放"两种艺术手法并用。因而,所谓"婉约派"与"豪放派",并不是严格意义上的文学流派,也不是对具体作家的单纯鉴定,它只是后人对于词的发展中两种基本倾向、两条发展道路的总的概括。"婉约派"是对传统词风的继承和发展,"豪放派"则是苏、辛对于词的革新。他们对于词的发展都有各自的贡献。

鸳鸯蝴蝶派:鸳鸯蝴蝶派是中国近代历史上绵延较久的一个文学流派。它起源于1908年左右,于辛亥革命后到五四运动前达到了极盛时期。由于许多作品描写"像一对蝴蝶、一对鸳鸯一样"的才子佳人式的爱情故事,因此被称为鸳鸯蝴蝶派。又由于1914年6月周瘦鹃、王钝根创办了存在达10年之久的《礼拜六》杂志,产生了更大的影响,所以又被叫做礼拜六派。

鸳鸯蝴蝶派专门提倡"消闲"和"兴味"的文学观念和创作。他们的作品,多采用章回体和传奇笔记体小说的形式,专门描写艳情哀史、社会黑幕、历史宫闱、武侠侦探等题材,往往在曲折哀婉、空虚荒诞的故事中,给人茶余饭后消遣的满足和庸俗低级的享乐。其中影响较大的作品如徐枕亚的《玉梨魂》《雪鸿泪史》,李定夷的《美人福》等。到了"五四"前夕,许多粗制滥造的作品,或写爱情,几成"嫖界指南";或写官场阴暗,以"惩恶劝善"相标榜,堕落为黑幕文学。这种混杂着封建思想和买办意识的作品,受到了鲁迅、钱玄同、李大钊、周作人等的尖锐批判。

新月派:新月派是一个有较长酝酿过程的政治思想和文学艺术的社团流派。早在1923年,胡适、徐志摩、梁启超、林徽音、王赓、陆小曼等人就在北京组织过一个以"娱乐消遣"为目的的聚餐会和俱乐部。由于他们崇拜泰戈尔,便由泰戈尔的《新月集》而取名新月社。1926年,徐志摩和闻一多等人又在北京创办《晨报副刊·诗镌》《晨报副刊·剧刊》,并组织过中华戏剧改进社。这都可视为新月派的前身。1927年春,胡适、徐志摩、梁实秋等在上海开办新月书店,1928年3月又出版了《新月》月刊,新月派便正式形成。

左联:"左联"是中国左翼作家联盟的简称,是由共产党领导、以鲁迅为旗手的无产阶级革命作家的组织,它成立于1930年3月2日。1936年春,根据抗日救亡形势的需要,为了建立文艺界抗日民族统一战线,自动解散。

"左联"成立的时候,鲁迅、郭沫若、蒋光慈、冯乃超、冯雪峰、田汉、夏衍、阳翰笙、柔石、潘汉年、郁达夫等50余人是它的发起人和参加者;后来"左联"又进一步发展组织,先后又有茅盾、丁玲、胡也频、张天翼、周扬、胡风等数百人加入。五六年间,"左联"的组织由上海发展到北平、天津、南京、广州、武汉,以及日本东京和南洋一带。党领导"左联"的机构是"左联"党团和党中央宣传部文化工作委员会。冯乃超、冯雪峰、阳翰笙、丁玲、周扬等先后负责过领导工作。"左联"和"剧联"、社会科学家联盟及电影、美术等方面的革命团体互相配合,共同战斗。在国际上,"左联"是无产阶级革命作家联盟的一个支部。

荷花淀派:"荷花淀派"是指以孙犁为首的文学流派。早在抗日战争时期,孙犁就发表了以《荷花淀》为代表的一批独具风格的短篇小说。此后,他的另一批短篇小说、两部中篇小说和一部长篇小说,使体现在《荷花淀》中的艺术追求得到长足发展,形成了独特的鲜明的艺术风格,为这一流派的形成打下了基础。20世纪50年代初,孙犁开始主持《天津日报》的《文艺周刊》,发现并培养了诸如刘绍棠、丛维熙、韩映山、冉淮舟、房树民、纪苑久等文学青年。他们学习孙犁的创作,发表了一批有特色的作品,形成了一个艺术追求相近的作家群。"荷花淀派"即指这一作家群。

山药蛋派:山药蛋派是以赵树理为首,以马烽、西戎、束为、孙谦、胡正等为骨干的山西作家群经过有意识追求而形成的一个文学流派。他们多是在山西农村土生土长起来的,因此对那里的风土人情有着深刻的了解。解放后最初几年,他们分散到全国各地工作,20世纪50年代中期又陆续返回山西,深入农村,建立创作的生活"根据地",并以当时山西文联的机关刊物《火花》为阵地,发表了一批独具特色,风格相近的小说,引起全国的瞩目。人们根据他们作品中浓郁的乡土气息,称他们为山药蛋派、山西派或火花派、赵树理派。

屈原未遭放逐

古今中外研究屈原的人都认为,屈原晚年曾被放逐,传说中的放逐地点有汉北、陵阳、南楚三地。

有人不同意这种说法,认为屈原一生并未遭受过刑罚而被放逐。经考证:①汉北在上庸之北,一直归秦管辖,楚王不可能将屈原放逐于敌国的领土,秦国也不会让屈原在秦国的国土内策反秦国。②屈原确曾南渡,但并没有到安徽陵阳去。③屈原在楚国东迁时官为三闾大夫,到南楚住九年以上,有车、马、船等交通工具,还有仆人伴随,生活有保证,这绝不是放逐的罪人所应有的待遇。屈原自沉是事实,但与放逐无关。他因振兴楚国的宏愿难以实现,有"老冉冉其将至兮,恐修名之不立"的思想,这种思想正是造成他自沉的根源。

唐早慧诗人与高寿诗人

由于唐朝经济发达、文化发展，涌现了许多少才子。例如：王绩，年十五游长安，举为神童仙子；王勃，6 岁喜辞章；杨炯，11 岁举神童，授校书郎；骆宾王，7 岁赋诗；李白，5 岁涌六甲，10 岁观百家，20 岁名贯天下；杜甫，7 岁做诗，十四五岁成为诗人；王维，9 岁知属辞，工草隶，通音律；李季兰，女，6 岁作咏蔷薇诗；李百药，幼多病不离药，7 岁能文；李峤，15 岁通五经，20 岁中进士；刘慎虚，8 岁属文上疏，拜童子郎；元稹，9 岁工属文，15 岁为明经博士；白居易，5 岁作诗，8 岁多能按复杂韵律写格律诗，刚满16 岁诗名传天下；李贺，7 岁能辞章，名动京城；令狐楚，5 岁能做文章；郑谷，自幼颖悟绝伦，7 岁能诗。

唐朝诗人多高寿。唐朝会昌五年（846 年）六月，洛阳白居易府第，高寿诗人聚宴，有卢真 72 岁，张浑和白居易 74 岁，刘真 82 岁，郑据 84 岁，吉皎 89 岁，胡果 89 岁，僧如满 96 岁，李元爽 136 岁。他们个个是童颜鹤发，举酒狂歌，赋诗抒怀，笑声朗朗。此时，未与会的高寿诗人还有：刘禹锡、杨巨源、罗隐（都在 70 岁以上），秦系、贯休、吴竟、贺知章（都在 80 岁以上），丘为 96 岁。高寿的诗人，大都心胸开阔，性情豁达，尽管白发满头，年事已高，而一颗童心犹存。一些诗人，不求荣达，生活俭朴；一些高寿的诗人，除诗而外，都有爱好，或临溪垂钓，或驾车出游，或栽药种花，或抚琴舞剑。

王维诗中有画、画中有诗

唐朝的王维（699—759 年），字摩诘，太原祁人（今山西太原祁县），是一位大诗人。他的诗词清雅秀美，韵味深长，内含哲理而有新意。如清泉出山，如空潭映月，如鸟鸣林野，有声有色，如图似画，所以说他"诗中有画"。他又是一位伟大的画家，能画工笔青绿山水，更创一种水墨的新技法，称为"破墨法"。利用水墨浓淡相互渗透的方法，形成墨韵的华彩，最适宜于表现山川树木、云霞烟雾和春夏秋冬，风晴雨雪，朝阳夕照中的各种自然景象，是中国画中最具特点的重要技法。晚年他隐居在陕西蓝田附近的辋川,爱山爱水,深受大自然的陶冶,他的《辋川图》特具诗情画意。宋朝的大文学家苏东坡评论他的《蓝田烟雨图》时说:"味摩诘之诗,诗中有画;观摩诘之画,画中有诗。"王维不仅诗画都作得好,而且精通音乐,他的一首送朋友的诗,被谱成《阳关三叠》的乐曲,成为当时的流行音乐。

唐宋八大家之称探源

唐宋八大家,是唐宋时期八大散文代表作家的合称,即唐朝的韩愈、柳宗元和宋朝的欧阳修、苏洵、苏轼、苏辙、王安石、曾巩。

"唐宋八大家"的称谓究竟起于何时?据查,明初朱右将以上八位散文家的文章编成《八先生文集》,八大家之名始于此。明中叶唐顺之所纂的《文编》,仅取唐宋八位散文家的文章,其他作家的文章一律不收。这为唐宋八大家名称的定型和流传起了一定的作用。以后不久,推崇唐顺之的茅坤根据朱、唐的编法选了八家的文章,辑为《唐宋八大家文钞》,唐宋八大家之称遂固定了下来。

苏轼何以号东坡

苏轼何以号"东坡"?说法有二。一说,苏自号"东坡",与白居易有关。苏一生与白有类似的遭遇,共同的志趣,因常以白自比,曾有"出处依稀似乐天,敢将衰朽较前贤"等诗句。公元820年,白任忠州(四川忠县)刺史时,常在忠州城的东坡植树,曾赋有"东坡春向暮,树木今如何?""东坡何所爱,爱此新成树"等诗句。苏乃取白居易诗中给自己留有美好记忆的"东坡"作为自己的号。另一说认为,苏谪居湖北黄冈时,城南不远处有风景秀丽的山坡,称"东坡"。此坡绿树成荫,不远处即滚滚长江。苏常爱到此漫步,曾赋词云:"夜饮东坡醒复醉,归来仿佛三更,家童鼻息如雷鸣,敲门都不应,倚杖听江声。"苏轼由于喜爱这个地方,遂以"东坡"自号。

湖北的公安三袁

公安"三袁"即袁宗道和他的两位弟弟袁宏道、袁中道,他们在当时的文学界,同时享有很高的名气。

袁氏兄弟的文学活动,大都在明万历年间。当时的文坛,复古派"文必秦汉,诗必盛唐",以模拟剽窃为能的风气,酿成了很深的流弊。针对这种情况,他们勇敢地举起了反抗的旗帜。在他们看来,文学应该随着时代的发展而发展。贵古而贱今,"袭古人语言之迹",是不足取的。

"公安三袁"的创作成就主要在散文。他们的作品轻巧自然,一扫复古文学那种板滞矫揉的旧习,致使"靡然而从"的人很多,文坛的风气也发生了很大变化。文学史上,把"公安三袁"及其追随者们,叫做"公安派"。

"三袁"中,以袁宏道的才力和名望最高,是"公安派"最主要的主持者。十六七岁,他的诗文就风靡乡里。32岁举进士,官至吏部员外郎,晚年定居今沙市。他曾游历过祖国许多名山大川,创作了不少山水游记。这些作品情真意切,物我交融,语言潇洒流利,不仅使瑰丽壮美的景色跃然纸上,还把作者自己的心性直抒于读者面前。

袁宗道26岁时中状元。曾在京城崇国寺浩蒲桃社讲学。他虽然不是"公安派"的主将,却是他们的开路先锋。他曾在一首诗中写道:"家家楼玉谁知赝,处处描龙总忌真。一从马粪《卮言》出,难洗诗家人骨尘。"通过对明王世贞《艺苑卮言》的评述,表明了他由赝返真,由临摹而返自然的见解,实质也是对复古派的有力批判。袁宗道好读白居易、苏轼诗文,还特意把自己的书房命名为"白苏斋",以示对他们的崇敬。

袁中道是"三袁"中的老小,自幼聪颖,10余岁就能作赋,并长达数千言。年数稍长,文思更为敏捷。43岁为进士,官至吏部郎中。

"三袁"虽然对散文的发展作出了一定贡献,但其主张也有一些消极因素。

他们忽视社会实践对作家的重大作用,创作题材较狭窄,思想较贫乏,步其后者,甚至把文学当作小摆设品。

曹雪芹姓名趣谈

曹雪芹不仅是位文学大师,而且还是位业余烹饪"专家"。《红楼梦》一书中有大量有关食物记载和饮食细节的描写,曹雪芹的名字也与饮食有着密切的关系。曹雪芹生前最爱吃"雪底芹芽"这道菜。

宋元以来我国的许多文人学者都有斋名室名,或自取或由他人贺取。室名即所居之室的名称,斋名为书斋之名。

有些人的室名即斋名。古代的姑且不说,就以近代和现代的而言,譬如梁启超的"饮冰室"、黄侃的"携秋华室"、苏曼殊的"燕子龛"、李叔同(弘一法师)的"殉教堂"、柳亚子的"磨剑室"、叶楚伧的"我本荒唐室"、黄宾虹的"冰上鸿飞馆"、沈尹默的"秋明室"、胡适的"藏晖室"、鲁迅的"老虎尾巴"、齐白石的"惜山岭馆主者"等都为世人所知,在人耳目。有的一人一斋(或一堂),有的一人数斋(或数堂,像周瘦鹃的斋名堂号多达 17 个)。有的斋名堂号顾名思义尚能解释一二,有的则须了解斋堂主人的生平行状方可大彻大悟。

斋堂名号的寓意不外乎包括斋堂主人的嗜好、情趣、撰述所在、治学态度乃至思想境界等各方面。

中国古书"第一部"

第一部字典:《说文解字》;

第一部词典:《尔雅》;

第一部韵书:《切韵》;

第一部方言词典:《方言》;

第一部字书:《字通》;

第一部纪传体通史:《史记》;

第一部编年体史书:《春秋》;

第一部断代体史书:《汉书》;

第一部历史批评著作:《史通》;

第一部诗集:《诗经》;

第一部文选:《昭明文选》;

第一部神话集:《山海经》;

第一部笔记小说集:《世说新语》;

第一部语录体著作:《论语》;

第一部兵书:《孙子兵法》;

第一部古代制度史:《通典》;

第一部农业百科全书:《齐民要术》;

第一部农业生产技术论著:《天工开物》;

第一部植物学词典:《全芳备祖》;

第一部药典书:《新修本草》;

第一部医药书籍:《黄帝内经素问》;

第一部地理书:《禹贡》;

第一部茶叶制作书:《茶经》;

第一部建筑学专著:《营造法式》;

第一部珠算介绍书:《盘珠算法》;

第一部绘画理论著作:《古画晶录》;

第一部系统的戏曲理论著作:《闲情偶寄》。

常见古书的合称

三易:《连山》、《归藏》、《周易》。

三礼:《周礼》、《仪礼》、《礼记》。

三公奇案:《包公案》、《施公案》、《鹿洲公案》。

四梦:《南柯记》、《还魂记》(即《牡丹亭》)、《紫钗记》、《邯郸记》。

四书:《大学》、《中庸》、《论语》、《孟子》。

四大书:《太平御览》、《册府元龟》、《文苑英华》、《全唐文》。

五经:《诗》、《书》、《礼》、《易》、《春秋》。

五大奇书:《三国演义》、《水浒传》、《西游记》、《金瓶梅》、《石头记》。

十通:《通典》、《通志》、《文献通考》、《续通典》、《续通志》、《续文献通考》、《清通典》、《清通志》、《清文献通考》、《清续文献通考》。

十才子书:《三国演义》、《好逑传》、《玉娇梨》、《平山冷燕》、《水浒传》、《西厢记》、《琵琶记》、《白圭志》、《斩鬼传》、《驻春园小史》。

十三经:《易经》、《尚书》、《诗经》、《周礼》、《仪礼》、《礼记》、《左传》、《公羊传》、《穀梁传》、《论语》、《孝经》、《尔雅》、《孟子》。

你应该具备的

诸子百家

所谓"子",原是春秋战国时弟子对老师的称呼。

"诸子"包括各家学派,《论六家要旨》中提到诸子有阴阳、儒、墨、名、法、道六家,班固《汉书·艺文志》中提到诸子有儒、道、阴阳、法、名、墨、纵横、杂、农、小说十家,《隋书·经籍志》中提到诸子有儒、道、法、名、墨、纵横、杂、农、小说、兵、天文、历数、五行、医方十四家。先秦诸子的著述,西汉末刘向、刘歆曾经整理过一次,著有《别录》《七略》,以介绍其内容,但二书早已失传,现在可考的只有《汉书·艺文志》,其中《诸子略》列有189家,4300多篇。这些著述,有的是战国时人假托的,有的是门人弟子记述的,有的失去作者姓名,有的仅存目录而无原书,因此给后人以伪造、增添、篡改的机会。虽经明清以来许多学者辨伪、考证,仍有一部分辨不清真伪。

六书

"六书"是指汉字的六种造字方法,包括象形、指事、会意、形声、转注、假借。

形形色色的"笔"

开始写作文字叫"试笔"。

生命结束前写的文字或好到极点的诗文书画叫"绝笔"。

不假思索随手写出叫"信笔"。

有如神助,写得特别好的文字叫"神笔"。

文字改动的地方叫"改笔"。

受人之托写文章叫"届笔"。

有的作家作品叫"大手笔"。

称重要文章或比喻笔力雄健叫"如椽笔"。

写文章时,故意离开本题,而不直书其事的笔法叫"曲笔"。

亲手作的文章、写的字或作的画,强调其真迹、遗墨叫"手笔"。

诗文清逸超群,为常人所意想不到的,叫"仙笔"。

小孩初学写字,由大人助其握笔叫"把笔"。

谦称自己的文字叫"拙笔"。

旧社会称公文、诉状叫"刀笔"。

死者生前未发表的文字叫"遗笔"。

比喻不高明的写作能力,叫"秃笔"。

富有启迪和哲理的警句叫"警笔"。

模仿别人的字画叫"仿笔"。

文章的开头或写一字的开头一笔叫"起笔",结尾叫"收笔"。

著名人士的文章叫"名笔"。

绝妙的文字叫"生花之笔"。

有才华的人一旦才尽,再也写不出东西叫"梦笔"。

书写非常流利叫"走笔"。

在名人面前写文章或画画叫"弄笔"。

文人不再从事写作叫"投笔"。

没有写好的文章或文字叫"败笔"。

汉字四体

唐宋以后汉字有真、草、隶、篆四种书体。

中国古书的"四部"

我国古代图书分为四部,即经部、史部、子部、集部。

经部:指儒家学说。儒家经书开始是五部,即《诗》、《书》、《礼》、《易》、《春秋》,称为五经。从唐朝到宋朝,形成十三经。即《易》、《书》、《诗》、《周礼》、《仪礼》、《礼记》、《左传》、《公羊传》、《穀梁传》、《论语》、《孝经》、《尔雅》、《孟子》。

史部:指记载历史兴衰治乱和各种人物及制度沿革等的历史书。包括《二十四史》、《古史》、《野史》、《法典》、《地志》、《职官》、《政书》、《时令》等。

形形色色的工具书

索引:是将书籍中的内容编为条目排列,或将有关论著篇名标题按类编排,供人们查找的工具书;

书目:是记录图书名称、作者、卷册、版本的工具书;

字典、辞典:是解释字、词的形、声、义及用法的工具书;

类书:是辑录古代群书中各门类或某一门类资料的工具书;

年表、历表:是按年代顺序用表格形式编制的供查考时间或大事的工具书;

年鉴:是汇集一年内重要时事文集和统计资料的工具书;

手册:是汇集某一方面的文献资料的工具书,包括某一专业的基础知识及一些基本的公式、数据、条例等;

图录:是用图像表现事物的工具书;

政书:是汇编历代或某一朝代政治、经济、文化制度方面资料的工具书。

中国名著的写作时间

司马迁写《史记》用了15年;

班固写《汉书》花了20余年;

王充写《论衡》用了30多年;

许慎写《说文解字》花了22年;

玄奘写《大唐西域记》用了17年;

司马光写《资治通鉴》花了19年;

李时珍写《本草纲目》用了27年;

徐宏祖写《徐霞客游记》花了34年;

宋应星写《天工开物》用了20年;

顾炎武写《日知录》花了30年;

李汝珍写《镜花缘》用了20年;

曹雪芹写《红楼梦》用了10年。

世界传统十大畅销书作家及代表作

1. 约翰·格里逊(美国)：《顾客》、《理想主义者》、《赌王》；
2. 保罗·戈埃洛(巴西)：《炼金术士》、《第五座山》、《我坐在比埃特拉河边哭泣》；
3. 克里斯蒂昂·雅克(法国)：《卡迪施战役》、《百万年之庙》、《光之于》、《在西方的洋槐树下》、《阿布·辛贝尔的女子》；
4. 昂达提·罗伊(印度)：《卑微的神灵》；
5. 弗兰克·麦考特(美国)：《安吉拉的骨灰》；
6. 丹尼尔·斯蒂尔(美国)：《幽灵》、《现在与永远》、《爱的回忆》；
7. 尼古拉斯·伊文斯(英国)：《圈套》、《马语者》；
8. 帕特丽夏·克伦威尔(美国)：《默尔多克》、《胡蜂城》、《无名的死者》；
9. 路易·塞普尔维达(智利)：《读爱情小说的老人》、《一个多情杀手的日记》；
10. 约斯丹·加德(挪威)：《苏菲的世界》。

中国现代文学的三部曲

"三部曲"泛指三部内容各自独立而又相互关联的文学作品。我国现代文学中有不少三部曲。举例如下：

郭沫若的"女神"三部曲：《女神之再生》、《湘累》、《棠棣之花》。

郭沫若的"漂流"三部曲：《歧路》、《炼狱》、《十字架》。

茅盾的"蚀"三部曲：《幻灭》、《动摇》、《追求》。

茅盾的"农村"三部曲：《春蚕》、《秋收》、《残冬》。

巴金的"爱情"三部曲：《雾》、《雨》、《电》。

巴金的"激流"三部曲：《家》、《春》、《秋》。

欧阳山的"一代风流"三部曲：《三家巷》、《苦斗》、《柳暗花明》。

郭小川的将军"三部曲"：《月下》、《雾中》、《风前》。

阳翰笙的"地泉"三部曲：《深入》、《转移》、《复兴》。

洪深的"农村"三部曲：《五奎桥》、《香稻米》、《青龙潭》。

韩素英的"自传体"三部曲:《伤残的树》、《凋谢的花》、《无鸟的夏天》。

林语堂三部曲:《京华烟云》(分为《道家的女儿》、《庭院的悲剧》、《秋之歌》三部)、《风声鹤唳》、《朱门》。

中国文学家之别号

东皋子:初唐诗人王绩;

幽忧子:初唐诗人卢照邻;

四明狂客:唐朝诗人贺知章;

青莲居士:唐朝大诗人李白;

少陵野老:唐朝大诗人杜甫;

香山居士:唐朝大诗人白居易;

玉豀生:唐朝诗人李商隐;

六一居士:北宋文学家欧阳修;

东坡居士:北宋文学家苏轼;

山谷道人:北宋诗人黄庭坚;

淮海居士:北宋大词人秦观;

后山居士:北宋诗人陈师道;

清真居士:北宋词人周邦彦;

芦川居士:南宋诗人张元干;

后村居士:南宋诗人刘克庄;

幽栖居士:南宋诗人朱淑贞;

石林居士:南宋文学家叶梦得;

茶山居士:南宋诗人曾几;

放翁居士:南宋大诗人陆游;

石湖居士:南宋诗人范成大;

易安居士:南宋女词人李清照;

于湖居士:南宋词人张孝祥;

湖海散人:元末小说家罗贯中;

四溟山人:明文学家谢榛;

射阳山人:明小说家吴承恩;

龙子犹:明文学家冯梦龙;
六如居士:明文学家、画家唐寅;
衡山居士:明书画家、文学家文征明;
渔洋山人:清朝诗人王士祯;
柳泉居士:清朝文学家蒲松龄;
随园居士:清朝诗人袁枚;
红楼外史:清朝文学家高鹗;
已斋叟:元著名戏曲家关汉卿;
清远道人:明著名戏曲家汤显祖;
云亭山人:清著名戏曲家孔尚任;
燕北闲人:清朝文学家文康;
南亭亭长:清末小说家李伯元。

中国著名作家的原名

鲁迅:周树人;
郭沫若:郭开贞;
茅盾:沈德鸿;
叶圣陶:叶绍钧;
夏衍:沈端先;
周扬:周起应;
丁玲:蒋冰之;
田汉:田寿昌;
柳青:刘蕴华;
曹禺:万家宝;
秦牧:林觉夫;
沙汀:杨朝熙;
巴金:李芾甘;
杨沫:杨成业。

中国十大古典悲剧及其作者

你应该具备的

中山大学教授王季思所领导的中国古典悲、喜剧编辑组在征求了各方面学者的意见后,提出我国十大古典悲剧是:

1. 《窦娥冤》(杂剧):元关汉卿作。写楚州贫儒窦天章之女窦娥,幼年被卖给蔡家为童养媳,婚后丈夫去世,婆媳相依为命,流氓张驴儿企图霸占窦娥,被窦娥拒绝,乃以毒死蔡婆胁迫窦娥,不料却毒死了自己的父亲,反诬窦娥杀人。官府严刑逼审蔡婆媳,窦娥为救婆婆,自认杀人,被判斩刑。临刑时窦娥指天为誓,死后将血溅白练,六月降雪,大旱三年,以明己冤。三年后窦天章任廉访使,至楚州,重审此案,为窦娥申冤。

2. 《赵氏孤儿》(杂剧):元纪君祥作。写春秋时晋国奸臣屠岸贾残杀赵盾全家,并搜捕赵氏孤儿赵武。声言如十日内搜不到,即将国中所有与赵武同庚的婴儿杀死。赵家门客程婴与公孙杵臼定计,由程婴的孩子冒名顶替,牺牲了亲生儿子,救出了赵武,并将他抚养成人,报了冤仇。

3. 《精忠旗》(传奇):明冯梦龙作。写抗金英雄岳飞率领岳家军大破金兵,决心直捣黄龙。奸相秦桧却连下十二道金牌,把他召了回来,关进了监狱,最后以"莫须有"的罪名,把岳家父子杀死在风波亭,造成了千古奇冤。剧中河北父老、两河豪杰哭留岳家军和岳飞被逮后当堂辩白,以及狱中哭二帝等情节,颇为动人。

4. 《清忠谱》(传奇):清初李玉作。写明末东林党人周顺昌斥责魏忠贤,魏贼派爪牙捉拿,激怒了苏州人民。市民颜佩韦等五人率众大闹府衙,要求释放周顺昌。后周被解往北京,死于狱中,颜等也被杀害。剧本以歌颂周顺昌为主,对颜等也予以赞扬,反映了明末尖锐的政治斗争。

5. 《桃花扇》(传奇):清初孔尚任作。写明末复社名士侯方域与秦淮艺妓李香君相恋,方域题诗宫扇赠香君。阉党马士英、阮大铖欲结交方域,方域初有允意,香君深明大义,怒斥之,方域乃受其激励而拒绝。阮大铖怀恨在心,诬陷侯方域,侯逃至扬州史可法处。李自成攻陷北京,马士英、阮大铖迎立福王,迫害复社诸人,强要李香君嫁给漕抚田仰做妾。香君不从,昏倒伤额,血染方域所赠宫扇。杨龙友采摘盆花,扭汁点染,遂成桃花图,是谓桃花扇。清军南下,攻陷南京,方域与香君皆避难至栖霞山,于白云庵相遇,出桃花扇叙旧,共约出家。剧本当时曾轰动剧坛。

6.《汉宫秋》(杂剧):元马致远作。写西汉元帝受匈奴威胁,被迫送爱妃王昭君出塞和亲。剧本着重刻画将相的怯懦自私,对元帝则予以同情,描写他同昭君分离时的痛苦。最后以元帝思念昭君入梦,醒后听到孤雁哀鸣结束。

7.《琵琶记》(南戏):元末高则诚作。写汉末蔡伯喈赴京应试,妻赵五娘在家侍奉翁姑。蔡在京得中状元,成了牛丞相的女婿,后因家乡遭受饥荒,蔡父母都饿死了,五娘讨着饭进京寻夫最后得牛女之助,得与蔡伯喈团聚。

8.《娇红记》(杂剧):元末明初刘东生作。写眉州通判王理之女娇娘与表兄申纯相恋,两个人以诗词互相赠答而私合。申遣媒请婚,王理不允。申纯应试及第,再访王家,仍被拒绝,申因而大病。后经婢女飞红协助,两个个人始得团圆。

9.《长生殿》(传奇):清初洪昇作。写唐明皇宠幸杨贵妃,任其兄杨国忠为相,政治日趋腐败。安禄山攻长安,明皇仓皇出走,至马嵬坡,将士哗变,杀杨国忠,迫令杨贵妃自缢。后半部写唐明皇对杨贵妃怀念不已,并以神话形式表述他们二人在天上相会。

10.《雷峰塔》(传奇):清方成培作。也就是通常说的《白蛇传》,取材于民间传说。修炼千年的白蛇(白娘子、白素贞),收青蛇(小青)为侍女,同至杭州,遇药材店伙计许仙,结为夫妻。金山寺法海和尚从中破坏,借佛法把白娘子摄入金钵,压在雷峰塔下。

中国十大古典喜剧及其作者

中山大学教授王季思所领导的中国古典悲、喜剧编辑组在征求了各方面学者的意见后,提出我国十大古典喜剧是:

1.《救风尘》(杂剧):元关汉卿作。写恶棍周舍骗娶妓女宋引章后,残酷虐待。宋的结拜姐妹赵盼儿见状挺身相救,假意答应嫁给周舍,骗他写了休书,把宋救了出来,并与安秀才结为夫妻,自己也凭智谋脱身。剧本歌颂赵盼儿见义勇为和患难相助,性格刻画颇为生动。

2.《西厢记》(杂剧):元王实甫作。写书生张生在普救寺遇见崔相国之女崔莺莺,两个人相爱。老夫人嫌他们门不当户不对,翻脸毁约,只准他们兄妹相称，侍女红娘巧妙地从中帮助，最后使有情人终成眷属。

3.《看钱奴》(杂剧)：元郑廷玉作。"看钱奴"即现在说的"守财奴"。写的是贫民贾仁掘得金银财宝一大批，发了大财，然而十分吝啬。他以很便宜的价钱买了周荣祖的儿子做义子。二十年后，贾仁死了，周家父子相聚，发现财物上有周家祖先的印记，才知道这原是周家财产，至此物归原主。

4.《墙头马上》(杂剧)：元白朴作。写李千金同裴少俊相爱而私自结合，在裴家花园匿居七年后被裴的父亲发现，把李千金赶跑了。裴少俊进京赶考得了官，裴父到李千金处赔礼，才得以团圆。剧本塑造了一个敢于反抗封建礼教的可爱的少女形象。

5.《李逵负荆》(杂剧)：元康进之作。写两个坏人冒充梁山头领宋江、鲁智深，抢去王林的女儿。李逵信以为真，回到梁山与宋江大闹。后真相弄明白了，李逵向宋江负荆请罪，并下山捉住了两个坏人。

6.《绿牡丹》(传奇)：明吴炳作。写书生柳希潜、车木高、顾粲三人，都要娶沈重之女沈婉娥，沈重令三人以绿牡丹为题，各作诗一首。柳请馆师谢英代笔，车请妹妹车静芳代笔，只有顾是自己写的。车静芳见到柳诗后，十分喜爱，但恐怕不是柳自己作的。沈重父女也怀疑有人作弊，请柳、车两人面试，作弊的事被揭穿。后来乡试时，谢英顾粲两人考中了，遂分别与车静芳、沈婉娥成婚。剧本情节曲折，喜剧性较强。

7.《幽闺记》(传奇)：元施君美根据《拜月亭》改编。写书生蒋世隆在战乱中遇少女王瑞兰，两人结为夫妻。王的父亲因门第差别，强行拆散了两个人，后蒋世隆中状元，两个人终于团圆。

8.《中山狼》(杂剧)：明康海作，取材于小说《中山狼传》。写的是中山狼被猎人追赶，乞求东郭先生救它，东郭先生把它藏在口袋里，骗走了猎人，狼出来后，说它快饿死了，救命就要救到底，一定要吃掉东郭先生。亏得路遇老丈，设计杀死了恶狼。

9.《玉簪记》(传奇)：明高濂作。写南宋书生潘必正在临安应试落第，到女贞观看望姑母，遇到了道姑陈妙常，两个人相恋。此事为潘的姑母发觉，督促必正再次赴试，并亲自送他登船。妙常雇小舟追上必正，互赠玉簪和鸳鸯扇坠为表记，后来潘必正考中当了官，与妙常结为夫妻。

10.《风筝误》(传奇)：清李渔作。写书生韩世勋题诗于风筝上，风筝落在詹家，詹淑娟和诗其上，因而结合的故事。

六一居士

宋朝文学家欧阳修自号。其意为自己生活由六个"一"构成，即"藏书一万卷，集录三代以来金石遗文一千卷，有琴一张，有棋一局，而常置酒一壶"，再加上他自己这一位老翁，而成"六"。

人文主义文学

人文主义文学出现在14—16世纪的欧洲。就文学的文化主旨精神而言，其精神核心是对人的关注。着力描写现实生活，肯定人的权利，用个性解放反对禁欲主义，用理性反对蒙昧主义。它摆脱了中世纪宗教文学的基本创作方法，采取关注现实、关注人生的新型创作方法，展示人的精神世界、情感特征和欲望要求，体现了鲜明的民族特色，也扩大了传统文学的体裁领域。其先驱是意大利作家彼得拉克和薄迦丘；法国作家拉伯雷的长篇小说《巨人传》以及西班牙作家塞万提斯的长篇小说《唐吉诃德》都体现了人文主义文学的特点。英国作家莎士比亚在历史剧、喜剧和悲剧的创作上都取得了很高的成就。

古典主义文学

古典主义文学是17世纪欧洲文学的最高成就。它形成和繁荣于法国，随后扩展到欧洲其他国家。古典主义文学思潮是欧洲新兴资产阶级与封建贵族在政治上妥协的产物。古典主义文学受到王权的直接干预，在政治思想上反对封建割据，主张国家统一，歌颂英明的国王，把文学和现实政治紧密地结合在一起。在尖锐地抨击封建贵族奢侈淫逸、腐化堕落的同时，也批判资产阶级的愚顽、附庸风雅和想成为贵族的心理。古典主义文学宣扬理性，要求克制个人情欲。古典主义文学在题材上以帝王将相、宫廷秘事为主，继承了古希腊、古罗马文学的传统，有严格的艺术规范和标准。人物塑造类型化，语言上则主张准确、精练、华丽、典雅，表现了较多的宫廷趣味。法国作家高乃依和拉辛是古典主义文学的代表人物。

浪漫主义文学

18世纪末至19世纪前期，浪漫主义文学席卷欧美，最先形成于德国，而后扩展到英国、法国和俄国。浪漫主义文学最基本的特点是用充满激情的夸张方式来表现理想与愿望。从文学本身的发展来看，浪漫主义文学思潮的盛行是反对新古典主义文学的产物。浪漫主义文学具有强烈的主观色彩，强调想象，目的在于表达理想和希望。喜欢描写和歌颂大自然，注重抒发个体的主观感受和情绪，注重艺术效果，以强调象征与神话来突出文学的隐喻性、表现性和夸张、奇特的艺术表现方式。浪漫主义文学很重视中世纪的民间文学，它的感情真挚、表达自由、语言朴素自然。拜伦和雪莱的创作代表了英国浪漫主义诗歌的最高成就；法国有影响的浪漫主义作家有雨果、大仲马、缪塞等；惠特曼和霍桑是美国最有影响的浪漫主义诗人和小说家。

启蒙文学

启蒙文学是指盛行于18世纪欧洲启蒙运动时期的文学，是席卷整个欧洲的启蒙思想在文学上的延伸和体现，以法国成就最高。启蒙文学在思想上以"理性崇拜"为核心，主张崇拜"自然理性"，反对君主王权。体现在文学上，基本都表现出崇尚个人自由、回归自然、宣传开明君主制或君主立宪制、主张发展工商业、自由的经济竞争等特征。根植于启蒙运动的土壤之中，因此具有更加强烈的哲学思辨特征和政治经济学底蕴。多半以来自市民阶层的平民为主要人物，在体裁上也不仅仅局限于诗歌和戏剧，而是广泛采用各种体裁，小说尤其发达，为19世纪现实主义小说的繁荣奠定了良好的基础。早期启蒙文学的代表作家是孟德斯鸠和伏尔泰。到18世纪中期，法国启蒙运动发展到全盛阶段，形成强大的声势，其革命性、战斗性更强，代表作家有狄德罗和卢梭。歌德是德国乃至欧洲启蒙文学杰出的代表作家。

批判现实主义文学

是继浪漫主义文学之后出现的一种资产阶级文艺思潮。它继承和发展了欧洲文学中的现实主义传统,揭露和批判了资本主义黑暗现实,塑造了典型环境中的典型人物,具有较大的认识作用和艺术价值,对后世欧洲文学乃至整个世界文学都产生了深远的影响。高尔基称其为"19世纪一个主要的,而且是最壮阔、最有益的文学流派"。批判现实主义者喜用长篇小说这种形式,因此长篇小说的创作出现了空前繁荣的局面。法国是批判现实主义的发源地,司汤达以其小说《红与黑》为这种文艺思潮奠定了基础;巴尔扎克创作的巨著《人间喜剧》成为批判现实主义文学的最高成就,被称为"社会百科全书"。此外,福楼拜、莫泊桑、左拉等作家都带着闪现批判现实主义锋芒的小说登上文坛。

自然主义文学

文学上的自然主义产生在19世纪60年代,盛行于19世纪七八十年代,是一种反现实主义的文艺思潮和创作方法。1858年,文艺批评家泰纳首次阐述了自然主义的含义:文学上的自然主义,就是根据作家对现实的观察,按照科学的方法对生活作符合实际的描写。继泰纳之后,左拉成为自然主义理论的归纳者和鼓吹者。

唯美主义文学

19世纪后期,英国出现了以王尔德为代表的唯美主义文学,它是浪漫主义文学随欧洲民族民主革命的低落而蜕变的产物。唯美主义文学主张"为艺术而艺术",继承了浪漫主义对社会现状的不满,却丧失了浪漫主义的批判与重建精神。唯美主义作家认为:艺术不应具有任何说教的因素,而是追求单纯的美感,它的使命在于为人类提供感观上的愉悦。唯美主义视浪漫主义诗人约翰·济慈和雪莱为先驱,最杰出的代表人物是奥斯卡·王尔德和阿尔杰农·查尔斯·温伯恩。唯美主义文学的主张直接影响了大批现代主义作家,尤其是法国象征主义作家。

现代主义文学

现代主义文学诞生于 19 世纪末，流行于 20 世纪，它的基本特点是主张反传统，着力表现人在现代社会中的扭曲和异化。在表现手法上追求新奇和怪诞，通过非理性的极度夸张的形式，将现实与非现实糅合在一起，语言往往晦涩难懂，寓严肃于荒诞。在人物形象的塑造上不再遵循典型化和个性化规律，其描写甚至只是某种抽象概念的符号。特别重视内心世界的挖掘，着重表现难以直接描述的复杂多变的内心活动，把思想还原为知觉，使抽象的思想外化。大量采用"内心独白"、"自由联想"的手法，表现人物意识"自然"流动状态，对人物活动的描写日益从外部世界退回到内部世界，力求开掘人物心理的复杂性，扩大心理描写的范围。

后现代主义文学是第二次世界大战之后在西方社会出现的范围广泛的文学思潮，在 20 世纪七八十年代达到高潮。后现代主义文学无论在文艺思想还是在创作技巧上，都是现代主义文学的延续和发展。后现代主义文学具有彻底的反传统的特点，它不仅反对"旧的"传统，对于现代主义文学试图建立的"新的"传统也彻底否定。后现代主义文学摒弃所谓的"终极价值"，崇尚所谓"零度写作"，蓄意打破精英文学与大众文学的界限，出现了明显的向大众文学和"亚文学"靠拢的倾向。在文体上，后现代主义文学惯用矛盾、交替、不连贯性和任意性、极度、短路、反体裁、话语膨胀等手段，使得读者对作品的解读困难重重。

文艺复兴运动

文艺复兴是 14 世纪在意大利兴起、16 世纪在欧洲盛行的一个思想文化运动，带来一段科学与艺术革命时期，揭开了现代欧洲历史的序幕，被认为是中古时代和近代的分界。马克思主义史学家认为文艺复兴运动是封建主义时代和资本主义时代的分界。1550 年，瓦萨里在其《艺苑名人传》中，正式使用它作为新文化的名称，17 世纪后为欧洲各国通用。19 世纪，西方史学界进一步把它作为 14—16 世纪西欧文化的总称。史学界曾认为它是古希腊、罗马帝国文化艺术的复兴。

第二章　诗　词

"诗人"的来源

诗人一词,战国时就有了。何以为证?《楚辞·九辩》说:"窃慕诗人之遗风兮,愿托志乎素餐。"《正字通》注释说:"屈原作离骚,言遭忧也,今谓诗人为骚人。"这便是诗人一词的最早提法,从此以后,诗人便成为两汉人习用的名词。辞赋兴起之后,又产生辞人一词。杨子云《法言·吾子篇》说:"诗人之赋丽以则,辞人之赋丽以淫。"用"则"和"淫"来划分诗人与辞人的区别,足见汉朝时把诗人看得很高贵,把辞人看得比较低贱。

六朝以后,社会上很看重屈赋,认为上不类诗,下不类赋,以此又创立了"骚人"一词。从战国而至盛唐,诗人、骚人的称号受人尊敬。

古代诗歌名家的艺术特色归谱

(一)先秦两汉魏晋南北朝

屈原、宋玉、曹操、曹丕、曹植、孔融、王粲、蔡琰沉雄绚丽,寥落缠绵苍凉慷慨,纤细华美,激越华茂,激昂劲健,幽怨清丽,质朴真切。嵇康、阮籍、左思、陶潜、谢朓、鲍照、庾信、谢灵运峻切清远,愤激蕴藉,雄浑劲挺,质朴淡远,清新秀逸,朴实劲健,沉郁苍劲,富丽幽艳。

(二)隋唐五代

王勃、陈子昂、高适、岑参劲健婉畅,古朴雄浑,苍凉高壮,雄奇瑰丽韩愈、柳宗元、白居易、元稹古朴奇险,明净幽峭,流丽坦畅,精警洼切。王昌龄、王之涣、孟浩然、王维、李白、杜甫自然雄浑,清朗雄健,闲静淡远,幽静谐和,飘逸豪放,沉郁顿挫。刘禹锡、李贺、杜牧、李商隐、温庭筠、李煜清新豪丽,奇诡璀璨,俊爽明丽,幽婉典丽,精巧艳丽,凄婉柔丽。

(三)宋金

梅尧臣、苏舜卿、欧阳修、王安石、晏殊、柳永、苏轼、秦观、黄庭坚朴素

41

平淡,轩昂奔放,清新舒畅,遒劲峭拔,闲雅婉丽,伤感缠绵,豪放旷达,清丽典雅,瘦硬新奇。陈师道、范成大、杨万里、周邦彦、陆游、李清照、姜夔、辛弃疾、文天祥雄劲幽邃,清新妩媚,浏亮晓畅,富丽精工,雄放流畅,凄婉清丽,峭拔雅丽,深沉豪放,沉郁悲壮。

（四）元明清

萨都剌、王冕、马致远、关汉卿、张养浩、睢景臣、高超、李梦阳、于谦清丽俊爽,淳朴自然,清隽流畅,泼辣清新,警辟深远,新奇辛辣,俊逸清新,纵横雄骜,朴直浅近。陈子龙、顾炎武、王士禛、袁枚、朱彝尊、纳兰性德、龚自珍、郑燮、黄遵宪苍凉悲峻,苍劲沉郁,含蓄清远,空灵浮坦,清新疏淡,抑郁婉约,清奇瑰丽,刚劲清新,浅俗新颖。

历史上十位女诗（词）人

班婕妤:西汉楼烦（今山西宁武）人,班固祖姑,有《自悼赋》等作品传世。

蔡琰:字文姬,汉末陈留（今河南杞县）人,蔡邕之女,著五言《悲愤诗》和琴曲歌辞《胡笳十八拍》。

左芬:西晋齐国临淄（今属山东）人,左思之妹,今传有《啄木鸟》等诗。

苏惠:十六国时前秦武功（今属陕西）人,曾把对丈夫的思念之情,写成《回文璇玑图》诗,织锦寄夫,为回文诗之首创。

谢道韫:东晋陈郡阳夏（今河南太康）人,有《登山》诗。

鲍令晖:南朝宋时东海（今山东苍山县南）人,鲍照之妹,有《十离诗》等作品。

薛涛:唐朝女诗人,长安人,创制"薛涛笺",后人将她的诗辑为一册,名《薛涛集》。

李清照:南宋济南（今属山东）女词人、诗人,号易安居士,今传词集《漱玉词》。

朱淑贞:南宋钱塘（今浙江杭州）女词人、诗人,今传词集《断肠词》。

秋瑾:浙江绍兴人,号鉴湖女侠,近代著名的民主主义革命家,作品有《秋瑾集》。

中国古诗二言至十一言之始

　　晋初年,当时有个名叫孙绰的诗人,在《悲哀诗序》中写道:"不胜哀号,做诗一首。"一个名叫支通的人,在《咏禅道人诗序》中写道:"聊著诗一首。"从此,人们普遍用"首"来计算诗歌的数量。

　　中国是诗歌的王国,从远古至近现代诗歌不知其千千万万,因种种原因失传了的除外,保存下来的仍可说是浩如烟海。诗歌也和其他事物一样,有一个萌芽、产生、发展变化的过程。

　　《诗经·有助》"振振鹭、鹭于飞、鼓咽咽、醉言归"是三言诗之始。

　　《周易》"其亡其亡,系于苞桑"是四言诗之始;卜辞"其自西来雨,其自东来雨,其自北来雨,其自南来雨"是五言诗之始;《诗经·卷耳》"我姑酌彼金垂,我姑酌彼凹觥"是六言诗之始;《诗经·昊天有成命》"二后受之成王不敢康"是九言诗之始,杜甫诗"男儿生不成名身已老"也是九言诗。李白"黄帝铸鼎于荆山炼丹砂,丹砂成骑龙飞上太清家"十言诗之始。苏东坡"山中故人应有招我归来篇"十一言诗之始。少数民族流传的叙事诗:

　　彝族的《阿诗玛》。

　　傣族三大悲剧《娥并桑洛》、《叶罕佐与冒弄央》、《相秀》。

　　苗族的《娘阿莎》和《张秀眉之歌》。

　　哈萨克族的《萨里哈与萨曼》。

　　白族的《鸿雁带书》。

　　土家族的《哭嫁歌》。

　　侗族的《珠郎与娘美》。

　　回族的《马五哥与尕豆妹》。

　　蒙古族的《嘎达梅林》。

中国的第一首译诗:越人歌

　　凡是将一种语言译成和这种语言有差异、而意思相同的另一种语言,都可作翻译。例如,将古代汉语译成现代汉语,将方言译成普通话,将少数族语译成汉语，都是翻译。中国古代的《越人歌》，可以说是中国的第一首翻译诗，是第一首将南方越人的方言诗译成"楚国话"的诗歌。

据汉朝大目录学家刘向的《说苑·善说》记载，春秋时楚国有一个贵族叫鄂君子皙，有一天他在河中泛舟奏乐。越人女青年为他摇船，对他很爱慕，用越语唱出一首歌来表达自己的情思。鄂君子皙让人用楚语把它翻译出来，这就是流传至今的第一首译诗——《越人歌》。歌中唱道："今夕何夕兮；搴舟中流。今日何日兮，得与王子同舟。蒙羞被好兮，不訾诟耻。心几烦而不绝兮，得知王子。山有木兮木有枝，心悦君兮君不知。"试译成现代汉语就是："今夜是什么夜呀，摇舟在河中间。今日是什么日子呀，我能够和王子同船。害羞得不好意思，只要喜欢呀，也不计较别人的耻骂。心烦意乱情难断呀，怎么能够使王子知道我的心事？山上有树呀树有枝（知），心里喜欢君呀君不知。"

汉朝的乐府

汉武帝时是西汉帝国的全盛时期，政府设立了一个在中国历史上有名的音乐机构，叫做"乐府"。它的工作任务，就是适应宫廷的需要，收集民间音乐；创作和填写歌辞，创作和改编曲调；编配乐器，进行演唱及演奏等等。

乐府的领导，由一位杰出的音乐家担任，关于歌辞的写作，由几十位文学家配合担任，加上普通的工作人员，约八百人，大多是各地民间的艺人。乐府所掌管的音乐范围很广。

可是，好景不长，汉政府逐渐腐败，贵族、大官僚和地主大肆兼并土地，农民失去土地，流民日多，西汉的统治出现危机。在公元前6年，西汉政府取消了乐府的机构，在工作人员829人中，罢免了441人。被罢免的都是担任民间音乐方面工作的人，而留下388人，则都是掌管贵族音乐的人。

宫体诗有三种说法

什么是"宫体诗"，有三种说法。一、《梁书·简文帝纪》载简文帝萧纲其序云："余七岁有诗癖，长而不倦，然伤于轻艳，当时号曰宫体。"轻指"轻靡，"艳"指绮丽。可见宫体诗是指题材比较细小，内容琐碎，文词绮丽的诗作。二、《梁书·徐摛传》曰："摛幼而好学，及长，遍览经史，属文好为新变，不拘旧体。……摛文体既别，春坊（太子宫）尽学之。宫体之号，自斯而起。"即宫体诗是徐摛开创的一种新变体。太子宫的学士都学徐摛的变体，因称为宫体。三、《隋书·经籍志·集部总论》曰："梁简文帝在东宫，亦好篇什，清辞巧制，止乎衽席之间，雕琢蔓藻，思极闺闱之内。后生好事，递相仿习，朝野纷纷，号为宫体，流宕不已，讫于丧亡。"即宫体诗是萧纲写宫廷中的淫荡生活，影响到朝野，变为亡国之音。

且说题画诗

我国题画诗的产生，历来被认为始于唐朝，创始者为杜甫。

这里首先应该说明什么是题画诗？如若说题画诗专指题在画面上的诗，以现有资料看，那是唐朝才有的事。若不是专指题在画面上的诗，而是把不直接题在画面上的吟画、题画、论画以及题扇画、题壁画、题屏风画都看作是题画诗的话，那么，从现有资料看，在六朝时已经有了题画诗。如《全汉三国两晋南北朝诗》中，就收有东晋桃叶的《答王团扇歌》三首，其一是："七宝画团扇，灿烂明月光。与郎却暄暑，相忆莫相忘。"虽说比较简单，但确实是对画扇的歌咏。

唐诗何以胜汉赋

汉赋与唐诗，是中国古代文化的两大遗产，都曾代表了当时社会的文学潮流。但是随着时间的推移，它们在文学艺术上成就的差异日益明显。汉赋在魏晋以后，作赋者寥寥无几，至南宋，赋几乎在文学长河中绝迹；而唐诗至今光辉不灭。这是什么原因呢？

这两种文学形式在题材上、艺术风格上与作者队伍上的差异，导致它们截然不同的文学地位。

首先表现在题材上。据《汉书·艺文志》载：汉赋约有几百篇。这些赋篇题材惊人的雷同，其表现内容不外是写宫苑富丽，都城豪华，田猎乐事，为粉饰太平大唱颂歌。唐诗则不同，《全唐诗》共收诗49403首，题材广泛，上至宫庭生活、战争场面，下到桑梓离乱、乡村风光，无一不入诗卷。其次，两者的艺术风格也不同。汉赋作者大多"为情而造文"，因此"铺采摘文"，"虚而无征"，这种宫廷文学的风格，迎合了帝王与贵族精神生活的口味，因奉命而作，自然只能在文字上斗巧，以典雅铺张为其能事。唐诗的风格却是"百花齐放"：李白的飘逸，杜甫的沉郁，王维的清雅，岑参的奔放，白居易的晓畅，李贺的奇丽，孟浩然的闲淡，韩愈的雄奇，杜牧的俊逸，温庭筠的浓艳……艺术风格因人而异，因时而异，这说明诗人的生活经历与其个人气质所分不开的。第三，唐诗的作者队伍大大超过了汉赋作者。汉赋作者据记载有 60 多人，前期有贾谊等，中期有司马相如、刘向等，后期有扬雄、班固、张衡、赵壹等。而唐诗则不同，《全唐诗》收作者2800 余人，除了文人，还有和尚、尼姑、宫人、歌妓、将士等人作的诗。

唐诗是我国文学艺术之树上的璀璨的明珠，至今仍放射着灿烂的光华。

律诗的意境和欣赏

诗的意境，就是指诗通过形象的描绘所开拓出的艺术境界和表现出来的情调。我们读一首诗，就要留心探寻：一、诗的意境是由哪些诗句拓开；二、由哪些诗句进一步深化；三、由哪些诗句写实来铺开场面，又由哪些诗句在有感于画面的前提下抒情说理。

如苏东坡的《过惶恐滩》：

> 七千里外二毛人，十八滩头一叶身。
> 山忆喜欢劳远梦，地名惶恐泣孤臣。
> 长风送客添帆腹，积雨浮舟减石鳞。
> 便合与官充水手，此生何止略知津？

此诗开头两句以一个场面阔大的静镜头拓开画面，第三、四句则是写情。把抑郁的情绪和诗人所在的惶恐滩紧密联系起来，显得浑然一体。而第五、六句又用动镜头来进一步深化意境。说是动镜头，可以从诗句中的"送""添""浮""减"四个字中理解出来。诗的结尾则是诗人在万里贬谪的途中发牢骚：我屡遭贬谪，东西南北的路径也走得熟极了，简直可以给官家当水手车夫了，自然是怨遭贬的次数太多，意在言外。

律诗的意境是这样,那么如何欣赏它呢?

　　第一,反复诵咏。古人读诗,是亮开嗓子,拉着抑扬顿挫的声调,有如唱一样,到了兴酣情足的时候前俯后仰、晃脑摇头。这样显然有些迂腐,但有两个好处:一是高声诵读易于记忆;二是全神贯注地朗读容易使自己进入诗境,使情感受到陶冶。

　　第二,推敲篇章结构。读诗不能像看小说一样一看而过,需要仔细推敲其章法。一般的律诗有较明显的起承转合（个别的一气呵成的律诗例外）。首联(诗的第一、二两句)为起。常见的律诗有三种起篇的方法:一是阔大雄浑,大气包举全篇;二是陡峭奇绝,如九天坠巨石于前;三是平淡清远,阔占地步。颔联(诗的第三、四句)为承。这一联的关键在于承接平和自然,接住首联气脉。诗的尾联为结,不论是本位收住,还是放开一步的结尾,都要注意结尾有远神,换一句话说,是言已尽而意无穷。这样,我们就可以在推敲诗的章法的基础之上,琢磨全篇诗的意境和揣摩诗人的立意何在,明白其要说明的是什么。

　　第三,研究句法技巧和字法。律诗(特别是七律)的句法技巧,突出地表现在中间两联对仗上。对仗不仅仅是两句平仄上相反和对应位置上的词的词性相同或相近。只了解这一点还是很不够的。要看对仗句中使用了哪些修辞手段,为什么用这种修辞方法。比如说倒装法,诗人往往为了突出某一事物,把它从后面的位置上提到句首。如此等等。

　　第四,统观全诗,看全诗是否有极强的画面感,是否情景交融、虚实相生。若是诗中弦外有音,别有深远的意境,使人会于意象之表,才真是好诗。

唐朝诗文知多少

　　目前留下的唐朝诗文之多,在世界古代文化史上,可以说独占鳌头。但究竟有多少呢?历来无确切的统计。日本京都大学人文科研究所平冈武夫先生主编的索引,把《全唐诗》、《全唐逸诗》、《全唐文》、《唐文拾遗》、《唐文续拾》中的作者和作品,都逐一编号统计,其数字颇为可靠。据其统计,共收诗49475首(其中《全唐诗》共收诗49403首),共有诗人2955人;共收文22896篇(其中《全唐文》共收作品20025篇),共有作者3516人。唐文作者和唐诗作者互见者不到700人,即不到20%。

什么是无题诗

无题诗,有两个含意:一是指我国诗歌早期无标题阶段中的诗,如《诗经》中的作品,都是无标题的。它们仅以诗篇的首句或择其中的一两个字来标示,如《君子于役》、《关雎》、《氓》等。而到了"楚辞",则出现了显示全篇主题思想的标题,如《离骚》、《橘颂》和《怀沙》等。另外,后世还出现了一种特意标名为"无题"的诗篇,遂有"无题诗"一体。

在我国文学史上,唐朝诗人李商隐是较早写"无题"诗的诗人,其数量也最多,集中以"无题"标目的诗,也不下 20 首,另外还有像《锦瑟》、《碧城》等采用诗中首二字标题,与诗意无关,等于"无题"。为什么在诗篇立题已成惯例的情况下,作者偏要回避采用题目呢?这可能有种种情况或其中隐含着不愿公开的爱情事件,或者寄寓着某些政治内容怕触时讳,或者在仕途上向人陈情干谒不便直说等等,因而隐约其辞,归之于"无题"。这类诗的特点,大多以男女爱情为题材,而又寄托深微,隐晦曲折,有时竟至旨意难明。

打油诗的来历

据说,唐朝有一个名叫张打油的人,喜欢作诗。一天,下了一场大雪。他诗兴大发,随口吟道:"江山一笼统,井上黑窟窿。黄狗身上白,白狗身上肿。"应该说,这首没有一个雪字的诗,对雪景刻画得贴切、逼真;远景、动物、静物都写到了,特别是最后一个"肿"字,更为形象。但由于张打油没有名气,加之这首诗没有寄兴,当时传播不广。

还有一次,张打油在一个衙门的墙上写了一首诗:"六出飘飘降九霄,街前街后尽琼瑶。有朝一日天晴了,使扫帚的使扫帚,使锹的使锹。"县官一见大怒,立刻派人把他抓来。张打油说,他可以写出更好的诗。县官便以当时南阳被围为题,命他作诗。张打油随即吟道:"天兵百万下南阳。"县官一听,大喜道:"有气魄!"张打油接着吟道:"也无援救也无粮。有朝一日城破了,哭爷的哭爷,哭娘的哭娘。"从此,张打油远近闻名。

凡是出语鄙俗的诗,人们都叫它"打油诗"。当然也有作者自谦,而把自己的诗称为"打油诗"的。"打油诗"的特点是通俗易懂,一看明白,人人喜闻乐见,容易背诵,易于流传。

剥皮诗种种

剥皮诗指按前人有影响的诗篇的形式(架子),改动部分诗句,赋予诗以新的内容的一种诗体。因其扎根于名篇肌体之上,故极易为人们所传诵,其诗往滑谑间作,妙趣横生。

清人戏作《惧内即景》诗:"云淡风轻近晚天,傍花随柳跪床前。时人不识余心苦,将谓偷闲学拜年。"脱胎于宋程颢的《春日偶成》,只作了六字改变,对"怕老婆"者挖苦得入木三分。

今人童年君有《再过桥头斋铺》一诗:"去年今日此门过,人面麻花相对搓。人面不知何处去,麻花依旧下油锅。"是唐崔护《题都城南庄》的翻版,仅八字不同,即景抒怀,毫不逊色。

曹植《七步诗》脍炙人口。"煮豆燃豆萁,豆熟其亦灰。不为同根生,缘何甘自毁?"是郭老"反其意而剥皮"的一首诗。原诗的中心是"相煎何急"喻骨肉自相残害。改诗则强调"豆熟其灰",是出于亲人相助,互相成全。将原诗的贬义翻了个儿,变为褒义。这又叫"翻案剥皮诗"了。

试帖诗

这是唐朝以后科举考试所规定的一种必须完成的诗体。因题目常冠以"赋得"二字,又称"赋得体"。以古人诗句或成语为题,唐朝以五言六韵(60字)为常制,后来发展为五言八韵,即五字一句,二句一联(韵),十六句一首(80字)。试帖诗的结构略同八股,首联名破题,次联名承题,三联如起比,四五联如中比,六七联如后比,结联如束比。得字官韵必须在首联次联押出,不可更换。得字有取题中字者,有取题外字者。下举清朝试帖诗一首为例:

赋得万户捣衣声得声字
路慎庄
题目出于李白《子夜吴歌》:"长安一片月,万户捣衣声。秋风吹不尽,总是玉关情。"

东西深不辨，空外但闻声。共捣三更月，谁知万户情。

寒衣新浣出，密线旧缝成。远近惊秋早，光阴入夜争。

力微拼用尽，辛苦说分明。凉意生双杵，繁音满一城。

深闺今日寄，绝塞几人征。露布频闻捷，铙歌报太平。

这里，按试帖诗的规定，题目与诗均低二格平写，留上二格为颂圣抬头之用。如本诗最后一句中的"太平"二字，须另起一行，抬头两格，以示颂圣。"得声字"，即要求该诗须依《诗韵》押"声"字韵。

咏月诗句

自古以来，在我国民间就流传着许多关于月亮的美妙传说，如"嫦娥奔月"、"吴刚伐树"、"玉兔捣药"等。历代文人骚客根据月亮在不同时间、不同气候环境下出现的各种变幻，借助于神话传说的魅力，赋予月亮以种种美丽、形象的雅号。咏月的诗词更是层出不穷，竞相斗妍。以下举一些供大家品赏：

白兔："此时瞻白兔，真欲数秋毫。"（杜甫）
玉兔："上人分明见，玉兔潭底没。"（贾岛）
金兔："朱弦初罢弹，金兔正奇绝。"（卢仝）
蟾兔："三五月正满，四五蟾兔缺。"（《古诗十九首》）
兔魄："慈乌夜夜向人啼，几度纱窗兔魄低。"（范柠）
兔轮："西瞻若水兔轮低，东望蟠桃海波黑。"（元稹）
蟾蜍："闽国扬帆去，蟾蜍亏复圆。"（贾岛）
蟾宫："鲛宝影寒珠有泪，蟾宫风散桂飘香。"（李俊民）
清蟾："已饶瑞英明朝满，先借清蟾一夜圆。"（范成大）
明蟾："永夜凉风吹碧落，深秋白露洗明蟾。"（刘基）

玉蟾："玉蟾离海上，白露湿花时。"（李白）
半蟾："西郊阴霭散，开户半蟾生。"（李白）
桂月："桂月危悬，风泉虚韵。"（庾信）
桂宫："白兔如嫌冷桂宫，走人杏花坛下井。"（高启）
桂轮："桂轮秋半出东方，巢鹊惊飞夜未央。"（方千）
桂魄："桂魄初生秋露微，轻罗已薄未更衣。"（王维）
月桂："长河上月桂，澄彩照雨楼。"（张正见）
玉盘："暮云收尽溢清寒，银汉无声转玉盘。"（苏轼）
玉环："高星粲金粟，落月沉玉环。"（白居易）
玉轮："玉轮涵地开，剑匣连星起。"（骆宾王）
圆景："圆景光未满，众星粲似繁。"（曹植）

银河别称

银河：在我国古典诗文中也有不少有趣的别称。
天河：王建《秋夜曲》："天河悠悠漏水长，南楼北斗两相当。"
天汉：陆机《拟明月皎夜光》："招摇西北指，天汉东南倾。"
星汉：曹操《观沧海》："星汉灿烂，若出其里。"
长河：李商隐《嫦娥》："云母屏风烛影深，长河渐落晓星沉。"
绛河：杜审言《七夕》："白露含明月，青霞断绛河。"

古代诗歌别裁

　　"别裁"一词意即分别裁定，决定取舍。唐朝大诗人杜甫《戏为六绝句》之六有"别裁伪体亲风雅，转益多师是汝师"的诗句，故后来用作诗歌选本的名称，意谓所选的诗歌作品已将不符合"风雅"标准的"伪体"剔除，辑为选本，首先使用"别裁"一词作诗歌选本名称的是清朝的沈德潜。在我国文学史上，比较著名的"别裁"选本有：《唐诗别裁》：最初抄本名《唐诗宗》，后改今名，清朝沈德潜编选。《宋诗别裁》：原名《宋诗百一钞》，后改今名，清朝张景星、姚培谦、王永琪合编。《明诗别裁》：全书十二卷，清朝沈德潜、周准合编，以明朱彝尊《明诗综》为基础。《清诗别裁》：原名《国朝诗别裁》，后改今名，清朝沈德潜编选。

诗话与词话

诗话是我国古代文学理论批评的一种重要形式。它的萌芽是很早的，古籍中记载的零星的有关诗人、诗作的评论，像《西京杂记》中记载的司马相如论作赋、扬雄评司马相如的赋，《世说新语》中的《文学》等篇中记载的谢安的摘评《诗经》诗句，《南齐书·文学传论》中对于王粲、曹植、鲍照等一系列诗人诗作的评论，都可以看作是诗话的雏形。

诗话正式出现在宋朝，第一部诗话是欧阳修的《六一诗话》，这种样式很快发展流行起来。据统计，现存的宋人诗话流传或部分流传下来的，未佚或有佚文而尚待辑者，共有一百三四十种。

最早的诗话内容多半是记载关于诗人诗作的"资闲谈"的琐事。当时的诗话很少接触诗歌的创作或理论问题。直到张戒的《岁寒堂诗话》、姜夔的《白石道人诗说》、严羽的《沧浪诗话》出现，才接触并提出了诗歌创作中的一系列重大的创作和理论问题，因而对后世产生了长远的影响。

诗话在宋以后有了长足的发展，特别是明清两代，数量更多，同时，随着诗话的出现，词话、曲话等也相继发展起来，并曾达到很高的水平。词话中有周颐的《蕙风词话》、陈廷焯的《白雨斋词话》，直到王国维的《人间词话》等。还有总论诗、词、曲、赋、文的，如刘熙载的《艺概》。词话、曲话的逐渐发展，也逐渐成了对各种文学样式发表批评意见的最重要的形式。

诗话、词话等的一般特点是，多数每则比较短小，缺乏系统严密的理论分析。但它形式灵便，分析中不仅有许多精细入微的见解，而且在它们所发表的直接性的感受和判断中，包含着很丰富的理论价值。其中的许多道理对于我们今天的创作也是很有借鉴意义的。

诗庄词媚

词中不无豪放大家(苏轼、辛弃疾)，诗中亦颇多婉约之作(王维、李商隐)。何以古人却有"诗庄词媚"之说？

这与两种文学体裁的本身特点有关。在中国古代，将不合乐的称诗，合乐的称为歌。而古代的词，大多可合乐歌唱，故词又名长短句、乐府、琴趣。词的句子长短不一,便于歌唱,比起绝句、律诗来要自由得多,在表达感情上也易于更加细腻。另一个方面,最早的诗,是"口头创作",到了隋唐时代,诗的韵律、格式更加规范化,隋炀帝设"文才秀赛"一科,即进士科,提倡读书人以诗赋获取功名,而词则被视为雕虫小技。北宋词人柳永经人向宋仁宗举荐,宋仁宗批了四个字:"且去填词。"可见,在统治阶级眼里,写诗要比填词严肃正经得多。

至于以苏轼等人为例来说明词不一定"媚",刘大杰先生曾指出,苏轼之前,词以婉约为正宗,苏东坡作了大胆突破,开创了词的豪放派。

宋词浅说

词,是我国古代诗歌的一种,它始于梁朝,形成于唐朝而极盛于宋朝。据《旧唐书》上记载:"自开元(唐玄宗年号)以来,歌者杂用胡夷里巷之曲。"由于音乐的广泛流传,当时的都市里有很多以演唱为生的优伶乐师,根据唱词和音乐拍节配合的需要,创作或改编出一些长短句参差的曲词,这便是最早的词了。从敦煌曲子词中也能够看出,民间产生的词比出自文人之笔的词要早几十年。

唐朝,民间的词大多是反映情爱相思之类的题材,所以它在文人眼里是不登大雅之堂的,被视为诗余小道。只有注重汲取民歌艺术长处的人,如白居易、刘禹锡等人写的一些词,具有朴素自然的风格,洋溢着浓厚的生活气息。脂粉气浓烈的以崇尚浓辞艳句而驰名的温庭筠和五代"花间派",在词发展史上有一定的位置。而南唐李后主被俘虏之后的词作则开拓了一个新的深沉的艺术境界,给后世词客以强烈的感染。

到了宋朝,通过柳永和苏轼在创作上的重大突破,词在形式上和内容上得到了巨大的发展。尽管词在语言上受到了文人诗作的影响,但典雅雕琢的风尚并没有取代其通俗的民间风格。而词的长短句形式更便于抒发感情,所以"诗言志,词抒情"的这种说法还是具有一定根据的。词,大体上可分类为婉约派和豪放派。婉约派的词,其风格是典雅清婉、曲尽情态。像柳永的"今宵酒醒何处?杨柳岸,晓风残月";晏殊的"无可奈何花落去,似曾相识燕归来";晏几道的"舞低杨柳楼心月,歌尽桃花扇底风"等名句,不愧是情景交融的抒情杰作,艺术上亦有可取之处。豪放词作是从苏轼开始的,他把词从娱宾遣兴的天地里解脱出来,发展成独立的抒情艺术。

词发展到后来逐渐和音乐分离,而成为一种独立的文体。古人填词,除了按律填词之外,还要根据内容所要表达的喜怒哀乐之情去选择合适的词牌和韵部,而这一点现代人已经不大讲究了。

散 曲

宋金时,自中晚唐以来流行的长短句歌词,经过长期酝酿,并吸收了民间曲调和女真、蒙古等少数民族的乐曲,逐渐形成了一种新的诗歌形式,这就是当时流传在北方的散曲,也称北曲。散曲包括小令和套数两种主要形式。小令是独白的只曲;套数沿自诸宫调,是由两首以上同一宫调的曲子相联而成的组曲。散曲最初只在市民中流行,被称为"市街小令",也叫"叶儿"。元朝是散曲发展的黄金时代,当时,可考的作家达200余人,前期的主要作家作品有:关汉卿(南吕·一枝花)《不伏老》,马致远(双调·夜行船)《秋思》等;后期比较重要的作家作品有:睢景臣(般涉调·哨遍)《高祖还乡》,张可久(朝天子)《胡上》等。散曲大多数是歌唱山林隐逸,描写男女风情的作品,只有少数曲子反映了人民的痛苦,藐视封建礼教,揭露统治者的残暴的;到后期,散曲作家日益脱离现实,语言也愈来愈典雅工丽,失去了前期作家朴素自然的特色;散曲逐渐走向了衰微的道路。

歌词的特点

歌词属韵文。在我国,歌词源远流长。古体诗歌,如《诗经》、《楚辞》、汉魏乐府的一些篇章,原本就是远古民间歌谣的记录,或专为歌唱而写的歌词。不少被列为名篇的"古诗",其实也是歌词,如《渡易水歌》、《垓下歌》、《大风歌》、《戚夫人歌》等。近体诗(主要是唐诗),特别讲究格律的严整,曾在我国诗歌史上取得很高的艺术成就,其中有些也是可唱的。

歌词的特点主要是:

立意清新。既有明晰的思想脉络,又寻求独特的感情迸发点;既有深远的意境、浓烈的诗意,又有巧妙的构思,还有耐人寻味的感情外延,以引起人们的想象、联想,从而获得对生活的启迪,对美的追求。

主题集中。一般来说,一首曲作总是以表现某一种类型化的思想感情见长,所以歌词主题集中,结构紧凑,形象统一,体式、内容忌庞杂、散乱。一曲多段词时,每段对应句的实词和重要虚词的节律基本一致。

语言易唱。歌曲是听觉艺术,又是时间艺术,歌词随着流动的旋律感染人,所以歌词的语言精练、准确、生动、宜唱,寓意深刻而语言浅近,节奏明晰而韵律秀美,让人一听就懂,忌用佶屈聱牙或晦涩难懂的词,也忌用字音相同而语意相反或可作他解的词。同时,语言讲求可唱性,或者会"倒字"过多,演唱起来字不正腔不圆,或者因字词安得不是地方,疏密失当,既增加听觉的负担,又在一定程度上损害音乐的完整性。

中国歌词与新诗

五四运动所产生的新文化,虽然和中国的历史文化有着必然的血缘关系,但是它从内容到形式都受到了强烈的外来影响。

表现在文学运动上,则是输入了许多新的体裁和形式,小说、戏剧、诗歌无不如此。歌曲更是这样,时代变化了,人们要唱新的歌,限历史条件,当时还不可能产生新的作曲家。接受了欧洲音乐文化的李叔同想出了一个有效的办法,把一些欧洲歌曲的现成曲调拿来,由他自己填写了新词,曲调带着强烈的外来色彩,歌词带着浓重的旧体诗词的韵调,这便是最初的、也是宣告一个新的时代已经到来的歌;等到赵元任出现的时候,中国便有了自己的掌握现代音乐技巧的作曲家,从而结束了按旧有曲调填词的时代。歌词是新的创作,歌曲也是新的创作。从此作词家与作曲家相伴而生,形成了新的局面。

在 20 世纪 30 年代救亡歌曲的高潮中,聂耳、冼星海应运而生,成为现代中国音乐文化的杰出代表。与此相应,歌词界出现了田汉、塞克、光未然,他们的作品代表着歌词创作的新的水平。从文学的角度来看,这些歌词才是当时真正活在千百万人民群众口头上的新诗。有人认为中国新诗一直沿着两种轨道在发展。一种是与音乐相结合的,这便是歌词;一种是所谓自由体的诗,它不受音乐的制约,只寻求语言自身的规律,因此形式是多种多样的。歌曲由于插上了音乐的翅膀,易于传播,也易于使群众接受。许多年来,歌词一直支持着新诗,使新诗不停留在字面上,而是活在人

55

们的社会生活中,这是中国新文学史上的一个很重要的现象。

什么是诗界革命

19 世纪 90 年代,随着资产阶级改良运动的高涨,在诗歌领域内,我国出现了一个要求突破旧形式,表现新生活、新思想的诗歌改良运动,这就是"诗界革命"。

甲午中日战争以后,国事危急,一些觉醒了的士大夫变法维新,挽救危亡。这种形势直接影响了文学上的改革。当时,在晚清诗坛上以陈三立、陈衍、沈曾植等为代表的"同光体",他们一味模仿宋朝的江西诗派,泥古不化。他们认为"诗最患浅俗",结果他们写出来的诗"多拙屈不能诵"。在内容上,他们的诗很少反映社会矛盾和时代精神。针对这种情况,龚自珍首先突破诗坛上的清规戒律,写出了内容深刻、形式瑰丽的诗歌,例如《己亥杂诗》。但龚诗并未形成一个思潮。

接着,黄遵宪在 1898 年写成《杂感》一诗,对拟古主义进行了批判:"俗儒好尊古,日日故纸研。六经字所无,不敢入诗篇。古人弃糟粕,见之口流涎……黄土同抟人,今古何愚贤?即今忽已古,断自何代前?……我手写吾口,古岂能拘牵!即今流俗语,我若登简编。五千年后人,惊为古斓斑。"作者尖锐地嘲讽了在古书夹缝里找出路的诗歌,提出了古今语言变迁和古今诗歌发展的辩证观点,并且正面提出了"我手写吾口"的创作主张。这首诗是"诗界革命"最早发出来的信号。黄遵宪称自己的诗为"新振诗",同时,他也在摸索创造诗歌新形式,他的《军歌》《幼稚园上学歌》等就是这种尝试。

"诗歌革命"这个口号的正式提出是 1896 年至 1897 年间,正是甲午战争以后,首倡者是梁启超、谭嗣同、夏曾佑等人。和黄遵宪一样,他们也对封建文学进行了激烈的批判。梁启超在《夏威夷游记》中指斥拟古主义诗人为"鹦鹉名士",又在《饮冰室诗话》中指斥"词章家"为"社会之虱"。

梁、谭、夏等人写出了一些好诗。如谭嗣同在甲午中日战争之后写的《有感一章》:"世间无物抵春愁,合向苍冥一哭休。四万万人齐下泪,天涯何处是神州?"表现了在民族危机加深情况下的苦痛;再如蒋智由的《卢骚》:"世人皆欲杀,法国一卢骚。民约倡新义,君威扫旧骄。力填平等路,血灌自由苗。文字收功日,全球革命潮!"

改良派诗人在试作新诗的过程中也存在着不成熟、生硬的缺点。谭嗣同曾把一些新名词硬塞进诗中,使得谁也看不懂。如"纲伦惨以喀私德,法会盛于巴力门"(《金陵听说法》),其中的"喀私德",系英语音译,指印度的等级制度;"巴力门"亦英语音译,指英国议院。后来梁启超在《饮冰室诗话》中批评这种"持扯新名词以自表异"的倾向,指出:"过渡时代,必有革命。革命者,当革其精神,非革其形式。吾党近好言诗界革命,虽然,若以堆积满纸新名词为革命,是又满洲政府变法维新之类也。若以旧风格含新意境,斯可以举革命之实矣。""诗界革命"是出现在近代文学史上的一个崭新的文学思潮和文学流派。它的出现对"五四"时期真正的诗歌革命起了先驱作用。(刘平文)

古代小说用诗词开头

我国许多古典小说都是用诗词开头,这是为什么呢?原来,过去有些说书的没有固定的场所,只好击鼓打锣招揽听众。说书的人看到听众陆续到来,就在开讲正文之前,先念一首诗词或者讲一段小故事吸引听众,集中大家注意力。后来小说由口头到笔录,仍然保持了"话本"的形式。开头的诗词内容大多与正文有关。

宋四大词家

《宋四家词》所收四位重要词家:周邦彦、辛弃疾、吴文英、王沂孙。
周邦彦:字美成,号清真居士,钱塘(今浙江杭州)人,有《片玉集》。
辛弃疾:字幼安,号稼轩,齐州历城(今山东济南)人,有《稼轩长短句》。
吴文英:字君特,自号梦窗,四明(今浙江宁波人)有《梦窗稿》四卷。
王沂孙:字圣与,号碧山,会稽(今浙江绍兴)人,有《花外集》。
元曲四大家及其代表作:关汉卿:号已斋叟,代表作《窦娥冤》。
白朴:字太素,一字仁甫,号兰谷,代表作《墙头马上》。
马致远:字千里,号东篱,代表作《汉宫秋》。
郑光祖:字德辉,代表作《倩女离魂》。

元杂剧四大爱情剧：

关汉卿的《拜月亭》、王实甫的《西厢记》、白朴的《墙头马上》和郑光祖的《倩女离魂》。

诗二十四品

中国古代诗歌的二十四种风格：雄浑、冲淡、纤柔、沉著、高古、典雅、洗练、劲健、绮丽、自然、含蓄、豪放、精神、缜密、疏野、清奇、委曲、实境、悲慨、形容、超诣、飘逸、旷达、流动。

王国维治学"三境界"

王国维在《人间词话》里谈到了治学经验，他说："古今之成大事业、大学问者，必经过三种之境界：'昨夜西风凋碧树。独上高楼，望尽天涯路'，此第一境也。'衣带渐宽终不悔，为伊消得人憔悴'，此第二境也。'众里寻他千百度，蓦然回首，那人正在灯火阑珊处'，此第三境也。"

第一境界是说，做学问成大事业者首先应该登高望远，鸟瞰路径，了解概貌，"望尽天涯路"；第二境界是说，做学问成大事业不是轻而易举的，必须经过一番辛勤劳动的过程，"为伊消得人憔悴"，就是说要像渴望恋人那样，废寝忘食，孜孜不倦，人瘦带宽也不后悔；第三境界是说，经过反复追寻、研究，到底取得了成功。

唐朝诗人别称

"诗仙"：诗仙是唐朝大诗人李白的特称。他那啸傲山林、求仙寻道、纵酒狂歌的言行和作品，都给人一种飘逸如仙的感觉。

"诗圣"：诗圣是唐朝大诗人杜甫的特称。杜甫是我国古代最负盛名的现实主义诗人，一生创作了1400多首诗。他的诗突出地表现了对国家命运的关注，对民众苦难的同情。他大胆抨击权贵、官吏、军阀的罪恶，甚至指向执政者。

"诗豪"：诗豪是唐朝杰出诗人刘禹锡的特称。刘禹锡的诗歌当中艺术成就最高的有两大类,一是政治讽刺诗,他采用寓意托物手法,写得形象逼真;一是民歌体的《竹枝词》等作品,通俗清新,生活气息浓郁,风格别具。

"诗魔":诗魔是中唐时期诗人白居易的特称。他的诗富有人情味,雅俗共赏,白诗流传下来的就有3000首之多,其著名叙事长诗《长恨歌》、《琵琶行》,描写细腻、形象生动,渗透着作者浓郁的激情,成为千古叙事诗之绝唱。

"诗佛":诗佛是唐朝诗人王维的特称。王维作为盛唐名重一时的诗人,早年思想较为开朗积极,其诗歌题材颇为广泛,政治诗及边塞诗、山水田园诗都有成就。

"诗囚":"诗囚"是唐朝两位诗人孟郊和贾岛的特称。孟郊一生穷困潦倒,他的诗用字造句尽力避免平淡浅显,崇尚古拙,追求奇险,被后人称为苦吟诗人。和孟郊一样,贾岛一生也是孤寒坎坷,安于荒凉寂寞的生活,其诗靠锻句、炼字取胜。他与孟郊同以苦吟著名于当世,有"郊寒岛瘦"之称。

"诗鬼":诗鬼是唐朝诗人李贺的特称。李贺少年成名,在他的作品中,最具特色的是描写那些神仙鬼魅的诗,想象诡异,形象新奇,意境幽冷神秘,构思不拘常法。他的诗歌形成一种奇崛幽峭的独特风格,故后人称之为"诗鬼"。

蒙学三书

古代用于启蒙教育的三本书:《三字经》、《百家姓》、《千字文》。旧时这三部书简称为"三百千"。

回文诗与璇玑图

回文诗是一种按一定法则将字词排列成文,回环往复都能诵读的诗。这种诗的形式变化无穷,非常活泼。能上下颠倒读,能顺读倒读,能斜读,能交互读。只要循着规律读,都能读成优美的诗篇。读来回环往复、绵延无尽,给人以荡气回肠、意兴盎然的美感。

前秦妇女苏若兰,武功(今陕西)人,是秦州刺史窦滔的妻子。若兰知识广博,仪容秀丽,谦默自守,不求显耀,深得丈夫窦滔敬重。

窦滔有个宠姬名叫赵阳台,若兰十分嫉妒,每每相见,总免不了一番嘲讽,窦滔常常为此遗憾,心中十分不快。一次,窦滔到襄阳做官,若兰不肯与他同往,他就带着赵阳台去赴任,渐渐和若兰断了音信。若兰十分悔恨,于是费尽心机,织成一块八寸见方的五色锦缎,用文字织成回文诗,这便是有名的《璇玑图》。

该图八百多字,无论反读、横读、斜读、交互读、退一字读、迭一字读,均可成诗。可以读得三言、四言、五言、六言、七言诗一千多首,才情之妙,贯古超今。织者的悲欢忧乐,忠愤感激,好贤厌恶,跃然纸上。

若兰派人把织好的锦图送到襄阳,窦滔读后十分惭愧,深感对不起爱妻若兰,于是翻然醒悟,当即打发赵阳台返回关中,并用隆重的礼仪,把苏若兰接到襄阳,自此以后,夫妻更加恩爱。

藏头诗

藏头诗,又名"藏头格",是杂体诗中的一种,有三种形式:一种是首联与中二联六句皆言所寓之景,而不点破题意,直到结联才点出主题;二是将诗头句一字暗藏于末一字中;三是将所说之事分藏于诗句之首。

从古至今,藏头诗多在民间流传,或散见于古典戏曲、小说中。如《水浒传》中梁山为了拉卢俊义入伙,"智多星"吴用和宋江巧作藏头诗,暗藏"卢俊义反"四字,广为传播。

芦花丛中一扁舟,
俊杰俄从此地游。
义士若能知此理,
反躬难逃可无忧。

60

第三章　　小　说

小说的由来

据《庄子·外物篇》载："饰小说以干县令,其于大达远矣!"这句话的意思是说:"把小说修饰一番用来求得高名和美誉。"小说的名字,最早是从这句话来的,距今已有两千多年了。可是那时"小说"一词的含义与现在的所谓小说并不相同。那时,小说是指争辩中的词语,是与"大达"相对称的。大达,是指学说或博大精深的道理;小说,是指卑微琐屑的言谈,与大达不能相提并论,属于贬义词。

到了汉朝的班固,在他修的《汉书·艺文志》里,把小说列为独立的一家,并说:"小说者,街头巷语也。"同时列出许多他认为是小说的作品,这才与现在所说的小说相近了。汉朝的小说作品,正如东汉人桓谭在《新语》中指出的那样,大多是"残丛小语"。到了魏晋南北朝时期,小说作品中有些摆脱了"残丛小语"的形式,像志怪小说、老人小说一类有了初步的性格刻画和情节、虚构与想象,结构趋于完整。从此,小说作为文学上一种重要的体裁,开始独立于文学之林了,不过它最后仍未摆脱依附于历史著作的状况。

小说到唐朝叫做"传奇",发展到一个新的阶段。此时的小说题材广泛多样,篇幅加长,故事完整,情节委婉曲折,刻画人物性格细致鲜明。从这时起,作为一种文学样式的小说,艺术上可算基本成熟。从宋元话本开始,我国古典小说进入一个繁荣时期。明清小说如同"唐诗"、"宋词"、"元曲"一样取得辉煌的成就,出现了相当数量在国内外具有很大影响的作品。

文言小说

文言小说指的是古代以文言记录的杂事、异闻和故事。第一个著录了小说书目的《汉书·艺文志》说:"小说家者流,盖出于稗官,街谈巷语,道听途说者之所造也。"这个说法代表了从汉至唐对文言小说的理解,不同于现代的小说概念。文言小说,作者都是知识分子或官吏;内容是不见于经典的传闻、杂说或民间故事;创作手法有夸张、比喻,即虚构,形式大多是残丛小语,尺寸短书,即短篇;语言是书面文字,即文言文。文言小说从汉至清,不断发展,产生了如《搜神记》、《世说新语》、《唐朝传奇》、《剪灯新话》、《聊斋志异》等代表作品。

文言小说在流传过程中,散佚严重。《太平广记》中保存了唐以前的古小说;明刻有关丛书。

历史与演义的区别

作为一个喜欢读书的朋友,你一定熟悉《三国演义》、《隋唐演义》、《说岳全传》、《杨家将演义》这类书吧?也许,你还曾被小说中许多生动感人的情节深深地吸引过。然而,演义小说并不就是历史。

"演义"一词,最早见于西晋潘岳所作的《西征赋》:"灵雍川以止斗,晋演义以献说。"演义的原意就是推演义理而加以引申,后来才成为一种小说体裁的称谓。这种演义体裁,是由唐以来盛行的讲史话本发展而来,它的特点是根据史传敷衍成文,并经过了作者的艺术加工,像前面所选的几部小说便是。简单说,演义小说就是历史小说。

既然是小说,又经过艺术加工,就与历史本身有了区别。时代背景、人物事件基本与史实相合,有着历史的投影。但一些具体细节就不见得真实了。岳飞的英雄史事,促使了《说岳全传》的产生,小说的产生又加深了人们对岳飞的熟悉,这也是历史演义小说的作用之一,即除了给人以艺术享受之外,还在一定程度上普及了历史知识。当然,这里仅就历史概貌而言,对于一些具体情节,就不能信以为真了。正如清人金丰在《说岳全传序》中所云:"不宜尽出于虚而亦不必尽出于实。"

很多人把演义小说的故事作为历史谈启录,这是没有把历史和演义小说加以区别的缘故。

第三章 小 说

中国公案小说渊源

先秦两汉法律文献中的案例与史书中的清官循吏的传记，是公案小说的先导，或者说是它的酝酿期。

魏晋南北朝"志怪"小说中的神鬼与狱讼相结合的作品，不妨说是公案小说的萌芽。

中唐至五代的笔记(传奇)小说与法医学著作中出现的公案故事，说明此时公案小说已经成型。

到宋朝，随着城市人口的激增，阶级斗争的激化，刑、民事案件的日益增多以及市民在审美趣味方面新的需求(喜欢听离奇曲折、触目惊心的狱讼故事)，公案作品便大量产生，品种增多，色彩斑斓，艺术上也日趋完美。可以说，这是公案小说的成熟期。

传奇的含义

"传奇"在中国文学史上的不同时期有不同的含义。

唐以前，小说的雏形虽已产生，但"大抵一如今日之记新闻，在当时并非有意做小说"(鲁迅语)。到唐朝，特别是中唐，出现了一次大的飞跃。作者开始有意识地进行小说创作，更多地取材于现实生活，在现实生活的基础上进行艺术的概括、集中和典型化，刻画出栩栩如生的艺术形象。《霍小玉传》、《柳毅传》、《莺莺传》、《李娃传》等就是这一时期的代表作。但这时的小说，还只是各有篇名，并没有"传奇"这个称谓。"传奇"这一名称最早出现在晚唐，因裴铏写作小说集《传奇》而得名。这是唐朝第一次采用"传奇"这一词语。

《传奇》写于晚唐。当时社会动乱，战争频繁，许多人对现实绝望，把希望寄托在神出鬼没、除暴安良的侠客身上，一时游侠之风盛行。这种幻想反映到文学领域中，就产生了带有神秘色彩的豪侠故事。《传奇》中的《昆仑奴》、《聂隐娘》就表现出了这一创作倾向。《昆仑奴》描写了一个身怀绝技的昆仑奴磨勒，他不畏强暴，帮助贵官家的姬仆逃出苦海，与其所爱的人自由结为夫妻;《聂隐娘》叙述了一个飞檐走壁的女侠为其主报恩的故事，情节离奇，具有浓厚的神秘色彩，但聂隐娘刺杀无故害人的大僚，以及她以大将之女的身份自愿嫁给下层劳动者——一个平常少年为妻，都是值得肯定的。由于裴铏的《传奇》在唐人小说中具有一定的代表性，再加上"传奇"这一名称简明浅显地概括了唐人小说"传写奇事"这一特色，到宋以后，人们就把这种体裁的唐宋小说，统称为"传奇"了。这是"传奇"的第二个含义。

"传奇"还专指明清以唱南曲为主的一种戏曲形式。著名作品有汤显祖的《牡丹亭》、清朝洪昇的《长生殿》和孔尚任的《桃花扇》等。其中以《牡丹亭》的成就最为突出，作品通过杜丽娘和柳梦梅生死离合的爱情故事，热情歌颂了反对封建礼教、追求自由幸福和强烈的个性解放的精神。因"传奇"含义容易混淆，人们常常用"唐传奇"和"明传奇"来区别短篇小说和长篇戏曲。

话　本

话本，是民间艺术"说话"的底本，是随着"说话"技艺发展起来的一种文学形式。"说话"就是讲故事，相当于现代的说书。它在唐朝已流行。宋元时期，由于都市日趋繁荣，市民对娱乐要求增加，各种瓦肆技艺应运而生，"说话"更为流行。

从内容来看，宋元话本分"小说"、讲史、讲经、合生四家。

"小说"是其中影响最大的一家，和今天的小说的概念有些不同，专指短篇的话本，现存约四十篇，如《碾玉观音》、《错斩崔宁》。它们大多以现实生活为题材，又以爱情和公案两类最常见。讲史话本大多是根据史书敷演成篇的。讲经话本以《大唐三藏取经诗话》最为著名。

宋元话本在我国白话小说发展史上开创了一个崭新阶段，它对后来的小说、戏曲产生了深远的影响。

拟　话　本

元、明以来，说话技艺日衰，很少有记载。文人收集、编辑的话本，书商却大量印行。明朝文人由加工话本逐渐发展到模拟话本去进行创作，这类由文人创作、专供阅读的作品，为了有别于宋、元话本，鲁迅先生称之为

"拟话本"。

"拟话本"中著名作品有冯梦龙的《三言》,它是宋、元、明三代短篇话本和"拟话本"的最有代表性的选集。接着有凌蒙初的《二拍》等相继出现。这些小说集,广泛地反映了当时的社会面貌,塑造了一些比较成功的人物形象,在一定程度上反映了人民的思想要求,客观上也暴露了当时社会的黑暗,有一定社会意义,但不健康的内容也不少。

这些短篇白话小说专集,保留了宋朝话本的本色,而且在表现手法和语言技巧上都有所进步,文笔简洁、流畅,加强了气氛渲染及人物心理活动描写等表现手法。但也有些人物缺乏个性,情节也有雷同之处。

中国古典小说的艺术手法归谱

开门见山法　小中见大法　绝处逢生法
欲擒故纵法　曲折翻腾法　双扇对锁法
倒叙插叙法　未扬先抑法　避实就虚法
画龙点睛法　烘云托月法　移堂就树法
草蛇灰线法　锦针泥刺法　背面铺粉法
旁敲侧击法　火里生莲法　将繁改简法
横云断山法　山断云连法　连山断岭法
犬牙交错法　鸾胶续弦法　由近渐远法
反正相生法　双管齐下法　单刀直入法
含蓄寓意法　一击两鸣法　云罩雾遮法
层峦叠翠法　三五聚散法　疏密相间法
金针暗度法　行云流水法　飞针走线法
水中吐焰法　相间成文法　重作轻抹法
分叙单传法　虚敲实应法　移花接木法
染叶衬花法　打草惊蛇法　金蝉脱壳法
大落墨法　倒卷帘法　哨探遁法
避俗套法　避繁文法　自难自法
夹叙法　烘染法　弄引法　唢呐法
獭尾法　正犯法　略犯法　避难法
暗透法　衬贴法　反衬法　换转法

错综法 按照法 补遗法 反笔法
间色法 截法 岔法 大翻身大解悟法

《三国演义》和《水浒传》三同三异

《三国演义》和《水浒传》的成书,都有一个做依据的祖本,一个是《三国志平话》,一个是《大宋宣和遗事》。其同一。

《三国演义》和《水浒传》在成书之前,它们的故事同样都早已在民间流传,许多被搬上了说书场和戏剧舞台。其同二。

《三国演义》和《水浒传》同样都是经过很长时间的流传,由许多代、许多人集体创作,最后由文人改写、加工、修订而成。其同三。

一是文言和白话之异。《三国演义》是用文言文写成的,语言风格简洁、明快生动;《水浒传》是用白话写成的长篇小说,语言风格洗炼、单纯、明快生动而又通俗,色彩浓烈,造型力强。其异一。

二是实、虚有异。《三国演义》是历史小说,受历史事实约束,所谓"七分是实,三分是虚";《水浒传》是英雄传奇,它的故事全是虚构,不受史实局限,宋江虽实有其人,但他的故事全是创作。其异二。

三是所反映的矛盾斗争不同。《三国演义》描写的是东汉末年统治阶级中各种政治力量之间、各个军事集团之间的矛盾和斗争;《水浒传》描写的是北宋末年农民阶级和统治阶级之间的矛盾斗争。其异三。

《水浒传》写了多少人物

一部《水浒传》洋洋百万言,塑造的人物在古今小说中颇为大观。据统计,《水浒传》除去丫环、士兵等"龙套"外,有名有姓的人物就有577个,有姓无名的人物99个,有名无姓的人物9个,无名无姓但对故事情节开展有一定作用的人物40个。全书一共写了725个人物。此外书中提到,但未出场的人物还有102人,总计达827人。

水浒108将座次是怎样排定的

水浒108将座次的排定,宋江、吴用确实是煞费苦心的。这个座次的排定,实际上的标准是下述几条:(1)名望高低被作为第一应重视的条件。例如卢俊义对梁山几乎毫无功劳可言,就坐了第二把交椅。 (2)某些特殊知识和技能是宋江的主要辅佐力量,受到了特殊的对待。如吴用、公孙胜因为读些《孙吴兵法》,能"呼风唤雨"等,就排在第三、第四位。(3)世系显赫符合封建正统观念,自然受到推崇。关胜论功劳不及林冲,但因他是汉末三分义勇武安王嫡派子孙,就跃居第五把交椅。(4)上山前职位尊卑。朝廷步将投降梁山的共 21 人,在"天罡星"中列 11 人,一半还多。(5)适当考虑武艺强弱。如武松武艺超群,排在较前位置。(6)宋江的个人好恶、与宋江的亲近程度是排座次的另一个比较隐蔽的重要因素。宋江推许的人、亲信的人,如卢俊义、秦明、花荣和柴进等都尽量向前提。上述六条,基本上能够说明座次排列的理由,当然也有少数排列得令人莫名其妙的地方。

吴用用了多少计

长篇小说《水浒传》中的吴用在梁山上坐第三把交椅,绰号"智多星"。他机巧心细,足智多谋,作为水浒英雄的军师当之无愧。

《水浒传》从第 16 回"定计智取生辰纲"起至 120 回"自缢于宋江墓前"止,全书有 48 回记载了他的行踪,他一共用计 42 次,招安前用计 31 次,招安后用计 11 次。

吴用所用 42 次计谋,40 次成功,2 次失败。这两次失败都是因吴用用计不当造成,但不因此而削弱吴用的英雄形象,相反使人感到真实、可信、正常。因为吴用毕竟是人而不是神。

武松的模特儿

《水浒传》中那位赤手空拳的打虎英雄武松,生活中确有其人。他是《水浒传》作者的好友卞元亨。据《卞氏家谱》记述:"元末,两淮盐运副使卞仕震之子卞元亨,家住盐城便仓,字某,少时臂力过人,便仓一带常出现猛虎,乡人莫敢近,卞元亨一人独往,赤手空拳,将一只老虎打死。

施耐庵与卞元亨友善,而卞元亨是张士诚的部下,因而施耐庵熟悉张士诚统治集团内部的许多情况。《水浒传》中有不少人物原型是从这里来的，如贩私盐的两兄弟出海蛟童威、入海鲵童猛；当车夫的两淮人矮脚虎王英等。张士诚的女婿潘元绍及其哥哥潘元明，在朱元璋攻打杭州时苟且偷生，降明为官。施耐庵对他们兄弟俩的不忠行为甚为鄙视，故特在《水浒传》中描写了二潘（即第 23 回的潘金莲，第 44 回的潘巧云），用女人的不贞来比喻为臣不忠。

《西游记》的来龙去脉

　　《西游记》是我国明朝作家吴承恩的杰出作品，这部神话小说是集取经故事而成。

　　唐太宗贞观三年（629 年），高僧玄奘前往天竺（今印度）取经，17 年后回国口述所见，由其门徒辑录成《大唐西域记》。尔后，他的门徒为了神化玄奘，又编写了《大唐慈恩寺三藏法师传》，在描绘他艰难西行的同时，还穿插了一些传说。到了南宋，《大唐三藏取经诗话》一书把取经故事和大量的神话串联起来，书中开始出现孙行者的形象。这个猴子原是"花果山紫云洞八万四千铜头铁额猕猴王"，化身为白衣秀士，保护唐三藏取经。孙行者神通广大，武艺高强，一路奋勇格杀妖魔鬼怪，使取经事业"功德圆满"。这部书已具备了《西游记》的雏形。

　　明朝初年，又出现了规模较大的《西游记平话》，神话传说成分显著增多，孙悟空形象更加丰富。明朝大作家吴承恩"博览群书"，竭力搜寻"野言稗史"，博采众家之长，进而"杂取种种，合成一个"，创作出不朽的神话小说《西游记》。吴承恩之所以能写出《西游记》，是他植根于现实的结果。书中的神魔世界、阴冥地府、人间国度，正是明朝嘉靖、万历年间民不聊生的黑暗社会的反映；孙悟空与玉皇大帝的斗争，也似人民群众与以封建皇帝为代表的地主阶级的生死搏斗。

"红楼"与"红学"

　　《红楼梦》本名《石头记》，又名《情僧录》、《风月宝鉴》、《金陵十二钗》。而《红楼梦》之名，则始于清乾隆年间出版的甲戌本。此名定后，其他书名就渐废。

《红楼梦》续书有很多，有《续红楼梦》、《后红楼梦》、《红楼续梦》、《红楼圆梦》、《红楼梦梦》等，内容不外是要使宝黛再次结合，贾府重振家业。

有趣的是，在日本也有人写了续集，大意是说贾宝玉从贾府出走后，东渡日本留学，在东京巧遇林黛玉，后来还在东京举行婚礼。

"红学"指的是研究《红楼梦》的专门学问。"红学"一词最早见于清朝李放的《八旗画录》，说："光绪初，京朝士大夫尤喜读之，自相矜为红学。""红学"一词还有一段有趣的故事。在民国初年，松江县有个叫朱昌鼎的文人，不攻《四书》、《五经》，喜读小说，自言"平生所见说部有八百余种，而尤以《红楼梦》最为笃嗜。"一天有个朋友来看朱子美，进门见他正埋头读书，便笑着问："先生现治何经?"他答道："五之经学，系少一横三曲者。"朋友不解，他说："无他，吾所专攻者，盖'红学'也。"原来"经"的繁体字写作"經"，"經"去掉一横三曲(<<<)，是个"红"字。这个小故事流传开来，不久"红学"一词就约定俗成，成为研究《红楼梦》这门学问的专有名称。

光绪年间，北京士大夫阶层就以研究《红楼梦》为"红学"，民国初年，"红学"已成为一门专门学问，如蔡元培、王梦阮等学者开始对《红楼梦》进行系统的研究，五四运动以后，胡适、俞平伯等用现代的考证方法来研究《红楼梦》，把"红学"研究向前推进了一大步，因此，人们把"五四"以前的"红学"称为"旧红学派"，而把胡适、俞平伯所倡导的"红学"称为"新红学派"。

脂砚斋与《红楼梦》

《红楼梦》最早是以《脂砚斋重评石头记》的抄本形式流行的。1927年以后，国内陆续发现了多种标有"脂砚斋评"的《石头记》抄本。这些本子多为八十回本。红学家俞平伯曾编辑《脂砚斋红楼梦辑评》一书，收有批语约3000条。这些批语以署名脂砚斋者为最多。

另外，贾家已历百年，业经五代，一家老少几辈数百人，平时不可能聚在一处。每年除夕祭宗祠时，贾府人都要到齐，并按辈分排列。"凡从文旁之名者,贾敬为首;下者从玉者,贾珍为首;再下从草头者,贾蓉为首;左昭右穆,男东女西。"这里只写到了从文、从玉、从草这三代的人,上两辈从水、从人者没有涉及。从水的宁国公贾演和荣国公贾源,从人的贾代化和贾代善,都早已去世,已属受祭的列祖列宗;从人的还有贾代儒、贾代修在世,都已年迈体衰,大概不能出门;所以只剩下从文、从玉、从草三代人了。只要记清这些人辈分,就不难分辨众多的贾府人物了。

红楼人物数与谱

《红楼梦》中究竟写了多少人物,许多人做过统计。清嘉庆年间姜祺统计共448人。民国初年兰上星自编了一部《红楼梦人谱》,共收721人,人各为传,字数不一。此书中又收《红楼梦》所述及古代帝王23人,古人115人,后妃18人,列女22人,仙女24人,神佛47人,故事人物13人,计262人,每人略考其生平及传说。连上二者合计,共收983人。

近年,徐恭时作新统计。基础工作是:在历年阅读过程中,先以庚辰本作底本,逐回逐段地把人名材料做成札记,广览诸家表谱,相互核对,最后把人物归类。现已统计出:(一)宁荣两府本支:男16人,女11人,宁荣两府眷属女31人。(二)贾家本族:男34人,女8人。(三)贾府姻娅:男52人,女43人。(四)两府仆人:丫环73人,仆妇125人,男仆67人,小厮27人。(五)皇室人物:男9人,女6人。宫中太监27人,宫女7人。(六)封爵人物:男37人,眷属女14人。(七)官吏:有姓名及职名冠姓的男26人,只有职称的38人,胥吏男3人。(八)社会人物:各阶层男102人,女71人。医生男14人,门客男10人。优伶男6人,女17人。僧道男17人,尼婆49人。连宗男4人,女4人。(九)外国人:女2人。(十)警幻天上:女19人,男6人。总计:男495人,女480人,两计975人。其中有姓名称谓的732人,无姓名有称谓的243人。

有人将《红楼梦》的主要人物归谱如下:

十二金钗:林黛玉,薛宝钗,贾元春,贾迎春,贾探春,贾惜春,李纨,妙玉,史湘云,王熙凤,贾巧姐,秦可卿。

十二丫环:晴雯,麝月,袭人,鸳鸯,雪雁,紫鹃,碧痕,平儿,香菱,金钏,司棋,抱琴。

十二家人：赖大,焦大,王善保,周瑞,林之孝,乌进孝,包勇,吴贵,吴新登,郑好时,玉柱儿,余信。

十二儿：庆儿,昭儿,兴儿,隆儿,坠儿,喜儿,寿儿,丰儿,住儿,小舍儿,李十儿,玉柱儿。

十二贾氏：贾敬,贾赦,贾政,贾宝玉,贾琏,贾珍,贾环,贾蓉,贾兰,贾芸,贾蔷,贾芹。

十二官：琪官,芳官,藕官,蕊官,药官,玉官,宝官,龄官,茄官,艾官,豆官,葵官。

七尼：妙玉,智能,智通,智善,圆信,大色空,净虚。

七彩：彩屏,彩儿,彩凤,彩霞,彩鸾,彩明,彩云。

四春：贾元春,贾迎春,贾探春,贾惜春。

四宝：贾宝玉,甄宝玉,薛宝钗,薛宝琴。

四薛：薛蟠,薛蝌,薛宝钗,薛宝琴。

四王：王夫人,王熙凤,王子腾,王仁。

四尤：尤老娘,尤氏,尤二姐,尤三姐。

四草辈：贾蓉,贾兰,贾芸,贾芹。

四玉辈：贾珍,贾琏,贾环,贾瑞。

四文辈：贾敬,贾赦,贾政,贾敏。

四代辈：贾代儒,贾代化,贾代修,贾代善。

四烈婢：晴雯,金钏,鸳鸯,司棋。

四清客：詹光,单聘仁,程日兴,王作梅。

四无辜：石呆子,张华,冯渊,张金哥。

四小厮：茗烟,扫红,锄药,伴鹤。

四小：小鹊,小红,小蝉,小舍儿。

四婆子：刘姥姥,马道婆,宋嬷嬷,张妈妈。

四情友：秦钟,蒋玉菡,柳湘莲,东平王。

四庄客：乌进孝,冷子兴,山子野,方椿。

四宦官：戴权,夏秉忠,周太监,裘世安。

文房四宝：抱琴,司棋,侍书,入画。

四珍宝：珍珠,琥珀,玻璃,翡翠。

一主三仆:

史湘云一翠缕,笑儿,篆儿。

贾探春——侍书,翠墨,小蝉。

贾宝玉——茗烟,袭人,晴雯。

林黛玉——紫鹃,雪雁,春纤。

贾惜春——人蜮,彩屏,彩儿。

贾迎春——彩凤,彩云,彩霞。

你应该具备的

潘美:小说形象与历史人物

　　小说《杨家将》极力刻画杨业之忠,潘美之奸,称潘美只想向辽乞和,为陷害忠心守边的杨家父子,不遗余力,最后,杨业被辽兵围困,潘美有意不救,致使杨业撞李陵碑而死。其实,这是小说为了塑造一个忠臣,故意编造一个奸臣作为陪衬,与史实不符。

　　据《宋史·潘美传》:潘美在宋太祖时,先后讨平叛臣李重进、岭南割据势力刘鋹、东吴割据势力李煜,功业显著。太宗太平兴国(976—983 年)年间,潘美率师北伐,也屡建功勋。譬如有一次,潘美巡抚至代州,"辽兵万骑来寇,近塞,美誓众衔枚奋击,大破之"。雍熙三年(986 年)北伐,"美独拔寰、朔、云、应等州"。由此可知,潘美几十年被甲戎装,驰骋疆场,对北宋赤胆忠心。

　　但杨业之死,小说归罪于潘美,不是毫无根据。据《宋史·杨业传》记载:杨业守边关,屡破辽兵,"主将戍边者多忌之"。这里"主将戍边者"实指王铣、刘文裕等人。雍熙三年北伐,潘美为主帅,杨业为副帅,王铣、刘文裕监护全军。辽兵来犯,杨业劝潘美暂避其锋,王优、刘文裕指斥杨业"畏敌",称:"今见敌逗挠不战,得非有他志乎?"逼杨业出战。杨业不得已,出兵将行前,对潘美流涕,说:"此行必不利。"又指谷口说:"诸君伏兵于谷口,待业转战至此,请夹击救之,不然,军将覆没。"潘美遵嘱,与王倪布阵于谷口。久等无消息,王铣以为辽兵败走,"欲争功,即领兵离谷口。(潘)美不能制",亦离去。及杨业兵败,退至谷口,无人相救;再战,伤重被俘,三日不食,死。宋太宗闻信大惊,降潘美三级,除王优、刘文裕之名。这是陈家谷之战始末。由此可知,杨业之死,潘美身为主帅,应负其责;但事

72

出有因,绝非潘美有意陷害。

明末清初小说的五种类型

一是如青莲室主人辑的《后水浒传》、中篇小说《胜千金》、长篇小说《归莲梦》等,是反映爱国主义思想和表现农民反抗斗争的作品;二是像《炎凉岸》、《醒风流》、《赛红丝》、《引凤箫》、《女开科》等,以批判的笔触,借婚姻外壳直写人心善恶,世态炎凉的;三是不假他形,直书善恶,讽时刺世的,如《世无匹》、《云仙笑》、《后西游记》等;四是以婚姻爱情为题材,提出新思想、新观念,对现实的伦理道德作大胆怀疑和否定的,如《金云翘传》、《玉娇梨》、《平山冷燕》、《麟儿报》、《赛花铃》等;五是警世劝诫,往往是戒淫而写淫,社会效果甚坏,是明末清初小说中的消极部分,如《惊梦啼》、《五凤吟》、《梧桐影》、《浪史》等。

推理小说: 包公案

世界上最早的推理小说是我国的《包公案》。它产生于明朝万历年间,比英国的《福尔摩斯探案》、美国的《莫尔街凶杀案》等著名推理小说早200多年。

包公在历史上确有其人,但经文学艺术的加工、渲染,成了一个传奇人物。元曲中就有《包公智斩鲁斋郎》、《包待制陈州粜米》等作品,后来逐步演变成小说。《包公案》收集了故事100则。清朝单弦艺人石玉昆据以说唱,在社会上影响很大,其中许多故事是小说《七侠五义》的蓝本。

《包公案》中也有些封建糟粕,但描写包公在审案中重视调查研究,根据逻辑推理,不轻信口供,是值得我们借鉴的。

三言与二拍

"三言"是《喻世明言》、《警世通言》、《醒世恒言》的总称,是冯梦龙编纂的。"三言"内容广泛,涉及社会各方面。其中主要人物,多是中下层社会的被压迫者。作品表现了他们反对旧礼教旧制度的思想和行动,其中以男女恋爱为主题的作品占了相当大比重。反应明中叶后资本主义萌芽时期,市民阶层的生活和思想,揭露批判封建官僚、地主恶霸的狰狞面目和无耻行径,也是"三言"的主要内容。

"三言"是白话成文之作,保留了不少话本特色。比之宋元话本,"三言"的人物心理活动及景物描写等,更细致,更丰实了。它无论在思想上和艺术上,都是"话本"小说的高峰,但其中糟粕也不少。

"二拍"即《初刻拍案惊奇》、《二刻拍案惊奇》。收小说78篇。作者凌蒙初。"二刻"都是他的著作,是文人"拟话本"。《初刻》多述人事,《二刻》多讲鬼神。书中带有不少市侩庸俗的思想,以及迷信报应的落后观念。

我国最长的古典小说

我国最长的古典小说是《榴花梦》,它是清朝道光年间福州女作家李桂玉用毕生精力写成的。全书360卷,约483万字,比《红楼梦》长4倍。《榴花梦》用韵文写成,叙述唐朝中叶一群闺中女子在兵荒马乱时出来建功立业的故事。

巨型历史小说

蔡东藩(1877—1945年)所写的《中国历代通俗演义》,从1916年开始,用了10年时间,写出了这部600万字的长篇著作。从秦始皇一直写到1920年,共1040回,包括《前汉演义》、《后汉演义》以及两晋、南北朝、隋唐、五代、宋、元、明、清,直到民国演义。这部演义小说,把两千年间各个朝代的兴衰变化,各种历史人物和事件汇于一书,有助于广大群众了解中国历史的基本情况,为普及历史知识作出了贡献。他为写这部书,仅是"正史"就阅读了4025卷之多。

第一个女性通俗小说家

明清时代,通俗小说家辈出。但女性小说家,唯有汪端一位,她的《元明佚史》，开女性通俗小说之先声。

汪端，字允庄，泉唐人，生于清高宗乾隆五十八年，卒于清宣宗道光十八年。她是清朝文学家陈文述的女弟子，也是陈文述儿子陈裴之的妻子。汪端自幼聪颖，七岁赋《春雪》诗，妙语惊人，时人誉其才比谢道。

因高启被明太祖朱元璋腰斩，汪端深恨朱元璋对文人之暴虐，她收集元明史料，用平话写成《元明佚史》一书。书中表彰吴王张士诚礼贤下士，颇得民心。张士诚为元末农民领袖，于公元 1353 年率盐丁起义，曾是割据江南的群雄之一，后被朱元璋所败，押送至金陵缢死。汪端在这部小说中一反"成者为王、败者为寇"的传统封建观点，效学太史公秉笔直书之笔法，写士诚用兵不如朱元璋，而优厚文人却胜过明太祖。自然，汪端扬士诚抑元璋，其旨意在抨击朱元璋称帝后诛杀功臣的行为，这部书虽是小说，但也有史料参考价值。

青春之歌

《青春之歌》是杨沫的代表作，是我国当代文学史上第一个正面描写革命知识分子的优秀长篇。小说以"九一八"到"一二·九"这段历史为背景，生动地展现了党领导下的风起云涌的爱国学生运动。以主人公林道静的成长为中心线索，成功地塑造出走着不同道路的知识分子形象，深刻地揭示了革命知识分子的必然归宿。

坚贞不屈的卢嘉川，视死如归的林红，稳健、机智的江华，是革命知识分子的精英；热衷名利的余永泽，动摇、堕落的白莉萍，是又一种知识分子，他们的道路发人深思；阴险毒辣的胡梦安，变节投敌的戴愉，也曾活跃在那个年代，他们的行径激起了人们的憎恶和愤怒。而写得最成功的则是主人公林道静。

憎恨、反抗丑恶的旧社会、执著地追求人生的真正价值，是林道静思想性格的核心。尽管在她成长的道路上，这一性格核心有着不同的表现，但正是它决定主人公终于找到了真正的人生道路，使自己的青春焕发出动人的光彩。《青春之歌》遵照生活本身的逻辑分三个阶段，层次清晰地展示出主人公成长的过程：先是拒绝包办婚姻，离家出走到与余永泽恋爱同居；接着，在革命热潮的推动下，几经犹豫，与余永泽分手；最后，经过两次被捕,入党,到领导北大学生运动。小说结尾表明,林道静成熟了。她随着爱国学生游行的队伍,冲破敌人的大刀水龙,沉着坚毅地大步迈进时代的洪流。

四大谴责小说

以揭露晚清封建社会为内容,具有一定批判和讽刺性的四篇小说。它们是:《官场现形记》(李伯元著,60 回),《二十年目睹之怪现状》(吴趼人著,108 回),《老残游记》(刘鹗著,原署鸿都百炼生著,20 回),《孽海花》(曾朴著,30 回)。

高尔基自传体三部曲

指高尔基的《童年》、《在人间》、《我的大学》。

高乃依四大悲剧

17 世纪法国剧作家高乃依创作的四部悲剧:《熙德》、《贺拉斯》、《西拿》、《波利耶克特》。作品表现忠君爱国的政治倾向,宣扬个体利益服从封建国家的整体利益。《熙德》描写爱情与天职的冲突;《贺拉斯》描写罗马的贺拉斯三兄弟和邻国阿拉伯的居理亚斯三兄弟战斗的情景;《西拿》描写罗马执政官西拿要谋杀皇帝奥古斯都,却最终宽容了他;《波利耶克特》描写波利耶克特反抗罗马统治的迫害,为基督教事业而献出了生命的悲剧故事。

世界十大禁书

1.《儿子与情人》:戴维·赫伯特·劳伦斯著,禁毁原因:恋母。这是性爱小说之父劳伦斯的第一部长篇小说。1961 年美国俄克拉荷马发起了禁书运动,在租用的一辆被称之为"淫秽书籍曝光车"所展示的不宜阅读的书籍中,《儿子与情人》被列在首位。

2.《情欲之网》:亨利·米勒著,禁毁原因:原始的性爱方式。亨利·米勒的力作,被认为是自卢梭以来最优秀的忏悔作品之一。米勒试图以原始的性爱方式,寻回人在现代文明社会中失去的自由。这部作品一出版即在美国等许多国家遭到封杀。

3.《春梦之结》:亨利·米勒著,禁毁原因:丰富的性想象。亨利·米勒的主要忏悔作品之一,同样也没有逃脱被禁的命运。

4.《洛丽塔》:弗拉基米尔·纳博科夫著,禁毁原因:恋童癖。纳博科夫的扛鼎之作,为他赢得了世界声誉。此书在美国人尽皆知,人们把它当作一本"黄书"来读。从1955年到1982年间,此书先后在法国、英国、阿根廷、南非等国家遭禁。

5.《贞洁的厄运》:萨德著,禁毁原因:性暴力。法国巴黎国家图书馆所藏40101号《贞洁的厄运》手稿中,萨德自言创作意图:"两姐妹,姐姐淫荡却奢华富贵,妹妹恪守贞操却屡遭摧残践踏。"由于萨德过分渲染妹妹惨遭践踏的细节,百年来此书一直遭禁。

6.《衣冠禽兽》:艾米尔·左拉著,禁毁原因:凶杀、乱伦、堕落。作品直露地描写了在法国第二帝国时期,社会上的凶杀、乱伦、偷情、堕落;政治上的阴谋、冤狱、草菅人命,为当时上层社会所不容,屡遭查禁。

7.《亚玛街》:亚历山大·库普林著,禁毁原因:妓院生活、妓女心理。这是一幅严酷的妓女生活画,"是库普林悉心研究妓院生活写作的一部'妓女心理学'"(列夫·托尔斯泰语)。十月革命后,前苏联曾封杀此书70余年之久。

8.《生命中不能承受之轻》:米兰·昆德拉著,禁毁原因:性描写。这是使昆德拉赢得世界声誉的代表作。作品描写了主人公既渴望女人又害怕女人,性成了他生活的全部内容。因作品中涉及大量性描写而遭禁。

9.《好色一代男》:井原西鹤著,禁毁原因:嫖娼实录。这是作者34岁丧妻后,以自己遍访各地花街柳巷的经历作为创作素材的作品。作品中的主人公,通过与3742个女性发生性关系的切身经历,悟出了"色道"的"真谛"。此作品被后世誉为日本的"金瓶梅"。

10.《潘上尉与劳军女郎》:略萨著,禁毁原因:军妓内幕。披露了秘鲁军队中建立秘密流动妓院的内幕。由于切中军方痛处,在秘鲁一直被列为禁书。

你应该具备的

世界十大哲理童话

1. 《彼得潘》(英国),詹姆斯著;
2. 《小王子》(法国),圣·埃克苏佩里著;
3. 《青鸟》(比利时),梅特林克著;
4. 《白鲸》(美国),赫尔曼·麦尔维尔著;
5. 《白猫》,奥诺伊夫人著;
6. 《辛巴达》,阿拉伯民间故事;
7. 《木马奇谋》,古希腊神话传说;
8. 《汤姆·索亚历险记》(美国),杰克·伦敦著;
9. 《柳林风》(英国),肯尼思·格雷顾姆著;
10. 《金银岛》(英国),史蒂文森著。

古罗马黄金时代三大诗人

指古罗马黄金时代(公元前 27——14 年)中三个著名诗人:

维吉尔:创作了《牧歌》、《农事诗》和代表作《伊尼德》(颂扬奥古斯都的统治),其作品对欧洲文艺复兴和古典时期文学影响很大。

贺拉斯:主要作品有《颂诗》四卷、《讽刺诗》二卷、诗体《书简》二卷、《诗艺》、诗歌创作《歌集》(又名《颂歌集》),对欧洲古典主义文学理论影响很大。

奥维德:代表作是 15 卷长诗《变形记》,为欧洲文艺史上一部颇有特色的神话总汇,另有《爱经》、《节令记》、《悲歌》等。

历届诺贝尔文学奖获奖作家

苏利·普吕多姆(1839-1907 年):法国诗人。1901 年作品《孤独与深思》获诺贝尔文学奖。获奖理由:是高尚的理想、完美的艺术和罕有的心灵与智慧的实证。

特奥多尔·蒙森(1817-1903 年):德国历史学家。1902 年作品《罗马风云》获诺贝尔文学奖。获奖理由:今世最伟大的纂世巨匠,这在他的巨著《罗马史》中表露无疑。

比昂斯滕·比昂松(1832-1910年):挪威戏剧家、诗人、小说家。1903年作品《挑战的手套》获诺贝尔文学奖。获奖理由:他以诗人鲜活的灵感和难得的赤子之心,把作品写得雍容、华丽而又色彩缤纷。

弗雷德里克·米斯塔尔(1830-1914年):法国诗人。1904年作品《黄金岛》获诺贝尔文学奖。获奖理由:他的诗作蕴涵清新的创造性与真正的感召力,它忠实地反映了他民族的质朴精神。

何塞·埃切加赖(1832-1916年):西班牙戏剧家、诗人。1904年作品《伟大的牵线人》获诺贝尔文学奖。获奖理由:它那丰富、杰出、独特的原始风格,使作品恢复了西班牙喜剧的伟大传统。

亨利克·显克维支(1846-1916年):波兰小说家。主要作品有《第三个女人》、《十字军骑士》等。1905年作品《第三个女人》获诺贝尔文学奖。获奖理由:他在历史小说写作上的卓越成就。

乔祖埃·卡尔杜齐(1835-1907年):意大利诗人、文艺批评家。1906年作品《青春诗》获诺贝尔文学奖。获奖理由:不仅是由于他精深的学识和批判性的研究,更重要的是为了颂扬他诗歌杰作中所具有的特色、创作气势、清新的风格、抒情的魅力。

约瑟夫·鲁德亚德·吉卜林(1865-1936年):英国小说家、诗人。1907年作品《老虎!老虎!》获诺贝尔文学奖。获奖理由:这位世界名作家的作品以观察人微、想象独特、气势雄浑、叙述卓越见长。

鲁道尔夫·欧肯(1846-1926年):德国哲学家。1908年作品《精神生活漫笔》获诺贝尔文学奖。获奖理由:他对真理的热切追求、对思想的贯通能力、广阔的观察,以及他在无数作品中,辩解并阐释一种理想主义的人生哲学时所流露的热诚与力量。

西尔玛·拉格洛夫(女)(1858-1940年):瑞典作家。1909年作品《骑鹅旅行记》获诺贝尔文学奖。获奖理由:作品中特有的高贵的理想主义、丰富的想象力、平易而优美的风格。

保尔·约翰·路德维希·冯·海塞(1830-1914年):德国作家。1910年作品《特雷庇姑娘》获诺贝尔文学奖。获奖理由:在他漫长而多产的创作生涯中,达到了充满理想主义精神的艺术境界。

莫里斯·梅特林克(1862-1949年):比利时剧作家、诗人、散文家。1911年作品《花的智慧》获诺贝尔文学奖。获奖理由:他在文学上有多方面的表现,尤其是戏剧作品,想象丰富,充满诗意的奇想,有时虽以神话的面貌出现,但还是处处充满了深刻的启示。这种启示奇妙地打动了读者的心,并且激发了他们的想象。

盖哈特·霍普特曼(1862-1946年):德国剧作家、诗人。1912年作品《群鼠》获诺贝尔文学奖。获奖理由:欲以表扬他在戏剧艺术领域中丰硕、多样的出色成就。

罗宾德拉纳特·泰戈尔(1861-1941年):印度诗人、社会活动家。1913年作品《吉檀枷利》获诺贝尔文学奖。获奖理由:由于他那至为敏锐、清新与优美的诗;技巧高超,并用英文表达出来,使他那充满诗意的思想业已成为西方文学的一部分。

罗曼·罗兰(1866-1944年):法国作家、音乐评论家。1915年作品《约翰·克利斯朵夫》获诺贝尔文学奖。获奖理由:文学作品中的高尚理想和他在描绘各种类型人物时所具有的同情和对真理的热爱。

魏尔纳·海顿斯坦姆(1859-1940年):瑞典诗人、小说家。1916年作品《朝圣年代》获诺贝尔文学奖。获奖理由:褒奖他在瑞典文学新纪元中所占的重要代表地位。

亨利克·彭托皮丹(1857-1919年):丹麦小说家。1917年作品《天国》获诺贝尔文学奖。获奖理由:他对当前丹麦生活的真实描绘。

卡尔·耶勒鲁普(1857-1919年):丹麦作家。1917年作品《磨坊血案》获诺贝尔文学奖。获奖理由:他多样而丰富的诗作——它们蕴涵了高尚的理想。

卡尔·施皮特勒(1845-1924年):瑞士诗人、小说家。1919年作品《奥林匹亚的春天》获诺贝尔文学奖。获奖理由:特别推崇他在史诗《奥林匹亚的春天》的优异表现。

克努特·汉姆生(1859-1952年):挪威小说家、戏剧家、诗人。1920年作品《大地硕果——畜牧曲》获诺贝尔文学奖。获奖理由:为了他划时代的巨著《土地的成长》。

阿纳托尔·法朗士(1844-1924年):法国作家、文学评论家、社会活动家。1921年作品《苔依丝》获诺贝尔文学奖。获奖理由:他辉煌的文学成就,在于他独特的文体、怜悯的人道同情、迷人的魅力,以及真正法国性情所形成的特质。

哈辛特·贝纳文特·伊·马丁内斯(1866-1954年):西班牙作家。1922年作品《不吉利的姑娘》获诺贝尔文学奖。获奖理由:他以适当的方式,延续了戏剧之灿烂传统。

威廉·勃特勒·叶芝(1865-1939年):爱尔兰诗人、剧作家。1923年作品《丽达与天鹅》获诺贝尔文学奖。获奖理由:他永远充满着灵感的诗,透过高度的艺术形式展现了整个民族的精神。

符瓦迪斯瓦夫·莱蒙特(1868-1925年):波兰作家。1924年作品《福地》获诺贝尔文学奖。获奖理由:因为他的民族史诗《农夫们》写得很出色。

乔治·萧伯纳(1856-1950年):爱尔兰戏剧家。1925年作品《圣女贞德》获诺贝尔文学奖。获奖理由:他那些充满理想主义及人情味的作品——它们那种激动性讽刺,常蕴涵着一种高度的诗意美。

格拉齐亚·黛莱达(女)(1871-1936年):意大利作家。1926年作品《邪恶之路》获诺贝尔文学奖。获奖理由:由理想主义所激发而写出的作品,透彻地描绘了她所生长的岛屿上的生活;在洞察人类一般问题上,表现的深度与怜悯。

亨利·柏格森(1859-1941年):法国哲学家。主要作品有《时间与自由意志》、《创造进化论》、《道德与宗教的两个起源》等。1927年作品《创造进化论》获诺贝尔文学奖。获奖理由:他那丰富的且充满生命力的思想,以及所表现出来的光辉灿烂的技巧。

西格里德·温塞特(女)(1882-1949年):挪威作家。1928年作品《新娘—主人—十字架》获诺贝尔文学奖。获奖理由:她对中世纪北国生活之有力描绘。

保尔·托马斯·曼(1875-1955年):德国作家。1929年作品《魔山》获诺贝尔文学奖。获奖理由:他那在当代文学中具有日益巩固的经典地位的伟大小说《布登勃洛克一家》。

辛克莱·路易斯(1885-1951年):美国作家。1930年作品《巴比特》获诺贝尔文学奖。获奖理由:充沛有力、切身和动人的叙述艺术,以及他以机智幽默去开创新风格的才华。

埃利克·阿克塞尔·卡尔费尔德(1864-1931年):瑞典诗人。1931年作品《荒原和爱情》获诺贝尔文学奖。获奖理由:他的诗作在艺术价值上,从没有人怀疑过。

约翰·高尔斯华绥(1867-1933年):英国小说家、剧作家。1932年作品《有产者》获诺贝尔文学奖。获奖理由:为其描述的卓越艺术——这种艺术在《福尔赛世家》中达到高峰。

伊凡·亚历克塞维奇·蒲宁(1870-1953年):俄国作家。1933年作品《米佳的爱》获诺贝尔文学奖。获奖理由:他严谨的艺术才能,使俄罗斯古典文学传统在散文中得到继承。

路伊吉·皮兰德娄(1867-1936年):意大利小说家、戏剧家。一生创作了40多部剧本。1934年作品《寻找自我》获诺贝尔文学奖。获奖理由:他果敢而灵巧地复兴了戏剧艺术和舞台艺术。

尤金·奥尼尔(1888-1953年):美国剧作家。1936年作品《天边外》获诺贝尔文学奖。获奖理由:他剧作中所表现的力量、热忱与深挚的感情——它们完全符合悲剧的原始概念。

罗杰·马丁·杜伽尔(1881-1958年):法国小说家。1937年作品《蒂博一家》获诺贝尔文学奖。获奖理由:在他的长篇小说《蒂伯一家》中表现出来的艺术魅力和真实性,是对人类生活面貌的基本反映。

赛珍珠(珀尔·塞登斯特里克·布克)(女)(1892-1973年):美国作家。1938年作品《大地》获诺贝尔文学奖。获奖理由:她对于中国农民生活的丰富而富有史诗气概的描述,以及她自传性的杰作。

弗兰斯·埃米尔·西兰帕(1888-1964年):芬兰作家。1939年作品《少女西丽亚》获诺贝尔文学奖。获奖理由:他在描绘两样互相影响的东西——他祖国的本质,以及该国农民的生活时,所表现的深刻了解与细腻艺术。

约翰内斯·威廉·扬森(1873-1950年):丹麦小说家、诗人。1944年作品《漫长的旅行》获诺贝尔文学奖。获奖理由:借助丰富有力的诗意想象,将求知心和大胆的、清新的创造性风格结合起来。

加夫列拉·米斯特拉尔(女)(1889-1957年):智利诗人。1945年作品《柔情》获诺贝尔文学奖。获奖理由:她那由强烈感情孕育而成的抒情诗,已经使得她的名字成为整个拉丁美洲渴求理想的象征。

赫尔曼·黑塞(1877-1962年):德国作家。1946年作品《荒原狼》获诺贝尔文学奖。获奖理由:他那些灵思盎然的作品——它们一方面具有高度的创意和深刻的见解,一方面象征古典的人道理想与高尚的风格。

安德烈·纪德(1869-1951年):法国作家、评论家。1947年作品《田园交响曲》获诺贝尔文学奖。获奖理由:他广泛的、有艺术质地的著作。在这些著作中,他以无所畏惧的对真理的热爱,并以敏锐的心理洞察力,呈现了人性的种种问题与处境。

托马斯·斯特恩斯·艾略特(1888-1965年):英国诗人、剧作家、批评家。1948年作品《四个四重奏》获诺贝尔文学奖。获奖理由:对于现代诗之先锋性的卓越贡献。

威廉·福克纳(1897-1962年):美国作家。1949年作品《我弥留之际》获诺贝尔文学奖。获奖理由:他对当代美国小说做出了强有力的和艺术上无与伦比的贡献。

伯特兰·亚瑟·威廉·罗素(1872-1970年):英国数学家、哲学家。1950年作品《哲学—数学—文学》获诺贝尔文学奖。获奖理由:表彰他所写的捍卫人道主义理想和思想自由的多种多样的意义重大的作品。

帕尔·费比安·拉格奎斯特(1891-1974年):瑞典诗人、戏剧家、小说家。1951年作品《大盗巴拉巴》获诺贝尔文学奖。获奖理由:在作品中为人类面临的永恒的疑难寻求解答所表现出的艺术活力和真正独立的见解。

弗朗索瓦·莫里亚克(1885-1970年):法国作家,法兰西学院院士。1952年作品《爱的荒漠》获诺贝尔文学奖。获奖理由:他在他的小说中剖析了人生的戏剧,对心灵的深刻观察和紧凑的艺术。

温斯特·丘吉尔(1874-1965年):英国政治家、历史学家、传记作家,曾任英国首相。1953年作品《不需要的战争》获诺贝尔文学奖。获奖理由:他在描述历史与传记方面的造诣,同时由于他那捍卫崇高的人的价值的光辉演说。

欧内斯特·海明威(1899-1961年):美国作家。1954年作品《老人与海》获诺贝尔文学奖。获奖理由:因为他精通叙事艺术,这突出地表现在其近著《老人与海》之中,同时他对当代文体风格产生了影响。

赫尔多尔·奇里扬·拉克斯内斯(1902-1998年):冰岛作家。1955年作品《渔家女》获诺贝尔文学奖。获奖理由:他在作品中所流露的生动的史诗般的力量,使冰岛原已十分优秀的叙述文学技巧更加瑰丽多姿。

胡安·拉蒙·希梅内斯(1881–1958年):西班牙诗人。1956年作品《悲哀的咏叹调》获诺贝尔文学奖。获奖理由:他的西班牙抒情诗,成了高度精神和纯粹艺术的最佳典范。

阿尔贝·加缪(1913–1960年):法国作家。1957年作品《局外人·鼠疫》获诺贝尔文学奖。获奖理由:他在重要著作中以明察而热切的眼光照亮了我们这个时代人类良心的种种问题。

鲍里斯·列昂尼多维奇·帕斯捷尔纳克(1890–1960年):前苏联诗人、小说家。1958年作品《日瓦戈医生》获诺贝尔文学奖。获奖理由:在当代抒情诗和俄国的史诗传统上,他都获得了极为重大的成就。

萨瓦多尔·夸西莫多(1901–1968年):意大利诗人。1959年作品《水与土》获诺贝尔文学奖。获奖理由:他的抒情诗以古典的火焰表达了我们这个时代中生命的悲剧性体验。

圣琼·佩斯(1887–1975年):法国诗人。1960年作品《蓝色恋歌》获诺贝尔文学奖。获奖理由:他高超的飞跃与丰富的想象,表达了一种关于目前这个时代之富于意象的沉思。

伊沃·安德里奇(1892–1975年):南斯拉夫小说家。1961年作品《德里纳河上的桥》获诺贝尔文学奖。获奖理由:他作品中史诗般的力量——他借助它在祖国的历史中追寻主题,并描绘人的命运。

约翰·斯坦贝克(1902–1968年):美国作家。1962年作品《人鼠之间》获诺贝尔文学奖,获奖理由:通过现实主义的、寓于想象的创作,表现出富于同情的幽默和对社会的敏感观察。

乔治·塞菲里斯(1900–1971年):希腊诗人。1963年作品《"画眉鸟"号》获诺贝尔文学奖。获奖理由:他的卓越的抒情诗作,是对希腊文化的深刻感受的产物。

让·保尔·萨特(1905–1980年):法国哲学家、作家。1964年作品《苍蝇》获诺贝尔文学奖。获奖理由:他那思想丰富、充满自由气息和探求真理精神的作品对我们时代产生了深远影响。

米哈伊尔·亚历山大罗维奇·肖洛霍夫(1905–1984年):前苏联作家。1965年作品《静静的顿河》获诺贝尔文学奖。获奖理由:在这部关于顿河流域农村之史诗作品中所流露的活力与艺术热忱——他在小说里描绘俄罗斯民族生活某一历史层面。

第三章 小 说

萨缪尔·约瑟夫·阿格农(1888-1970年):以色列作家。1966年作品《行为之书》获诺贝尔文学奖。获奖理由:他的叙述技巧深刻而独特,并从犹太民族的生命汲取主题。

奈莉·萨克斯(女)(1891-1970年):瑞典诗人。1966年作品《逃亡》获诺贝尔文学奖。获奖理由:她杰出的抒情与戏剧作品,以感人的力量阐述了以色列的命运。

安赫尔·阿斯图里亚斯(1899-1974年):危地马拉诗人、小说家。1967年作品《玉米人》获诺贝尔文学奖。获奖理由:他的作品描写了自己的民族色彩和印第安传统,显得鲜明生动。

川端康成(1899-1972年):日本小说家。1968年作品《雪国·千只鹤·古都》获诺贝尔文学奖。获奖理由:他优秀的叙事性作品以非凡的敏锐表现了日本人的精神特质。

萨缪尔·贝克特(1906-1989年):法国作家。1969年作品《等待戈多》获诺贝尔文学奖。获奖理由:具有奇特形式的小说和戏剧作品,使现代人从精神困乏中得到振奋。

亚历山大·索尔仁尼琴(1918-2008年):前苏联作家。1970年作品《癌病房》获诺贝尔文学奖。获奖理由:他作品中的道德力量,使他继承了俄国文学不可或缺的传统。

巴勃鲁·聂鲁达(1904-1973年):智利诗人。1971年作品《情诗·哀诗·赞诗》获诺贝尔文学奖。获奖理由:诗歌作品具有自然力般的作用,复苏了一个大陆的命运与梦想。

海因里希·伯尔(1917-1985年):德国作家。1972年作品《女士及众生相》获诺贝尔文学奖。获奖理由:作品兼有对时代广阔的透视和塑造人物的细腻技巧,并有助于德国文学的振兴。

帕特里克·怀特(1912-1990年):澳大利亚小说家、剧作家。1973年作品《风暴眼》获诺贝尔文学奖。获奖理由:他史诗般的和心理的叙述艺术,将一个崭新的大陆带进文学中。

埃温特·约翰逊(1900-1976年):瑞典作家。1974年作品《乌洛夫的故事》获诺贝尔文学奖。获奖理由:以自由为目的,而致力于历史的、现代的叙述艺术。

哈里·埃德蒙·马丁逊(1904-1978年):瑞典诗人。1974年作品《露珠里的世界》获诺贝尔文学奖。获奖理由:作品透过一滴露珠反映出整个世界。

埃乌杰尼奥·蒙塔莱(1896-1981年):意大利诗人。1975年作品《生活之恶》获诺贝尔文学奖。获奖理由:他杰出的诗歌拥有伟大的艺术性,在不适合幻想的人生里,诠释了人类的价值。

索尔·贝娄(1915-2005年):美国作家。1976年作品《赫索格》获诺贝尔文学奖。获奖理由:他的作品对人性的了解,以及对当代文化的敏锐透视。

阿莱克桑德雷·梅洛(1898-1984年):西班牙诗人。1977年作品《天堂的影子》获诺贝尔文学奖。获奖理由:他的作品继承了西班牙抒情诗的传统并吸取了现代流派的风格,描述了人在宇宙和当今社会中的状况。

艾萨克·巴什维斯·辛格(1904-1991年):美国作家。1978年作品《魔术师·原野王》获诺贝尔文学奖。获奖理由:他充满激情的叙事艺术,既扎根于波兰的文化传统,又反映了人类的普遍处境。

奥德修斯·埃里蒂斯(1911-1996年):希腊诗人。1979年作品《英雄挽歌》获诺贝尔文学奖。获奖理由:他的诗以希腊传统为背景,用感觉的力量和理智的敏锐,描写自由和奋斗。

切斯拉夫,米沃什(1911-2004年):波兰诗人。1980年作品《拆散的笔记簿》获诺贝尔文学奖。获奖理由:他不妥协的敏锐洞察力,描述了人在激烈冲突的世界中的暴露状态。

埃利亚斯·卡内蒂(1905-1994年):英国德语作家。1981年作品《迷茫》获诺贝尔文学奖。获奖理由:作品具有宽广的视野、丰富的思想和艺术力量。

加夫列尔·加西亚·马尔克斯(1927年-):哥伦比亚记者、作家。1982年作品《霍乱时期的爱情》获诺贝尔文学奖。获奖理由:小说以结构丰富的想象世界,其中糅杂着魔幻与现实,反映出整个大陆的生命矛盾。

威廉·戈尔丁(1911-1993年):英国作家。1983年作品《蝇王·金字塔》获诺贝尔文学奖。

雅罗斯拉夫·塞弗尔特(1901-1986年):捷克诗人。1984年作品《紫罗兰》获诺贝尔文学奖。获奖理由:他的诗富于独创性、新颖、栩栩如生,表现了人的不屈不挠、多才多艺、渴求解放的形象。

第三章　小　说

克洛德·西蒙（1913-2005年）：法国小说家。1985年作品《弗兰德公路·农事诗》获诺贝尔文学奖。获奖理由：他善于把诗人和画家的丰富想象与深刻的时间意识融为一体，对人类的生存状况进行了深入的描写。

沃莱·索因卡（1934年-）：尼日利亚剧作家、诗人、小说家、评论家。1986年作品《雄狮与宝石》获诺贝尔文学奖。获奖理由：他以广博的文化视野创作了富有诗意的关于人生的戏剧。

约瑟夫·布罗茨基（1940-1996年）：苏裔美籍诗人。1987年《从彼得堡到斯德哥尔摩》获诺贝尔文学奖。获奖理由：他的作品超越时空限制，无论在文学上或是敏感问题方面都充分显示出他广阔的思想及浓郁的诗意。

纳吉布·马哈富兹（1911-2006年）：埃及作家。1988年作品《街魂》获诺贝尔文学奖。获奖理由：通过大量刻画细致入微的作品，洞察一切的现实主义，唤起人们树立雄心，形成了全人类所欣赏的阿拉伯语言艺术。

卡米洛·何塞·塞拉（1916-2002年）：西班牙小说家。1989年作品《为亡灵弹奏》获诺贝尔文学奖。获奖理由：带有浓郁情感的丰富而精简的描写，对人类弱点达到了令人难以企及的想象。

奥克塔维奥·帕斯（1914-1998年）：墨西哥诗人。1990年作品《太阳石》获诺贝尔文学奖。获奖理由：他的作品充满激情，视野开阔，渗透着感悟的智慧并体现了完美的人道主义。

内丁·戈迪默（女）（1923年-）：南非作家。1991年作品《七月的人民》获诺贝尔文学奖。获奖理由：以强烈而直接的笔触，描写周围复杂的人际与社会关系，其史诗般壮丽的作品，对人类大有裨益。

德里克·沃尔科特（1930年-）：圣卢西亚诗人。1992年作品《西印度群岛》获诺贝尔文学奖。获奖理由：他的作品具有巨大的启发性和广阔的历史视野，这是其献身多种文化的结果。

托尼·莫里森（女）（1931年-）：美国作家。1993年获诺贝尔文学奖。获奖理由：其作品想象力丰富，富有诗意，描写了美国现实生活的重要方面。

大江健三郎（1935年-）：日本小说家。1994年获诺贝尔文学奖。获奖理由：通过诗意的想象力，创造出一个把现实与神话紧密凝缩在一起的想象世界，描绘现代的芸芸众生，给人们带来了冲击。

希尼（1939年-）：爱尔兰诗人。1995年获诺贝尔文学奖。获奖理由：

其作品洋溢着抒情之美,包含着深邃的道理,揭示出日常生活和现实历史的奇迹。

希姆博尔斯卡(女)(1923年-):波兰诗人。1996年获诺贝尔文学奖。获奖理由:其在诗歌艺术中精妙的反讽,挖掘出了人类一点一滴的现实生活背后历史更迭与生物演化的深意。

达里奥·福(1926年-):意大利讽刺剧作家。1997年获诺贝尔文学奖。获奖理由:其在鞭笞权威、褒扬被踩躏者可贵的人格品质方面所取得的成就堪与中世纪《弄臣》一书相媲美。

若泽·萨拉马戈(1922年-):葡萄牙记者、作家。1998年获诺贝尔文学奖。获奖理由:他那极富想象力、同情心和颇具反讽意味的作品,让我们得以反复重温那一段难以捉摸的历史。

君特·格拉斯(1927年-):德国作家。1999年作品《铁皮鼓》获诺贝尔文学奖。获奖理由:其嬉戏之中蕴涵悲剧色彩的寓言描绘出了人类淡忘的历史面目。

高行健(1940年-):法籍华人。剧作家、小说家。2000年作品《灵山》获诺贝尔文学奖。获奖理由:其作品的普遍价值、刻骨铭心的洞察力和语言的丰富机智,为中文小说和艺术戏剧开辟了新的道路。

维·苏·奈保尔(1932年-):印度裔英国作家。2001年获诺贝尔文学奖。获奖理由:其著作将极具洞察力的叙述与不为世俗左右的探索融为一体,是鞭策我们从扭曲的历史中探寻真实的动力。

凯尔泰斯·伊姆雷(1929年-):匈牙利作家。2002年获诺贝尔文学奖。获奖理由:表彰他对脆弱的个人在对抗强大的野蛮强权时痛苦经历的深刻刻画以及他独特的自传体文学风格。

库切(1940年-):南非作家。2003年获诺贝尔文学奖。获奖理由:精准地刻画了众多假面具下的人性本质。

埃尔弗里德·耶利内克(1943年-):奥地利女作家。2004年获诺贝尔文学奖。她由此成为第一个获得诺贝尔文学奖的奥地利人。获奖理由:因为她的小说和戏剧具有音乐般的韵律,她的作品以非凡的充满激情的语言揭示了社会上的陈腐现象及其禁锢力的荒诞不经。

哈罗德·品特(1930年-)英国剧作家。2005年获诺贝尔文学奖。获奖理由:他的作品在简单的叙谈中揭示了暗含的惊心动魄之处,强行打开了被压迫的封闭的内心。

奥罕·帕慕克(1958 年 -)土耳其作家。2006 年因《我的名字叫红》获诺贝尔文学奖。获奖理由:他在对家乡忧郁灵魂的探求中发现了文化中冲突与融合的新象征。

多丽丝·莱辛(1919 年 -)英国作家。2007 年获诺贝尔文学奖。获奖理由:她用怀疑、热情、构想的力量来审视一个分裂的文明,她的史诗性的女性经历。

世界十部长诗

1.《摩诃婆罗多》:印度古代梵文史诗,20 余万行;

2.《罗摩衍那》:印度古代梵文史诗,4.8 万行;

3.《苏尔诗海》:古代盲诗人苏尔达斯作;

4.《荷马史诗》:古希腊诗人荷马据民间传说所作的英雄史诗,约 2.7 万行;

5.《伊尼特》:古罗马诗人维吉尔作,约 1.2 万行;

6.《王书》:中世纪波斯人菲尔多西作,12 万行;

7.《玛斯纳维》:中世纪波斯人鲁米作,约 5.2 万行;

8.《格萨尔王传》:中国藏族民间长篇史诗,150 万行;

9.《唐璜》:近代英国大诗人拜伦作,0.6 万行;

10.《巴鲁西亚》:厄瓜多尔诗人鲁玛索作,24 万行。

莎士比亚历史剧四部曲

1. 英国大作家莎士比亚早年创作的第一个四部历史剧:《亨利六世》上、中、下三部和《查理三世》。剧作描写英国在英法百年战争中由于贵族不和而失利,红玫瑰集团的国王在内战中被杀,篡夺王位的白玫瑰集团爱德华四世死后,同族贵族夺取王位,又很快被敌党所杀的故事。

2. 英国大作家莎士比亚早年创作的第二个四部历史剧:《理查二世》、《亨利四世》上、下部和《亨利五世》。剧作描写了理查二世优柔寡断,不能维持贵族间的平衡。其堂弟趁机夺取了王位,自立为亨利四世。亨利四世终日不安,太子不务正业,后来改邪归正的太子继位为亨利五世。他通过对法国的战争解决了国内矛盾,夺回被法国占领的领地。

德国三大喜剧

《军人之福》(莱辛)、《破瓮记》(克莱斯特)、《獭皮》(霍普特曼)。

意识流三大杰作

《喧哗与骚动》(美国作家福克纳,1929年)、《追忆逝水年华》(法国作家普鲁斯特,1913–1927年)、《尤利西斯》(爱尔兰作家乔伊斯,1922年)。

世界三大传记作家

安德烈·莫洛亚:法兰西学院院士,写过20余部传记,传记的主人公有伏尔泰、乔治·桑、巴尔扎克、雨果等;

亨利·特罗亚:法国小说家,法兰西学院院士,传记的主人公有陀思妥耶夫斯基、普希金、莱蒙托夫、托尔斯泰、果戈里等;

斯蒂芬·茨威格:奥地利作家,传记的主人公有巴尔扎克、狄更斯、尼采、罗曼·罗兰、司汤达、弗洛伊德、托尔斯泰等。

第四章　文学家

埃斯库罗斯

在雅典的奴隶主民主制度兴起的时期，古希腊悲剧之父埃斯库罗斯（约前525年——约前456年）诞生了。他出身于贵族家庭，亲身经历了雅典从一个普通城邦上升为德里亚联盟"盟主"的历史巨变。当波斯铁骑入侵希腊时，埃斯库罗斯斗志昂扬地奔赴战场，参加了著名的马拉松战役。在埃斯库罗斯看来，他在战场上的功劳要比在戏剧上的成就重要得多。而他的死则非常富有戏剧性：一天，有个术士警告他说，他将会被砸死在自己的房子里。对术士的话深信不疑的埃斯库罗斯立即离开城里的家来到郊外，把床安放在远离房屋建筑的旷野上，露天而睡。而此时正好有一只老鹰抓着一只乌龟从那里飞过，见到一个光秃秃的头，以为是一块大石头，就把那只乌龟丢到上面，想把乌龟壳敲碎……可怜的古希腊悲剧之父就以这样的喜剧方式结束了他的生命。

《普罗米修斯》是埃斯库罗斯歌颂雅典的民主自由，反对专制，力图使先进思想与传统观念调和起来的结晶。它原本包括《被缚的普罗米修斯》、《解放了的普罗米修斯》和《带火的普罗米修斯》3部，但是后两部并没有流传下来。《被缚的普罗米修斯》取材于古希腊神话：普罗米修斯曾把天上的火种偷来送给人类，并赋予人类以智慧和科学，使他们得以生存下去，不至于被宙斯毁灭。宙斯为此把普罗米修斯钉在悬崖之上。《被缚的普罗米修斯》就从这里开始。宙斯为了让普罗米修斯屈服，并让他说出那个会使宙斯丧失权力的秘密（即宙斯如果同某位女神结婚，他将被那位女神所生的儿子推翻），每天都让饿鹰啄烂普罗米修斯的心脏，晚上又长好，如此周而复始。受尽折磨的普罗米修斯向苍天和大地诉说自己的愤怒。河神奥克阿诺斯前来劝普罗米修斯同宙斯妥协，被他拒绝了。神使赫尔墨斯前来强迫他说出宙斯的秘密，普罗米修斯宁肯被打入地下深坑，忍受千万年的痛苦，也不愿意向宙斯屈服。最后，在雷电的轰鸣中，普罗米修斯被打入万丈深渊。

这是一场专制统治与反专制统治的斗争，反映了雅典工商民主派与土地贵族寡头派之间的搏斗。由于普罗米修斯将天火送给人类，教导人类劳动，赋予人类智慧，因此被一心要消灭人类的宙斯绑在高加索山上，每天忍受难以想象的痛苦。但是他反抗宙斯的意志并未因此而发生动摇，他宁可死也不肯说出宙斯的秘密。埃斯库罗斯把这场斗争提升到了事关人类命运的高度，从而把普罗米修斯塑造成人类文明的缔造者和人类的保护神，为了人类的进步，他不惜做出最大的牺牲，遭受最残酷的刑罚。他是为了正义事业，甘愿忍受无边痛苦的崇高精神的化身。这场剧上演于雅典民主派对贵族派的斗争取得胜利的时候，使默然的忍受、辉煌的爆发、人类罕见的人性和意志得到了淋漓尽致的表现，从而体现了早期人类的悲剧美，也为人类树立了最高最美的道德规范。

索福克勒斯

索福克勒斯(约前 496 年 – 前 406 年)出生于雅典附近的一个富商家庭。从少年时代起，他就以出众的音乐天赋而引导过庆祝贺萨拉密斯海战胜利的歌队。他积极地参与政治活动，并于公元前 440 年当选为雅典十将军之一，进入雅典的最高层。索福克勒斯一生创作了 120 多部剧本，但现在完整保留下来的悲剧只有《埃阿斯》、《安提戈涅》、《俄狄浦斯王》、《埃勒克特拉》、《特拉基斯少女》、《菲罗克忒忒斯》、《奥狄浦斯在科洛诺斯》等 7 部。

《俄狄浦斯王》是索福克勒斯流传千古的名作。故事来源于古希腊的俄狄浦斯传说，而又加入了索福克勒斯的艺术创造：太阳神预示，忒拜王拉伊俄斯的儿子俄狄浦斯长大后会杀父娶母。因此，俄狄浦斯一出生，就被他父亲让牧羊人抛弃在荒山，但是心怀不忍的牧羊人却将俄狄浦斯送给了科林斯王的仆人。科林斯收养了他，还把他认做养子。俄狄浦斯长大成人后，知道了自己要杀父娶母的命运，便逃离了科林斯。然而冥冥之中自有天定，他在一个三岔路口失手打死了一位老人，这个老人正好是他的父。一无所知的俄狄浦斯破解了斯芬克斯之谜，被推选为忒拜的国王，还娶了前王的妻子。后来，忒拜城里发生了瘟疫，神示说只有找出杀害前王的凶手，瘟疫才能停止，而当地的先知说凶手就是俄狄浦斯。俄狄浦斯经过调查,找到了当年的牧人,才发现了事情的真相。在悲痛、羞耻、无奈之中,他刺瞎了自己的双眼,将自己放逐,从此过着悲惨的生活。

在这部震撼了人类灵魂的悲剧中,"命运"是一种强大而可怕的力量,它在主人公行动之前设下陷阱,使他步入罪恶的深渊。不幸的俄狄浦斯,希腊悲剧中最悲哀的形象,他本是一个高尚人物的典型,身上有着坚强的意志和正直的品格,有着睿智、英明的光芒和仁爱、勇武的色彩,却注定要犯错误,受到命运的惩罚。这是为什么呢?俄狄浦斯是杀死自己父亲的凶手,自己母亲的丈夫,又是斯芬克斯之谜的解答者!这神秘的三联命运究竟告诉我们什么呢?

答案就隐藏在俄狄浦斯解答斯芬克斯之谜的过程中。俄狄浦斯的回答宣告着,爱琴海域的古希腊人已经在自我意识中把自己从动物界中开始提升出来了,人类开始认识自身、反思自身了。然而,人类对自身的认识又是何等的有限,以至于根本无从把握那悬在他们头顶的命运之网。俄狄浦斯看起来是猜中斯芬克斯之谜的胜利者,实际上,他是个失败者。他尽管能够回答出"人"这个谜底,却并不能真正理解人的含义。俄狄浦斯为了躲避命运的安排,特意逃离了他生长的土地,流落他乡。他本以为自己可以躲过命运加在他身上的恶毒诅咒了,然而他越是反抗,就越是一步步陷入命运的陷阱之中。

以《俄狄浦斯王》为代表的索福克勒斯的悲剧艺术,标志着希腊悲剧艺术的成熟。索福克勒斯善于把人物放在尖锐的冲突中,并通过人物对比的方式加以塑造,使得人物的性格更加突出。

欧里庇得斯

欧里庇得斯(前485年–前406年)出身贵族,早年热心于研究哲学,与进步的智者学派相接近,并深受影响,因而被后世称为"舞台上的哲学家"。他与索福克罗斯生活在同一时代,但他的作品大多都是在雅典内战期间写成的,反映的是雅典政治经济危机时期人们的思想意识。晚年的欧里庇得斯因为反对雅典当局的暴政,反对侵略政策而为当局所不容。70高龄的诗人流落在马其顿王宫中,并客死在那里。

相传欧里庇得斯写了92部剧本,但流传下来的却只有18部。内战问题、家庭问题和妇女问题是他关注的焦点,其中以《美狄亚》最为出名。这个故事的素材来源于希腊神话。美狄亚抛弃了自己的家庭,帮助王子伊阿宋盗取了金羊毛回来,惩罚了新国王,还抛弃故土和他私奔,甚至砍死了阻拦自己的兄弟。夫妇来到科林索斯,生了两个儿子。伊阿宋这时候却变了,他要做科林索斯国王的女婿,并要把妻儿赶出境外。美狄亚陷入了无国无家无亲的境地,一怒之下,她设计毒死了公主和国王,又忍痛杀死两个儿子,绝了丈夫的后嗣,然后乘龙车飞往雅典。

作为这出悲剧主人公的美狄亚,是个敢作敢为、热烈追求平等,带有原始特点的泼辣女性。她原本是个多情的女性,把丈夫当作唯一心爱的男人,并心甘情愿为他牺牲一切,甚至付出了背叛父亲和杀死兄弟的代价。可是她所有的付出,得到的却是爱人的背叛。因此,当这一高昂代价被证明毫无意义时,她没有像传统女性那样,在冰冷的刀剑下"畏畏缩缩",而是把炽热的爱情化作仇恨的怒火,不顾一切地站在最强硬的立场上,采取屠夫般的凶狠手段来进行报复。全剧通过一个血腥的复仇事件,描写了一出震撼人心的家庭悲剧,提出了"妇女地位"的社会问题,表现了剧作者对妇女命运的关切和同情,歌颂了女主人公为夺取平等权利而反抗斗争的精神,反映了奴隶主民主制衰落时期社会道德沦丧、妇女遭受压迫的生活现实。

但丁

任何一个伟大时代的来临,都需要一个伟大人物做号手,吹出第一声振聋发聩的号角。1265 年 5 月,历史把重任落在了意大利佛罗伦萨一小贵族家的新生儿身上,他就是但丁,上天派来结束中世纪黑暗的光明使者。

任何一个伟大人物的诞生,几乎都是艰难困苦的产物,但丁也不例外。在但丁很小的时候,母亲就离他而去。大约在他 18 岁那年,父亲去世了。幸运的是,但丁在童年、少年时期得到了良好的教育。他拜著名学者为师,学过拉丁文和古代文学。他特别崇拜古罗马的一位重要诗人维吉尔,把他当作自己的精神导师。

与崇高的诗人身份相区别的是,但丁是一个世俗欲望非常强烈的人。在他 9 岁的时候,就爱上了容貌清秀、美丽动人的姑娘贝阿德丽采,但丁非常喜欢她,发高烧的时候都念着她的名字,随着年龄的增长,但丁甚至把贝阿德丽采当作自己精神上永恒的爱慕对象。然而造化弄人,贝阿德丽采最终与一位银行家结婚,并于不久后死去。悲伤万分的但丁,写下了一系列的悼念诗,在诗中把贝阿德丽采看作上帝派来拯救他灵魂的天使。从此之后,贝阿德丽采成了但丁作品中一个象征性的理想人物。

青年时期的但丁积极参加城邦的政治活动。由于反对教皇干涉城邦内政,1302年,但丁被加上莫须有的罪名,赶出了城邦,开始了近20年的流放生活。大约在1307年,也就是流亡生活最痛苦的时候,但丁开始了《神曲》的创作。爱情上的不幸、家庭生活的烦恼、政治上遭受的迫害和诬陷,以及长期的痛苦流亡生活,都像火山一样淤积在但丁的心里,使他最终要通过精神的探索,使生活在这一世界的人们摆脱悲惨的遭遇,把他们引到幸福的境地来。

《神曲》给但丁带来了至高无上的荣誉,却没能帮助但丁结束流浪的生涯。1321年,这位伟大的诗人刚刚完成了《神曲·天国篇》的创作,就客死在拉文纳,结束了他探索、追求的一生。

《神曲》采用中古文学特有的梦幻形式,叙述但丁在"人生的中途"所做的一个梦。在1300年复活节前的一个凌晨,但丁在一座黑暗的森林里迷了路。黎明时分,他来到一座洒满阳光的小山脚下。他正要登山,却被三只分别象征着淫欲、强暴、贪婪的野兽豹、狮、狼拦住了去路,情势十分危急。这时,古罗马时代的伟大诗人维吉尔出现了。他受贝阿德丽采的嘱托前来搭救但丁,然后又引导他游历了地狱和炼狱。地狱共九层,凡生前做过坏事的人的灵魂都被罚在地狱中受刑,并根据罪孽的大小安排在不同的层次,罪孽越重,越在下层,所受的刑也越重。能够进入炼狱的,则是生前犯有罪过,但程度较轻,而且已经悔悟的灵魂,它们被按照傲慢、嫉妒、愤怒、怠慢、贪财、贪食、贪色等七种人类大罪,分别在这里洗练。每洗去一种罪过,就会向上升一级,逐层升向山顶。山顶上是一座地上乐园,维吉尔把但丁带到这里后就离开了。这时圣女贝阿德丽采接替了维吉尔继续引导但丁游历天堂。他们经过了天堂九重天之后,终于到达了上帝的面前,见到了圣父、圣母和圣子"三位一体"的奥秘。这时但丁大彻大悟,他的思想已与上帝的意念融洽无间。整篇史诗至此也就戛然而止了。

薄伽丘

作为但丁的故乡，意大利理所当然地独得风气之先，成了文艺复兴的发源地。由但丁埋下的人文主义火种，首先在亚平宁半岛的土地上燃成一支火炬，而后才在整个欧洲烧成一片燎原大火。这熊熊的烈火最终烧穿了千年的黑暗，烧出了一片崭新的天地。而薄伽丘，就是点燃火炬的人。

如果用传统的教会眼光来看，薄伽丘无疑是个双重邪恶的产物。因为他是一个意大利商人和一个法国女人的私生子。他从小在商人和市民的圈子中间长大，这为他日后在作品中鲜明地表达新兴市民阶层的思想感情打下了基础。大约在他14岁的时候，他被父亲送到那不勒斯去学习经商，混了6年，却一无所获。父亲又叫他改行学习法律和宗教法规，因为这是有利可图的行业，枯燥乏味的宗教法又耗去他6年岁月，却依然不能让他提起兴趣。由于从小就喜欢阅读各种文学作品，他内心真正的愿望，是做一个文学家。

在那个时期，薄伽丘凭借他父亲的力量，经常有机会参加宫廷的一些社交活动。

当时的那不勒斯宫廷比较开明，在国王周围，除了封建贵族、早期的金融家、远洋归来的航海家等外，还聚集着一批具有人文主义思想的学者。同这些人的交游，丰富了他的阅历，扩大了他的文化视野，并进一步激起了他对古典文化和文学的浓厚兴趣。

1348年，中世纪的欧洲爆发了有史以来最可怕的一场瘟疫。昔日无比繁华的都市佛罗伦萨丧钟乱鸣，尸体纵横，十室九空，人心惶惶，到处呈现着触目惊心的恐怖景象，仿佛世界末日已经来临……这场灾难夺去了千万人的生命，同时也催生了文艺复兴时代的第一声呐喊——薄伽丘的《十日谈》。

莎士比亚

1564年4月26日，文艺复兴的旗手莎士比亚出生在英国中部埃文河畔的斯特拉福镇。他的父亲是个经营羊毛、谷物的商人，曾被选为"市政厅首脑"，成了这个拥有两千多居民、20家旅馆和酒店的小镇镇长。不幸的是,在莎士比亚14岁的时候,他父亲破产了,为了偿清债务,甚至不得不将莎士比亚的母亲作为陪嫁的田产变卖掉。

小莎士比亚中途辍学,帮父亲经商,在18岁时结了婚,几年内便有了3个孩子,家境更加的艰难。

然而,在文艺复兴前辈大师们的召唤下,兀傲的莎士比亚注定是不会憔悴于这个伟大时代的。1586年,他随一个戏班子步行到了伦敦去谋生。他干过多种卑下的职业,包括在剧院门口为骑马的观众照看马匹和出演三流丑角。凭借着头脑灵活和口齿伶俐,莎士比亚获得了剧团的赏识,逐渐加入到剧团的一些事务性工作中,最后终于成为正式演员。在坚持学习演技的同时,莎士比亚还尝试着写些历史题材的剧本。27岁那年,他写了历史剧《亨利六世》三部曲,剧本上演后大受观众欢迎,他赢得了很高声誉,逐渐在伦敦戏剧界站稳了脚跟。

真正让莎士比亚名满天下的,是1595年的《罗密欧与朱丽叶》。剧本上演后,观众像潮水一般涌向剧场,在泪眼蒙眬中观看这部戏。这个故事发生于14世纪意大利的维洛耶城,城中蒙太古与凯普莱特两大家族积有世仇,蒙太古家的罗密欧与凯普莱特家的朱丽叶在一次假面舞会一见钟情,并在神父劳伦斯帮助下秘密成婚。后来罗密欧为朋友复仇刺死了凯普莱特家的青年,被维洛耶亲王驱逐出城。朱丽叶被迫许配给贵族青年。朱丽叶向劳伦斯神父求助,神父让她服下一种假死后能苏醒的药,一面派人通知罗密欧。朱丽叶假死后被送往墓穴,罗密欧闻讯赶往墓穴,由于信没能及时到达罗密欧手中,他误以为朱丽叶已死去,遂服毒自杀。朱丽叶醒来后见罗密欧已死,也以罗密欧的匕首自杀殉情。二人死后,两大家族终于达成和解。

《罗密欧与朱丽叶》不仅是一支爱情的颂歌,更是觉醒的巨人以新兴的人文主义作为思想武器,向保守的封建观念开战的宣言书。对尘世欢乐与幸福的渴望,和对个性解放与人格尊严的追求,使得这一对少年显示出在青春与爱情鼓舞下的巨大力量。在这种伟大力量的催动下,他们不但勇敢地冲破重重阻碍自由地恋爱、结合,而且还以爱的春风消融恨的坚冰,让两大家族最终化干戈为玉帛。这是人文主义理想对封建传统的胜利,它使人们隐隐约约地感受到,狭长黑暗的封建中世纪通道即将走到尽头,人们即将迎来新世界的曙光。

你应该具备的

　　《罗密欧与朱丽叶》的成功,使莎士比亚在声名远播的同时也富裕了起来。1599 年,莎士比亚成了"环球"剧院的股东。他还在家乡买了漂亮的房子,是该镇的第二大住宅。他把自己在伦敦的大部分收入投资在家乡,或给家乡办福利事业。1601 年,莎士比亚的两个好友为了改革政治而发动叛乱,结果一个被送上绞刑架,另一个则被投入监狱。悲愤不已的莎士比亚倾注全力写成了代表他自己,乃至整个文艺复兴、整个人类文学最高成就的《哈姆雷特》,并在演出时亲自扮演其中的幽灵。

　　哈姆雷特本来是丹麦的一个快乐王子。他从国外上完大学回国后,正遇上阴狠的叔叔毒死了他的父王,篡夺了王位,并霸占了他的母亲。父亲的鬼魂告诉了他自己被害的经过,哈姆雷特在巧施计谋证实了叔父的罪恶后,下定决心复仇。然而一次偶然的失误却使他误杀了自己情人的父亲。他的叔父把他送到英国,想借英国国王的刀杀死他。哈姆雷特半路上跑了回来,又发现自己的情人因父亲死去、爱人远离而精神失常,误入河中淹死。叔父唆使哈姆雷特情人的哥哥和哈姆雷特决斗,结果两个人都中了敌人的诡计。临死前,哈姆雷特奋力刺死了叔父,为父亲报了仇,但最终没能完成重整"颠倒混乱的时代"的大业。

　　哈姆雷特在复仇时行为上的拖延和犹豫,是几百年来人们争论的焦点,也是《哈姆雷特》最富有魅力的地方。在社会意义上,他的犹豫是因为在复仇过程中他已经认识到,自己的行动已不简单是为父报仇,而是与整个国家与民族的命运联系在一起的。一旦复仇成功,他就有责任担当起振兴国家的重任。而他所面对的社会邪恶势力过于强大,作为新兴资产阶级代表的哈姆雷特,却还没有足够强大的力量胜任"重整乾坤"、改造社会的历史重任。然而在哲学和艺术层面上看,他的犹豫更多的是因为他对于人类生命本体的哲学探讨,涉及了人的生存、死亡与灵魂等形而上学的问题。在莎士比亚之前,还没有哪个作家塑造出如此丰富的内心世界。

　　1616 年,莎士比亚因病离开了人世。在整整 52 年的生涯中,他为世人留下了 37 个剧本、一卷十四行诗和两部叙事长诗。就莎士比亚的戏剧创作而言,把"空前绝后"这个词用在他身上,是丝毫不过分的。为他赢得了至高无上荣誉的剧作就像一个波澜壮阔、激情澎湃的生活海洋和文学海洋,这个海洋中包括了气势恢弘、激情洋溢的悲剧,戏谑恣肆、妙趣横生的喜剧和场面宏大、波澜壮阔的历史剧,这些作品处处都闪耀着人文主义理想的光辉,表现了那个时代甚至今天人类的一种理想。从浅层的表达方式、阅读习惯,到深层的心理结构、精神生活,莎士比亚的戏剧已深深融入了西方人的血液,成为一种深厚的、永久的文化底蕴。正是在这个意义上,西方著名学者哈罗德·布鲁姆宣称:"上帝之后,莎士比亚决定了一切。"

莫里哀

　　莫里哀(1622–1673 年)天生就注定要和戏剧联系在一起。他是一个宫廷陈设品供应商的儿子,父亲希望他能继承父业,或者做律师,然而戏剧才是莫里哀的最爱。21 岁的时候,年轻的莫里哀用了 13 年,并在此期间成为了剧团的负责人,开始了剧本创作。剧团的声誉蒸蒸日上,在巴黎都获得了显赫名声。1658 年,剧团应召来到巴黎,在卢浮宫为路易十四演出,得到赏识,从此在巴黎安定下来。

　　1673 年 2 月 17 日,莫里哀不顾严重的肺炎在身,坚持亲自主演了他的最后一个剧本《无病呻吟》。他勉强坚持把第四场演完,晚上十点钟到家后,便咳破血管,与世长辞。

　　《伪君子》是莫里哀精心打造的经典之作。为了这个剧本,从 1664 年到1669 年,莫里哀经过了五年的斗争,经历了数次禁演风波,顶住了巨大的压力,付出了无数的艰辛,才使这部五幕喜剧最终得以完整地呈现在世人面前。《伪君子》是莫里哀为封建教士准备的一把锋利的匕首,它一下子就剖开了那些衣冠禽兽的漂亮外衣,直接指向他们肮脏的本质。在这部作品中,莫里哀主要以有趣的戏剧动作表达准确的观念,并尽量夸张人物的特性。

　　达尔杜夫是衣冠楚楚的宗教骗子,他骗得富商奥尔贡及其母亲的信任,企图侵占奥尔贡的财产。深受其骗的奥尔贡不但把他请回家中做全家人的精神导师,而且把逃亡朋友的秘密文件匣子交给他保管,甚至撕毁女儿以前的婚约,要把儿女嫁给达尔杜夫。达尔杜夫却看中了主人的续妻艾尔密尔。他调情的情景被奥尔贡的儿子看见,可他却恶人先告状,反倒使奥尔贡中了计谋,要剥夺儿子的继承权,把财产全部送给他。在这紧要关头,艾尔密尔设下了一个巧妙的圈套让达尔杜夫钻了进来,使奥尔贡亲眼目睹了达尔杜夫的禽兽行径。大梦醒来的奥尔贡终于觉悟,要把达尔杜夫赶出去。达尔杜夫此时显示出了流氓本性,向国王举报奥尔贡与逃匿的政治犯有瓜葛。但英明的国王洞察一切,下令逮捕了骗子,并赦免了曾经勤王有功的奥尔贡。

通过这一形象,莫里哀深刻地揭示了教会和上流社会的伪善、狠毒、荒淫无耻和贪婪,突出地批判了宗教伪善的欺骗性和危害性。达尔杜夫是封建社会贵族传统和宗教体制下产生的怪胎。他本来是外省的破落贵族,由于挥霍无度,荡尽产业,最终流落巴黎,形同乞丐,"连双鞋都没有"。同时他又是一个伪善的虔诚教徒的典型,依靠虚伪的表演和出色的演技,以"道德君子"的形象获得了奥尔贡的宠信。贵族与教徒的双重崇高身份,造就了一个伪善到了极点的骗子,这一形象暗含着深层的历史意蕴。17世纪的法国贵族,在经济上已经是日趋没落,然而爱慕虚荣的心理却使贵族们经常忘记自己的现实处境,在穷困落魄中依然追求所谓的体面。二者之间的反差本身就显示出喜剧性的荒谬、滑稽来。可以说,古典主义文化所追求的崇高与唯理主义,在17世纪下半叶已经逐渐走向堕落而显出虚伪的本质。当堕落的贵族和同样堕落的教士结合在一起的时候,喜剧效果就产生了。莫里哀深刻地体会到了这种喜剧性的本质,把它高度概括在达尔杜夫的伪善性格中。这个形象也因为其深厚的历史意蕴而获得了长久的艺术生命。

席勒

如果天空中只有太阳,那么太阳会非常孤独;如果天空中只有月亮,月亮也会十分寂寞。太阳和月亮注定要出现在同一片天空下,就像歌德和席勒要共同出现在德国的文学天空下一样。

在歌德出生后10年,席勒也出生在内卡河畔的马尔巴赫。他的父亲是部队的军医,母亲是面包师的女儿。在席勒年仅13岁的时候,就被公爵强迫进入卡尔·欧根军事学校学法律。席勒在这个管束极严、与外界隔绝的"奴隶培养所"度过了8年青春岁月,并在毕业后被派往斯图加特某步兵旅当军医。然而,具有诗人气质的席勒对自己的行为解释道:"我们的现实生活是如此荒诞,无法理解。我早就相信,为了熬好这锅稀奇古怪的热汤,而付出这样虔诚而长久的劳动,其结果是不好的,无人问津的。"

第四章 文学家

席勒无法忍受这样的生活,两年后他便逃到了曼海姆,后来在各地流浪。

他的流浪生涯正处于德国"狂飙突进"时期。席勒自由地呼吸着暴风雨所带来的清新空气,他的灵魂也随着那澄澈天地的风暴一起飞扬。他不由自主地便成了风暴的一分子,以自己满腔的怒火,对着腐朽的专制统治发起了猛烈的冲击。1782年,一部反抗封建暴政、充满狂飙突进精神的悲剧作品《阴谋与爱情》,诞生在这位热血青年的笔下。

正如这部剧本的名字一样,《阴谋与爱情》写的是一个与爱情有关的阴谋。

宰相华尔特是一个在封建朝廷权势斗争中玩弄权术的老手,曾经用阴谋害死他的前任。他的儿子费迪南爱上了提琴手密勒的女儿露易丝,并把当时严格的封建门第观念置之脑后,决心和她结婚。而这时,公爵出于政治目的考虑要娶一位夫人,为此他必须与他的情妇表面上分手,给她找一个假丈夫,制造一个骗局。宰相为了进一步控制公爵,巩固自己的地位,不惜牺牲儿子的幸福,让费迪南与公爵的情妇结婚。为了使这一阴谋顺利实现,宰相和他的秘书伍尔姆布又设置了一个阴谋,借口密勒对公爵不敬,逮捕了密勒夫妇,以此要挟露易丝写了一封给她不认识的宫廷侍卫长的情书,并且不能说出真相。不明真相的费迪南看到这封假情书后,跑来责问露易丝,但露易丝无法说出实情。悲恸至极的费迪南,竟下毒毒死了露易丝。露易丝临死前才说出真相,这时费迪南后悔莫及,也服毒自尽。

宰相害死前任的阴谋、公爵与情妇的阴谋、宰相控制公爵的阴谋、以假情书拆散一对情侣的阴谋……这些大大小小的阴谋组成了一个曲折悠长的阴谋迷宫。在这个由权力话语的掌握者所操纵的迷宫里,可怜的费迪南和露易丝就像被冰冷的铁丝缚住了自由的笼中之鸟一样,纵然费尽了所有的气力展翅高飞,却依然无法摆脱那罪恶的囚笼。他们永远也找不到迷宫的出口,只能徒劳无功地四处碰壁,最终怀着对爱情的渴望死在寻找的路上。

在阴谋与爱情这一组象征邪恶与正义、恶与美的矛盾冲突中,封建贵族的寡廉鲜耻与新兴市民阶级的软弱性格被凸现了出来,作品强大的悲剧力量也因此得到了彰显。因为其中蕴涵着的尖锐的反封建气息,这部作品被德国评论家认为"它达到了一个革命的高度,在它以前的市民阶级戏剧还未达到这样一个高度"。

与封建统治阶级联系在一起的，是新兴市民阶层的独立自尊意识和反抗精神。音乐师密勒虽然社会地位卑微，但他耿直、自尊，从不向权贵谄媚，面对统治者的迫害他也敢于当面对抗，甚至对宰相下逐客令。露易丝美丽而纯洁、善良，她与费迪南的爱情完全出于真挚的感情，而不是利益的驱动。她向往打破森严的等级界限，追求"人就是人"的美好的未来，渴望人与人的平等和婚姻的自由。然而，市民阶级身上宿命的软弱性，使得他们有自觉性而不完全，有反抗性而不彻底。密勒只求平安无事，保住家庭的安宁，并不想突破现有的社会秩序；露易丝无法忍受权贵的侮辱，但内心里又缺乏积极主动的反叛精神，当黑暗力量向她袭来时，她对光明的未来毫无信心，宁可牺牲自己的爱情，而投入宰相设下的罗网。他们的软弱折射出整个德国市民阶层，在政治上不成熟和经济上不强大的历史现状。

1786 年 7 月，席勒来到了当时的开明国度魏玛，并于次年后经歌德推荐任耶拿大学历史教授。两位巨人最终历史性地走到了一起。他们在创作上互相鼓励，互相促进，共同开创了德国文学史上的古典时期。他们也因此而成为德国文学史上最耀眼的双子星座，几百年来照耀着德意志的夜空。

席勒主要作品

戏剧

《强盗》、《斐爱斯柯在热那亚的谋叛》、《露易丝·密勒》(后改为《阴谋与爱情》)、《唐·卡洛斯》。

诗歌

《激情的自由思想》(后改为《斗争》)、《听天由命》、《欢乐颂》、《国外来的姑娘》、《地球的分裂》、《被束缚的珀伽索斯》、《理想》、《理想与人生》、《散步》、《信仰的言词》、《铃之歌》。

历史剧

《玛丽亚·斯图亚特》、《奥尔良的姑娘》、《墨西拿的新娘》、《威廉·退尔》。

第四章　文学家

拜伦和雪莱

同样是才华横溢的诗人,同样是热情洋溢的战士,却同样地遭到社会的伤害和命运的作弄,在最风华正茂的时候英年早逝。拜伦和雪莱身上,都印证了"天妒英才"这句咒语。他们惊人相似的悲怆命运令人们在百世之后仍然感叹不已。幸好时间是公正的,他们灿烂的诗篇和他们伟大的精神,都已经在他们身后获得了不朽。

一、青铜骑士:拜伦

拜伦(1788-1824年)出生在英国一个古老的贵族家庭里。拜伦出生时,一只脚就带有残疾,这使他在年轻时候极为敏感、自尊,形成了孤独、反叛、傲岸的性格。他十岁时,他的叔祖,即"邪恶的"拜伦勋爵,也去世了。拜伦继承了爵位,也继承了大宗的产业,从此移居伦敦。青少年时代的拜伦在哈罗学校和剑桥大学学习,性格怪僻的他在学校里养了一只熊,而且还有其他一些与众不同的古怪行为。

在这期间,他出版了第一本诗集《闲散的时光》,初步显露出他对抗反动势力的叛逆个性。

离开剑桥大学以后,拜伦启程前往欧洲作长途旅行,漫游了希腊和爱琴海群岛。当他23岁时,他的母亲去世了。他回到了家里,在纽斯台德寺院安顿了下来。他进入了伦敦社交界,在上议院发表演讲。1812年2月,他的成名作《恰尔德·哈罗德游记》第一、二章出版了,全城为之轰动。拜伦在一夜之间成名,从此开始了一个创作的高峰。

然而,在当时的社会里,拜伦的孤傲姿态和反叛性格注定是个异数。反动阵营和帮闲文人对他极端地仇恨。他们利用拜伦和妻子分居的家庭矛盾疯狂地诋毁拜伦,迫使拜伦永远地离开了英国。他先是到了瑞士,在这里认识了另一位伟大诗人雪莱,后来又到了正在为民族解放而战的意大利,参加了意大利烧炭党的秘密组织,并创作了他的骇世杰作《唐·璜》。1823年,意大利烧炭党运动在疯狂的镇压下失败了,拜伦离开意大利去希腊参加希腊人民的民族解放斗争。他变卖了自己的财产筹备军队,并亲自担任指挥,显示出卓越的组织才能。正当希腊革命事业蓬勃发展的时候,他却因淋雨患了热病,不幸于1824年4月19日逝世,年仅36岁。希腊人民将他的逝世视为民族的不幸,为他举行了国葬,全国哀悼三天,整个欧洲也为这位英年早逝的战士、诗人哀悼不已。

长篇叙事诗《唐·璜》是一部将浪漫主义和现实主义完美结合起来的作品，也是拜伦一生中最杰出的成就。长诗的主人公唐·璜，原本是西班牙传说中的色鬼、恶棍，但拜伦把他处理成一个天真、热情、善良的贵族青年。他因与贵妇朱丽亚的爱情暴露而逃离西班牙，在希腊的一个岛上和海盗的女儿恋爱，然后又在君士坦丁堡的奴隶市场被卖到苏丹后宫，逃出后参加了沙俄对伊兹密尔的袭击，后来成为俄国女皇凯瑟琳二世的宠臣，被派出使英国，故事在一连串的阴谋事件中结束。

这是一部在广阔的社会历史背景下展开的政治抒情诗，也是一部辛辣的政治讽刺诗。拜伦塑造了唐·璜这个人物，是为了向英国资产阶级伪善的清教徒道德以及虚伪的体面观念开战，向欧洲大陆的黑暗社会开战。通过唐·璜半生的行踪和他的言论，诗人广泛评论了欧洲的时弊，戳穿了所谓文明社会的脓疮，满腔愤怒地揭露了欧洲各国政府的专制、残暴、无能，议会民主的欺骗性和上流社会的虚伪。威严的女皇、淫威的皇后、谄媚的朝臣、骄横专奢的将军、腐化堕落的王公贵族……正是这些衣冠禽兽不可遏止的贪欲、野心和荒淫，才造就了无数的人间惨剧。怀着对他们的深深憎恨，诗人用轻蔑的口吻称呼英国女王为"我们自己的半贞洁的伊丽莎白"，称在滑铁卢之役中打败拿破仑的英军统帅威灵顿为"恶棍顿"。他还控诉了神圣同盟所干的种种罪恶勾当，揭露野蛮的侵略战争及其为人民带来的深重灾难。在作品中，他义愤填膺地怒骂神圣同盟的君主们；把那个秃头的恶汉亚历山大囚禁起来，用船把神圣的三个家伙押送到塞内力口尔；教训他们"即以其人之道，还治其人之身"，并且问问他们做奴隶好不好受？

拜伦用他洪亮的革命宣言打破了当时欧洲万马齐喑的局面。他高擎着在法国点燃的革命火炬，并把这熊熊的火焰携往思想和艺术的领域。他那热情的战斗诗歌，就像一把利刃，刺向人间一切黑暗腐朽势力；又像激昂的号角，鼓舞人民在斗争中前进。他憎恨一切压迫、剥削和伪善，同情在斗争中的各国人民。他始终与美国的黑奴、爱尔兰的下层群众、意大利和希腊的爱国志士站在一起。他成为整个欧洲自由战士的代言人，也成了专制和暴政的死敌。

《唐·璜》体现了拜伦炉火纯青的艺术技巧。全诗把丰富的思想寓于精美的艺术形式之中,既有对壮丽大自然的生动描绘,又有对人世间各种现象的精辟评议,还插以对现实的讪笑和嘲讽。整部诗篇如江河奔腾,气势磅礴,跌宕流畅,成为举世闻名的杰作。雪莱曾赞扬道:"英国语言中从来没有过这样的作品。"歌德认为《唐·璜》是"绝顶天才之作"。

按照拜伦原来的设想,唐·璜应该牺牲在法国的革命斗争烈火中。他多次表示要写五十到一百章,但他只写到了第十七章的十四节,死神就残酷地中断了他的创作。由于他天才横溢的诗歌和他横枪立马、一往无前的革命精神,他被人们誉为"诗国中的拿破仑"。

二、西风之子:雪莱

雪莱(1792-1822 年)有着和拜伦极其相似的经历。他是一个贵族家庭的长子,原本有望成为既富有又有爵位的人。然而雪莱天生就是为了叛逆而存在的。在伊顿公学时,他就以"疯子雪莱"和"无神论者雪莱"而闻名。在牛津大学读书期间,他写了一篇《无神论的必要性》的论文,宣传无神论思想,结果被学校开除,并因此事和父亲闹翻。年仅 18 岁的雪莱成了脱离家庭的游子,他和一个 16 岁女孩私奔并结婚,然后进行了一次堂·吉诃德式的远征,前往都柏林支持爱尔兰人民反对英国统治的斗争。他写了一部《人的权利》小册子,用气球散布了一部分,其余的则放入瓶子里,把瓶子扔到海里去。

在 1813 年,雪莱个人印刷出版了一首很奇特的长诗《麦布女王》,表明了他对宗教的抗议、对各种形式的专制制度的憎恨以及对未来必将出现一个新的黄金时代的信念。

雪莱的叛逆精神引起了统治阶级的嫉恨。1814 年,雪莱与妻子离婚,同第二任妻子结合。反动当局利用婚姻事件对雪莱进行了大肆中伤,迫使雪莱永远地离开英国,后来长期旅居意大利。

和拜伦一样,雪莱也是一名伟大的民主战士。他以诗歌作为武器,向一切不公正的社会现实开火,向着一切反动的统治阶级开火,热情地歌颂新生命,追求自由和幸福。在家喻户晓的《西风颂》中,诗人以豪迈奔放的激情歌颂那以摧毁一切的狂暴气势涤荡天地的西风,它以摧枯拉朽之势,将地面上的残枝败叶席卷一空;它以磅礴之气驱散高空的流云,召来冰雹、大雨和雷电,为黑夜的世界敲响丧钟;它唤醒昏睡的大海,掀起汹涌的浪波,震撼海底的花草树木;它又到处播种生命的种子,催促万紫千红的春天的到来。这自然界的西风，就是人间社会革命风暴的象征。诗人赞美西风的同时，也是在赞美革命运动像西风一样，将黑暗世界的邪恶势力一扫而光，并为新世界的诞生播下火种。诗人以自己的革命的号角，向人们传播革命的思想，并预言出一个美好的未来：就把我的话语，像灰烬和火星从还未熄灭的炉火向人间播撒！让预言的喇叭通过我的嘴唇把昏睡的大地唤醒吧！要是冬天已经来了，西风啊，春天还会远吗？

在短暂的一生中，雪莱写下了大量歌唱自然、歌唱人生、歌唱理想、歌唱爱情的抒情短诗。这些作品大多格调清新、意境优美，在一种浓郁的抒情氛围中表现出对光明、自由、幸福和美的热烈追求，从而给人一种积极向上的鼓舞力量和艺术享受。在他的名篇《致云雀》里，雪莱以"欢快的精灵"——云雀自喻，展示了一个热爱自由的灵魂：你从大地一跃而起，往上飞翔又飞翔，犹如一团火云，在蓝天平展着你的翅膀，你不停歇地边唱边飞，边飞边唱。

这只在蓝天上展翅高飞、放声歌唱的云雀身上，寄托着诗人的精神境界、社会理想和艺术抱负。它那优美朴实的歌声，诉说着诗人内心的忧伤和爱，诉说着诗人对光明和自由的憧憬，同时也在大地上撒播着欢乐和希望。这正是鄙弃污浊尘世的诗人雪莱的真实写照。

1822 年夏，雪莱和朋友去参加一个由拜伦倡议的杂志的创办活动。结果在返航的途中，一阵突如其来的狂风暴雨，掀翻了正在海上急流勇进的游艇。在其中一具尸体的衣服口袋里，人们发现了英国著名诗人济慈的诗集和希腊悲剧大师索福克勒斯的集子，最终证实了人们最不愿意看到的事情——那个人就是雪莱，英国最伟大的抒情诗人，与拜伦构成英格兰诗歌双子星座的雪莱。这一年，他才 31 岁。

雨果

1885 年 5 月 22 日，一位经历过波旁王朝复辟、七月政变、雾月政变、欧洲大革命以及巴黎公社革命的法国作家，因为患肺充血而去世，他在昏迷状态中还念叨着："人生就是白昼与黑夜的斗争。" 6 月 1 日，法兰西共和国政府为他举行了国葬，有两百万人参加了这次葬礼。这是法兰西有史以来最为隆重的一次葬礼。这个最高级别的葬礼献给一位人道主义者，一位民主战士，一位伟大的作家，他就是维克多·雨果。

雨果于 1802 年出生在法国东部的贝尚松。他的父亲曾随拿破仑的大军转战南北，获得将军头衔，母亲则是波旁王朝的忠实拥护者。由于父亲常年征战沙场，无暇顾及家庭，因此年幼的雨果在母亲的影响下，也成了保皇主义的忠实信徒。他从小崇拜法国早期浪漫主义作家夏多布里昂，立誓"要么成为夏多布里昂，要么一事无成"。

19 世纪 20 年代法国自由主义思潮的高涨，使青年雨果的思想开始发生了转变。他由保皇主义逐渐转向自由主义的立场，开始攀登"光明的梯级"。1827 年，他发表了韵文剧本《克伦威尔》和《克伦威尔序言》。剧本因故未能上演，《克伦威尔序言》却成了法国浪漫主义戏剧运动的宣言，1830 年，他据序言中的理论写成第一个浪漫主义剧本《欧那尼》，它的演出标志着浪漫主义对古典主义的胜利。当剧本在剧院里上演的时候，拥护古典主义和支持浪漫主义的两派观众在剧院里大打出手，史称"欧那尼事件"。雨果以他的剧本打破了古典主义戏剧用理性压制感情、只歌颂王公贵族的清规戒律，提出了将滑稽丑怪与崇高优美进行对照的审美原则，使爱情压倒了理性，最终推翻了古典主义的统治地位。27 岁的雨果也因此成为浪漫主义的领袖，成为法兰西文坛上的一颗灿烂的新星。

真正奠定雨果不朽地位的，是 1831 年发表的《巴黎圣母院》。这是雨果的第一部大型浪漫主义小说。

它以美与丑对照的原则，描绘了 15 世纪法国的一幅光明与黑暗斗争的画面：贫穷妓女巴格特的私生女爱斯梅拉达从小被吉卜赛女人偷走，长大后来到巴黎卖艺。她的美貌与歌舞给劳苦大众带来欢乐，也激起了圣母院克洛德·孚罗洛副主教的情欲。他疯狂地追逐爱斯梅拉达，不能如愿就横加迫害。尽管乞丐们竭力相救，爱斯梅拉达最后仍惨死在绞刑架下。卡西莫多看透了义父孚罗洛的淫邪和凶残，将他摔死，自己抱着爱斯梅拉达的尸体殉情而死。

《巴黎圣母院》无情地揭露了禁欲主义思想对人的腐蚀和毒害，具有强烈的反封建、反宗教色彩。小说以孚罗洛在圣母院钟楼上手刻的"宿命"两字为开端，探讨这痛苦的灵魂为何一定要把这个罪恶的或悲惨的印记留在古老教堂的额角上之后才肯离开人世。孚罗洛年轻时深受宗教禁欲主义的影响，只读书本，不近女色。但人的天性、人的情欲是禁锢不了的，爱斯梅拉达的出现激起了他对爱情的向往，但这种人性的追求与根深蒂固的宗教思想产生了深刻的矛盾。正常的人类情感不能宣泄，造成了他扭曲变态的畸形恋情，由疯狂的爱变成疯狂的恨，同时他自己长时间地忍受着痛苦的煎熬。他既是宗教思想的迫害狂，又是禁欲主义的牺牲品。读者从小说的总体构思与重点着墨中都可看出雨果的反宗教倾向。作者对孚罗洛的痛苦挖掘越深，其对宗教思想的批判就越犀利。小说揭露了宗教的虚伪，宣告了禁欲主义的破产，歌颂了下层劳动人民的善良、友爱、舍己为人，反映了雨果的人道主义思想。

1848 年的欧洲大革命，彻底粉碎了雨果对君主立宪不切实际的幻想。当大多数资产阶级代表人物站到了反革命方面，反动派阴谋消灭共和时，雨果却成了坚定的共和主义者。1851 年，路易·波拿巴发动政变，雨果试图组织抵制活动，失败后不得不逃到比利时，从此开始了长达 19 年的流亡生活。苦难的流亡生涯没能使雨果放弃他的人道主义理想。1861 年 6 月，在大西洋上的盖纳西岛流亡的雨果，完成了他又一部气势恢弘的巨著——《悲惨世界》。

《悲惨世界》就像一部波澜壮阔的英雄史诗，展示了一个劳动者坎坷、艰辛而富有传奇色彩的一生。主人公冉阿让原本是个善良淳朴的工人，由于失业，没有收入，无法养家糊口，不得已打破橱窗的玻璃偷面包，结果被抓住并被判了 5 年刑。由于一再越狱，他最终在监狱中度过了 19 年的苦役生活。获得假释后，他无事可做，摆在他面前的只有继续行窃一条路。然而米里哀主教的慈善感化了他，使他决定改邪归正。他改了名字，办起了企业，成功后还被推选为市长。但不久因为暴露了身份而再次被捕。他开始了新的逃亡生活。一次，他从一个坏蛋手中救出了已故女工芳汀的孤女珂赛特，带她逃往巴黎。

雨果之所以描写这个悲惨世界，根本目的就在于要消灭这个悲惨世界。雨果是一位充满人道主义激情的作家。他的人道主义思想，不仅是他同情劳动人民的出发点，也是他进行社会批判的一种尺度。他将阶级对立视为一种道德问题，认为法律惩罚不能消除犯罪，只有通过饶恕来感化灵魂，才能从根本上消除社会罪恶。

雨果还把人道主义的感化力量视为改造人性与社会的手段，企图以仁爱精神去对抗邪恶。小说中的米里哀主教是一个理想的人道主义者，在他的感化下,冉阿让后来也悔悟过来,最终成了大慈大悲的化身。在他们身上不仅有无穷无尽的人道主义爱心,而且他们这种爱,还能感化凶残的匪帮,甚至统治阶级的鹰犬。与此同时,作者在悲惨世界里创建了滨海蒙特勒伊这样一块穷人的福地,真正的"世外桃源"。人道主义的仁爱在小说里就成为了一种千灵万验、无坚不摧的神奇力量。法国人在纪念雨果的时候,认为雨果的思想是法兰西共和国的价值理念基础,其实雨果对人性的追求和人道的关怀是整个现代文明的价值理念基础。他虽然是一个法国作家,却有一种世界的胸怀。

在雨果的流亡期间,他曾经轻蔑地拒绝了拿破仑三世做出的大赦。他发誓,只要这个政权一天不灭亡,他就一天不回法国。1870 年,法兰西第二帝国终于倒台。就在法兰西第三共和国成立后的第二天,雨果结束了自己长达 19 年的流亡生涯,回到了阔别已久的祖国。1881 年 2 月 26 日,也就是他 80 岁生日那天,大约 60 万仰慕者走过雨果巴黎寓所的窗前,庆祝这位民主战士、伟大作家的寿辰。4 年后的春天,他带着一生的迷惘与痛苦、辉煌与荣耀离开了这个世界,留给世界的,是永远挖掘不尽的人类精神宝藏。

果戈里

1836 年春天的一个晚上,俄罗斯的彼得堡大剧院正上演一出戏。这是个讽刺喜剧,剧本写得很精彩,演员的表演也非常出色,观众完全被征服了,不时爆发一阵阵欢快的笑声和热烈的掌声。

这时,在一个豪华包厢里站起来一个人,他是沙皇尼古拉一世。只听他恨恨地对身边的王公大臣说:"这叫什么戏! 我感到它在用鞭子抽打我们的脸,其中把我抽打得最厉害。"说罢,他出了包厢,气呼呼地回到了宫中。贵族大臣们早就感到不痛快了,戏好像专门讽刺他们似的,沙皇走了,他们一个个都溜掉了。戏还在演,观众还在热烈地鼓掌和欢笑。这是部什么样的戏,为什么沙皇如此讨厌它,而观众却又如此地喜欢它?写这部戏的究竟是什么人?

这部名为《钦差大臣》的杰作出自于俄罗斯批判现实主义文学奠基人果戈里(1809-1852)的笔下。他出生在乌克兰波尔塔瓦省的一个地主家庭里。从中学时代起,深受普希金诗歌和法国启蒙学者著作影响的果戈里,就立下了要为祖国服务、造福人民的志向。由于父亲早逝,家境窘迫,他在20岁那年便离家去彼得堡谋生。几经周折,才谋得了一份抄写公文的工作。在饱尝了世态炎凉和小职员度日的艰辛之后,严酷的社会现实使他从理想的梦幻中渐渐觉醒过来。透过京城那富丽堂皇的外表,他看清了官场的黑暗与腐败以及普通民众身受的苦难和不平。

在彼得堡,果戈里有幸结识了当时著名的诗人茹可夫斯基和普希金,这对于他走上创作道路有很大的影响,特别是他与普希金的友情与交往被传为文坛的佳话。1831—1832年间,年仅22岁的果戈里发表了一部以《狄康卡近乡夜话》为题的短篇小说集,步入文坛。这部小说集是优美的传说、神奇的幻想和现实的素描的精美结合,以明快、活泼、清新、幽默的笔调,描绘了乌克兰大自然的诗情画意,讴歌了普通人民勇敢、善良和热爱自由的性格,同时鞭挞了生活中的丑恶、自私和卑鄙。它是浪漫主义与现实主义创作相结合的产物,被普希金誉为"极不平凡的现象",从而奠定了果戈里在文坛的地位。

1834年秋,果戈理曾在圣彼得堡大学任教职,一年多以后即弃职专门从事文学创作。在此期间,他又相继出版了《密尔格拉德》和《小品集》(后来又称为《彼得堡故事》)两部小说集。作家一改在《狄康卡近乡夜话》中对恬静的田园生活的迷醉之情,而将讽刺的笔触转向了揭露社会的丑恶、黑暗和不平,对社会底层的小人物的命运寄予了深切的同情,标志着他的创作走上了一个新阶段。特别是1837年普希金不幸逝世之后,果戈里将批判现实主义的创作方法推向了新的高度,当之无愧地站在普希金遗留下的位置上,成了俄国批判现实主义文学的奠基人。

1836年,果戈里发表了讽刺喜剧《钦差大臣》,它改变了当时俄国剧坛上充斥着从法国移植而来的思想浅薄、手法庸俗的闹剧的局面。《钦差大臣》描绘了一幅封建农奴制度下的官场群丑图:市长平时贪污受贿,做贼心虚,成天担心受到清算。他召集手下大大小小的官吏开会,第一句话就是:"钦差大臣要来了。"于是这些人个个胆战心惊,因为他们平时作恶多端,唯恐被戳穿后受到处罚。这时,有个彼得堡的小官吏赫列斯达可夫路过小县城。官僚们以为他就是钦差大臣,争先恐后地奉迎巴结,排着队向他行贿。市长把他请进家里,甚至把女儿许配给他。赫列斯达可夫起初莫名其妙,后来索性假戏真唱,在猛捞了一大笔钱之后偷偷溜了,市长这才明白自己上了当,正要派人追赶赫列斯达可夫,这时真正的钦差大臣到了。官僚们听了这个消息面面相觑,个个呆若木鸡。

《钦差大臣》就像把锋利的匕首一样,一下子剖开了腐朽的封建农奴制度的干尸,把它肮脏的实质展现在世人面前:法官收受贿赂,督学不学无术,慈善医院的院长阴险残忍,邮政局局长专爱偷拆别人的信件。至于那个市长,则更是干尽了贪污受贿、敲诈勒索的无耻勾当。果戈里用喜剧这面镜子照出了当时社会达官显贵们的丑恶原形,从而揭露了俄国农奴制社会的黑暗、腐朽和荒唐、反动。正是因为剧本的这种批判性和颠覆性,才出现了剧院里的那一幕。

《钦差大臣》震惊了俄国,也使果戈里感到不安。他的本意是要以"笑"达到劝善惩恶的目的,他原本是想把他所知道的"俄罗斯的全部丑恶集成一堆来同时嘲笑这一切"。因此,当俄国官僚和反动批评界猛烈攻击《钦差大臣》的时候,果戈里的思想陷入了深深的苦闷之中。他匆匆离开祖国,先后旅居德国、瑞士、法国、意大利等地,继续他在《钦差大臣》之前就已经开始的《死魂灵》的创作。

《钦差大臣》和《死魂灵》的题材都是普希金提供给果戈里的。《死魂灵》构思于 1835 年,完成于 1842 年。这部杰作被称为"俄国文学史上无与伦比的作品"。它的问世,就像响彻长空的一声霹雳,震撼了整个俄国。

小说描写"诡计多端"的投机家乞科夫为了发财致富而想出一套买空卖空、巧取豪夺的发财妙计,在 N 市及其周围地主庄园贱价收购在农奴花名册上尚未注销的死农奴,并以移民为借口,向国家申请无主荒地,然后再将得到的土地和死农奴名单一同抵押给政府,从中获利。作者通过乞科夫遍访各地主庄园的过程,展示了当时地主的肖像。通过对地主种种丑恶嘴脸的生动描写,作者令人信服地表明,俄国农奴制已到了气息奄奄的垂死阶段,灭亡是它最后的归宿。由于思想的局限,果戈里并未指出俄国的出路在哪里,但《死魂灵》以俄国"病态历史"而震撼了整个国家。它的意义和价值,就在于第一次对俄国封建农奴制度进行这样无情的揭露和批判。因此,《死魂灵》历来被认为是 19 世纪俄国批判现实主义文学的奠基作品。

《死魂灵》出版后引起了比《钦差大臣》更加激烈的斗争。反动文人对这部小说加以大肆的诋毁和诬蔑,说"它充塞着一些不寻常的和空洞的细节……其中人物每一个都是前所未有的夸大",因而是不能称之为艺术的。在压力下果戈里的思想开始动摇。再加上晚年的果戈里远离祖国,脱离了俄国进步势力,在他的周围都是保守的斯拉夫派,因此他头脑中根深蒂固的地主阶级意识和宗教意识开始抬头。在这种矛盾的精神状态下,果戈里构思和创作了《死魂灵》第二部,企图让乞科夫成为改恶从善的地主阶级的英雄。然而这样的形象无疑是违背现实和历史潮流的,他一再地修改,一再地重写,也没能使自己满意。1852年,果戈里在贫困、疾病和精神的折磨中去世,临终前把全部手稿付之一炬,维护了《死魂灵》第一部的崇高声誉。

在果戈里20年的创作生涯中,他创作了一系列佳作,极大地丰富了俄罗斯学的宝库,终于成为19世纪俄国现实主义文学的一代宗师,并影响了一大批批判现实主义作家。陀斯妥耶夫斯基曾坦言道:"我们所有的人都是从果戈里的《外套》中孕育出来的。"果戈里被誉为"俄国散文之父",而普希金是俄国文学中的"诗歌之父",因此,他们二人一向被誉为俄国文学史上的双璧。

爱伦·坡

爱伦·坡(1809—1849年)生于美国波士顿一个流浪艺人的家庭。他的父亲因为难于维持家计,酒后出走,从此杳无音信。祸不单行,在他3岁那年,母亲也与世长辞。孤苦无依的爱伦·坡由富商爱伦太太收养,从此接受了良好的教育,过上了舒适的生活。但是因为酗酒和玩忽职守,他先后被多所学校开除,其中包括著名的西点军校。

离开西点军校后,爱伦·坡开始了长期的写作生涯,他写过诗歌、小说,也写过文学评论。他发现哥特式的恐怖小说很畅销,所以将注意力转向了这个方面,并取得了不俗的成绩。在事业走上坡路的时候,爱伦·坡的个人生活却极为不幸。1836年,他和表妹喜结良缘,但十余年后,心爱的妻子因病去世,他从此终日借酒浇愁,酗酒无度。1849年,爱伦·坡在巴尔的摩再次酗酒,在一次彻底的痛醉中结束了自己才华横溢却又短暂凄凉的一生。

爱伦·坡在1846年提出了"为艺术而艺术"的口号。他认为,文艺的任务不是反映客观现实,也不是抒写作家的内心世界,而是在于制造某种特殊气氛,给人以美的享受。他把艺术看做表现纯主观思维的过程。他的创作早期集中于诗歌,他的诗往往从怀才不遇的情绪出发,描写古怪、奇特、病态的现象,表现出浓重的忧郁、低沉和颓废的色彩。

　　从19世纪30年代起,爱伦·坡开始写小说,他一共创作了70个短篇,后来都收进《述异集》中。这些小说大致可以分为两类:一类是恐怖小说,如《厄舍古屋的倒塌》、《黑猫》等;一类是推理小说,如《莫格街的谋杀案》、《金甲虫》等。这些小说中不少是他所推崇的"哥特式小说",它们的特点是色调阴暗,气氛恐怖,情节荒诞,形象病态,手法特别,充满了悲观和神秘色彩。作品常以犯罪、死亡、颓败和变态心理为主要内容,力图表现"邪恶本来就是人心的原始动机"这一奇特的主题。

　　《厄舍古屋的倒塌》就是最典型的例子。为了达到预先设置的效果,作者一开始就进行有效的铺垫。从荒凉的垣墙、枯萎的橡树,到阴森森的水池,以及从这些死寂的景物中散发出来的毒雾,都给人一种阴暗、窒息的压抑感觉。而墙上弯曲的不规则的裂缝更是让人联想起题目中的"倒塌"一词,作者通过这一系列独特的布景,向人传达一种强烈的不祥之兆。

　　而公馆内的情景尤其让人透不过气来。四壁的黑幔,残破的家具,这一切的一切都在向人预示着这是它的末日。公馆的主人洛德瑞德是家庭的单传,也是这个世家最后一位成员。这种孤独本身已给人浓厚的衰亡感,而他们世代相传的病症更是剥夺了他最后起死回生的希望。

　　这篇小说主要是为了营造一种恐怖的效果,因此小说所有的构成因素如时间、地点、人物、情节、气氛和笔调都围绕着这种目的而发挥着自己的作用。通过一系列的烘托和铺垫,小说最后进入了高潮—玛德玲在极为恐怖的气氛中死而复活,公馆轰然倒塌,这就造成了作者所要达到的异乎寻常的恐怖气氛。

　　推理小说也是爱伦·坡小说中的重要组成部分,但和恐怖小说一意宣扬恐怖心理不同的是,在推理小说中,他虚构了一个业余侦探杜宾的形象,让主人公运用严谨的逻辑,设身处地地进行犯罪推理,使罪犯不得不承认自己犯罪的事实,然后再口若悬河地解释犯人犯罪的全部过程。这种叙述方式基本上成了后来一百多年侦探小说的模式,从这个意义上,爱伦·坡可以说是现代侦探小说的鼻祖。

爱伦·坡刻意地遵循着自己的写作原则进行创作,同时公开宣称自己的写作原则是把"滑稽提高到荒诞,把害怕发展到恐惧,把机智夸大为嘲弄,把奇特变成怪异和神秘"。他的创作理论和实践,是西方现代主义的先声,对西方现代派的诗歌和现代派小说的发展产生了深远的影响。

凡尔纳

"挽起你的弓吧,向相反的方向各射出一支羽箭。当它们在飞行中相交的时候,世界就不是原来那个样子了!"智慧女神雅典娜这样告诉人类。是的,当科学和艺术的羽箭从相反的方向飞越了遥远、辽阔的时间和空间,如今果真在一点上相交的时候,科幻小说就产生了。

儒勒·凡尔纳(1828—1905年)是智慧女神派到人间来预言未来的人。他出生在法国西部海港南特。呼吸着海边新鲜的空气,每天枕着地中海的涛声入睡,凡尔纳从小就把海洋当成了自己的生命。他的父亲是位知名的大律师,一心希望子承父业。然而凡尔纳的理想是升起远航的帆,到未知的远方去探险。在11岁时,小凡尔纳就背着家人,偷偷地溜上一艘开往印度的大船当见习水手,准备开始他梦寐以求的冒险生涯。不料他的宏伟计划被父亲及时察觉,并在轮船抵达下一个港口时赶上了他。这次胆大包天的旅行换来的是严厉的惩罚、更为严格的管教,以及他躺在床上流着泪发誓:"以后保证只躺在床上在幻想中旅行。"小凡尔纳彻底丧失了成为冒险家的可能性,然而刻骨铭心的大海情结,促使他在长大后走上了科幻小说的道路,在自由的幻想之中实现自己年少时的梦想。

在凡尔纳18岁的时候,他按照父亲的意愿到巴黎攻读法律。血液中流淌着大海气质的凡尔纳对法律毫无兴趣,却对文学和戏剧情有独钟。一次,凡尔纳参加了一场晚会,下楼时不小心撞在一位胖绅士身上。他忙不迭地道歉,并随口询问对方吃饭没有,对方的回答是刚吃过南特炒鸡蛋。年轻的凡尔纳听罢直摇头,声称正宗的南特炒鸡蛋在巴黎根本就没有,因为他本人就是地道的南特人,而且对这道菜非常拿手。胖绅士闻言大喜,诚邀凡尔纳登门献艺,两个人从此结下深厚友谊。后来凡尔纳才知道,这位胖绅士就是鼎鼎大名的大仲马。在这位老前辈的鼓舞下,凡尔纳决心写地理方面题材的小说。他的第一部著作《气球上的五星期》,连投了16家出版商都遭到了拒绝。一怒之下,凡尔纳将稿子扔进火中,他的妻子急忙从炉中将稿子抢了出来,再三劝说他再试一次。结果第17家出版商接受了这部作品。赏识此书的编辑赫茨尔与凡尔纳签订了合同,一年为他出版两本科幻小说。

这本书的出版,成了凡尔纳生命中最重要的转折点,他从此一发而不可收,进入了一个高产多收的创作期。从《地心游记》《从地球到月球》到《环绕月球》《海底两万里》,从《神秘岛》《八十天环绕地球》到《太阳系历险记》《两年假期》,他天马行空般的思维纵横陆地、海洋和天空,跨越时间、空间界限。随着声望的增高,凡尔纳的财富也在迅速增长。当他有了一个儿子后,一家便由巴黎迁置到亚眠。他买了一条当时最大的游艇,建造了一所有高塔的楼房,塔上有一间像船舱一样的小屋。这间屋里摆满了书籍和地图,他就在这间屋里度过了他一生的后40年。

1872年,《巴黎时报》连载了凡尔纳最出名的作品《八十天环游地球》。小说的主人公福克与人打赌,要在80天之内环游地球。为了赢得这次打赌,他争分夺秒地赶路。在路上,福克经历了许许多多的波折:他救了一个要焚身殉夫的印度寡妇,和她发生了爱情,为此几乎耽误了旅程;他在穿过美国大陆时,受到了来自印第安人的袭击;而当他费尽九牛二虎之力赶到纽约时,他所要搭乘的那条驶往英国的轮船,已经远远地消失在天边了。故事连载到这里的时候,每一家横渡大西洋的轮船公司都向凡尔纳提出,只要他能安排福克先生最后乘坐他们公司的船出行,就送给他一大笔钱。凡尔纳一一拒绝了这些诱惑,而让福克自己租了一条船离开纽约。途中,这条船燃料用尽,最后全靠着烧甲板木料和舱内家具完成了航程。当福克先生到达位于伦敦的目的地时,离约定的限期只差几秒钟。就在时钟的钟摆摆动第六十下之前,福克先生出现在众人面前,以沉着的声音说:"先生们,我来到了。"故事到此结束。

这部异想天开的作品一经发表就轰动了法国,引得纽约和伦敦的记者每天都要用电报报告虚构的福克先生的所在地。小说曲折动人、波澜起伏的故事情节,则使得当时许多人也在打赌福克会不会按时赶到伦敦。凡尔纳曾经说过:"凡是人能够想象到的事情,总有人最终能够实现它。"《八十天环游地球》就是这样一种积极进取的思想的产物。主人公福克和人打赌80天环游地球，这在当时是不可思议的事情，然而通过不懈的努力，经历了千难万险之后，他终于完成了宏伟的计划。他的身上体现着19世纪"机器时代"人们征服自然、改造世界的意志和幻想，他的成功预言着人类后来的成功。就在这篇小说发表17年后，纽约一家报纸派了一名女记者奈丽·布莱做了一次环球旅行去打破福克的纪录，她用了73天。后来由于西伯利亚铁路的建成——那是凡尔纳在许多年前就预言过的——一个法国人环游地球用了43天。

凡尔纳是一个对未来事物的伟大设想者，几乎没有一样20世纪的奇迹没有被这位维多利亚女王时代的人物所预见到的。他在无线电发明之前就已经想到了电视，他给它起了一个名字叫"有声传真"；他在莱特兄弟造出飞机半个世纪之前已经设想了直升飞机。还有坦克、潜水艇、导弹、霓虹灯、登月、太空探测……毫无疑问，他是科学幻想之父。他将日后出现的奇迹写得那样详细准确，头头是道，以致许多学术机构也对他所说的现象进行讨论，数学家们经常花几个星期对他列举的数字进行推算。那些后来受到他的启发的人都乐于称道他。海军上将伯德在飞越北极后回来说，凡尔纳是他的领路人；法国著名的利奥台元帅在一次对下议院的讲话中也说："现代科学只不过是将凡尔纳的预言付诸实践的过程而已。"

凡尔纳的晚年过得并不是很愉快。尽管他是那个时代法国最著名的作家，然而由于他所从事的科幻写作被学术界看不起，因而未能被推选进入法国科学院。1905年，凡尔纳因糖尿病引发的综合症去世，巴黎的一家报纸使用了这样两句话来描述他的去世："这位讲故事的老人死去了。这就和飞驰而过的圣诞老人一样。"这是对凡尔纳一生的最好概括。

左拉

爱弥尔·左拉1840年4月生于巴黎。7岁时，他的父亲因患肺炎离开了人世，从此孤儿寡母就着饥寒交迫的生活。19岁时，左拉在巴黎参加中学毕业会考失败，加之家境贫寒，他从此失去了继续上学的机会。青年时代的左拉经常处于流浪和无所事事中，有时候做抄写员，有时候在郊区流浪，有时候又穷得到当铺典当衣物。在这样艰苦的条件下，他一边用面包蘸着植物油充饥，裹着毯子御寒，一边仍坚持着他心爱的文学创作。

1862 年，左拉进入了阿谢特出版社工作，从此他的人生出现了转机。一开始他在发行部干打包裹的差事。由于他突出的文学才华，他很快便被调到广告部任职，不久又被提升为广告部主任。其间，他结识了很多作家和新闻记者，并为出版社写些散文和中短篇小说。1865 年，他的第一部长篇小说《克洛德的忏悔》发表了。这本书被官方斥之为"有伤风化"，警察还因此而搜查了他的办公室，发现他和一些进步人士交往密切，还为政府反对派的报纸撰写文章。为了不连累出版社，左拉在 1866 年辞去了出版社的工作，从此走上了专业创作的道路。

受当时风靡法国的实证主义哲学、遗传论以及实验医学的影响，左拉初步形成了自己再现现实、描摹现实的自然主义文艺创作理论。为实践自己的理论，他决心创作一部像巴尔扎克的《人间喜剧》那样多卷本的巨著。从 1868 年《卢贡家的发迹》的成书，到 1893 年《巴斯加医生》的脱稿，经过长达 25 年的辛勤耕耘，左拉终于完成了这部包括 20 部小说的宏伟史诗——《卢贡—马卡尔家族》。

《卢贡—马卡尔家族》着力展现的，是第二帝国时代一个家族的自然史与社会史。深切地感受着社会动荡不安、社会形态剧变的左拉，一方面要通过一个家族血缘遗传与命定性的科学研究，展示生物意义上的人类怎样互相联系、互相争斗，并形成以生物性为纽带的社会，这个社会又是怎样地反过来制约人类；另一方面，他要如实地展现从 1851 年拿破仑三世发动政变，到 1870 年普法战争结束，这段充满了疯狂与耻辱的时代的社会风俗长卷，从中揭示"第二帝国"的腐朽本质和生产方式变迁所带来的社会动荡。

《卢贡—马卡尔家族》的第九部《娜娜》，是左拉"自然史"的代表，其单行本首发日一天就售出 5.5 万册，不愧为左拉的杰作。小说的主人公娜娜是个歌剧院的女演员。喜欢酗酒的父亲经常在醉后对她施以暴力，不堪忍受的她最终离家出走。很快她进入了纸醉金迷的上层社会，便沾染上了种种恶习而不能自拔。作为演员，她演出了下流喜剧，诱惑了无数王孙公子，腐蚀了巴黎的整个上层社会；作为妓女，她用自己的肉体迷惑男人，使他们心甘情愿地为她挥霍大量金钱。她的肉体是腐蚀剂，是生活在底层社会的贱民对上层社会的报复。作者从生理学的角度揭示出，娜娜由一个可怜的女孩变成一个"落在谁身上就把谁毒死"的淫荡娼妓,是有着遗传因素的。由于遗传,娜娜"在生理上与神经上形成一种性欲本能特别旺盛的变态"。左拉的这样的艺术安排并非一时的心血来潮,而是先通过家族史的第七部《小酒店》描写娜娜父母的酗酒,然后引出娜娜的堕落。酗酒的原因是贫穷,而酗酒则又会导致返祖遗传。贫穷—酗酒—卖淫,构成了一部完整的堕落史。当然娜娜身上也有一些可取之处:她厌恶卖笑生活,憧憬过一夫一妻的小康生活;她同情、怜悯穷人,把仅有的钱捐给穷人;她是一个慈爱的母亲,为了儿子的安全而死于天花。然而这些闪光点最终未能形成一束划破黑暗的耀眼光芒,她始终未能与纸醉金迷的娼妓生活一刀两断。娜娜个人悲剧的深层原因就在于,第二帝国时期的法国社会太腐败,恶势力太强了,凭借她个人的力量无法摆脱那万恶腐朽的环境,无法打破套在她身上的枷锁。

这部家族史的第十三部《萌芽》,则是"社会史"的经典之作。它的创作有着现实的基础。1884年,法国北部的采煤区发生大罢工,左拉闻讯赶往现场,进行实地调查,回来后便创作了这部文学史上第一次正面表现产业工人罢工斗争的自然主义巨著。作者锋利的笔触深入到资本主义生产关系中的工人恶劣的劳动环境和极度贫困的生活:资方为了追求最大的利润,让设备年久失修,危机四伏;坑道在几百米深的地底下,工人必须跪着、爬着、仰面躺着干活;混合着瓦斯、粉尘的恶劣空气使人窒息。就是在这样的工作环境下的艰辛劳动,也换不来最基本的温饱,即使是最勤劳、最熟练的工人也逃脱不了饥饿的命运。恶劣的生活环境、残酷的资本剥削,是工人贫困的真正原因,也是罢工爆发的深刻根源。为了抵抗这不公平的现实,为了争取自身的生存权利,工人们自发地组织起来,勇敢地向资产阶级公开挑战。更重要的是,这场罢工是在国际工人联合会领导和支持下进行的,有着正确的思想指导。尽管在罢工的初期仍有捣毁机器泄愤的现象,但这次罢工不仅提出了经济要求,而且还破天荒地触及了政治权利—要求废除镇压和束缚工人的里卡多法案。这是一个阶级的真正觉醒,这是一曲无产阶级同资产阶级英勇搏斗的英雄赞歌,这是无产阶级第一次作为整体力量出现在文学作品中。尽管罢工最后以失败告终,但是无产阶级愤怒的力量已经足以使资产阶级胆战心惊。左拉并没有因为罢工的失败而悲观,他相信,工人复仇的大军正在田野里慢慢生长,革命力量的稚嫩萌芽,就要冲破厚重的泥土,成长为参天的大树。

由于左拉在作品中大量地描写丑恶的社会现实，由于他对当局毫不妥协的对抗态度，更由于他公开地反对资本，歌颂劳动社会化，他被当时的右翼分子视为眼中钉、肉中刺。因此，当 1902 年 9 月他在寓所因煤气中毒逝世后，一直有人怀疑他是被人所害。1908 年，法兰西政府为这位伟大作家补行了国葬，他的骨灰也被转移到先贤祠。

荷马

　　荷马生卒年代大约在公元前 9 世纪—公元前 8 世纪，是古希腊最著名和最伟大的诗人，《荷马史诗》的作者。《荷马史诗》以扬抑格六音部写成，是古希腊口述文学的集大成之作，也是西方文学中最伟大的作品，分《伊利亚特》和《奥德赛》两部分。《伊利亚特》叙述了特洛伊战争；《奥德赛》写特洛伊战争结束后，希腊英雄奥德赛历险回乡的故事。《荷马史诗》反映了早期英雄时代的全景，也是艺术上的绝妙之作，它展现了自由主义的自由情景，并为日后希腊人的道德观念以及整个西方社会的道德观念树立了典范。《荷马史诗》被称作"希腊的圣经"。马克思称赞它"显示出永久的魅力"。

安徒生

　　安徒生（1805—1875 年）是丹麦 19 世纪著名童话作家，世界文学童话创始人。他生于欧登塞城一个贫苦鞋匠家庭，早年在慈善学校读过书，当过学徒工。受父亲和民间口头文学影响，他自幼酷爱文学。安徒生文学生涯始于 1822 年，早期主要撰写诗歌和剧本。进入大学后，创作日趋成熟，曾发表游记和歌舞喜剧，出版诗集和诗剧。1835 年出版长篇小说《即兴诗人》为他赢得国际声誉，它成了他文学创作的代表作。"为了争取未来的一代"，安徒生决定给孩子写童话，出版了《讲给孩子们听的故事》。此后数年，每年圣诞节他都出版一本这样的童话集。近 40 年间，他共计写了168 篇童话。

弥尔顿

约翰·弥尔顿(1608—1674 年)英国诗人、政论家。出生于伦敦一个富裕的清教徒家庭。1638 年弥尔顿为增长见闻到当时欧洲文化中心意大利旅行,拜会了当地的文人志士,其中有被天主教会囚禁的伽利略。弥尔顿深为伽利略在逆境中坚持真理的精神所感动。翌年听说英国革命即将爆发,便终止旅行,仓促回国,投身革命运动。1644 年又为争取言论自由而写了《论出版自由》,1649 年发表《论国王与官吏的职权》等文。1660 年后写诗,共写出三首长诗:《失乐园》、《复乐园》和《力士参孙》。

狄更斯

查尔斯·狄更斯(1812—1870 年)是 19 世纪英国现实主义文学的主要代表之一。他一生共创作长篇小说 13 部半,其中多数是近百万字的大部头作品,中篇小说 20 余部,短篇小说数百篇,特写集一部,长篇游记两部,《儿童英国史》一部,以及大量演说词、书信、散文、杂诗。他多次去欧洲大陆游历、旅居,两次访问美国。中年以后先后创办《家常话》和《一年四季》期刊两种,发现和培养了一批文学新人。他的作品广泛而深刻地描写了社会生活的各个方面,鲜明而生动地刻画了各阶层的代表人物形象,并从人道主义出发对各种丑恶的社会现象及其代表人物进行深刻的揭露和批判,对劳动人民的苦难及其反抗斗争给予同情和支持。重要代表作《大卫·科波菲尔》深入探索人生的奋斗历程,具有自传性。马克思把他和萨克雷等称誉为英国的"一批杰出的小说家"。

哈代

哈代(1840—1928 年),英国作家。16 岁开始做建筑学徒,后为建筑师助理,建筑论文曾获英国皇家建筑学会奖。哈代有音乐、绘画及语言才能,精通希腊文及拉丁文,在哲学、文学和自然科学方面有广博学识。他25 岁写诗,1866 年开始小说创作,第一部小说《穷人与贵妇》未出版。随后创作了一部以爱情、阴谋、凶杀、侦破为内容的情节小说《计出无奈》,出版后受到肯定性评价。他将自己的小说大体分为三类：性格与环境的小说、罗曼史与幻想的小说和精于结构的小说，其中以第一类最为重要，属于此类的长篇小说有《绿林荫下》、《远离尘嚣》、《还乡》、《卡斯特桥市长》、《林居人》、《德伯家的苔丝》、《无名的裘德》，其中悲剧故事《德伯家的苔丝》和《无名的裘德》最为出名。

劳伦斯

戴维·赫伯特·劳伦斯（1885—1930 年），英国文学家，出生于矿工的家庭。没有名门望族的声誉，也没有名牌大学的文凭，他所拥有的仅仅是才华。天才，用这个词来形容劳伦斯是恰当的。当时的英国社会很注重人的出身、教养，社会上还弥漫着从维多利亚时代而来的清教徒风气，生长在这个时代里的劳伦斯是与众不同的。他是 20 世纪英国最独特和最有争议的作家，被称为"英国文学史上最伟大的人物之一"。劳伦斯的创作受弗洛伊德精神分析法的影响，他的作品对家庭、婚姻和性进行了细致入微的探索。其中对于情爱的深入描写，一度引发极大的轰动与争议，对 20 世纪的小说写作产生了广泛影响。在将近 20 年的创作生涯中，这位不朽的文学大师为世人留下了 10 多部小说，3 本游记，3 本短篇小说集，数本诗集、散文集、书信集。代表作有《恋爱中的女人》、《查泰莱夫人的情人》、《虹》、《儿子与情人》等。

毛姆

威廉·萨默赛特·毛姆（1874—1965 年），英国小说家、戏剧家，他出生于巴黎，父亲是律师。小毛姆不满 10 岁时，父母就先后去世，他被送回英国由伯父抚养。孤寂凄清的童年生活，在他稚嫩的心灵上投下了痛苦的阴影，养成他孤僻、敏感、内向的性格。幼年的经历对他的世界观和文学创作产生了深刻的影响。1897 年，他弃医专心从事文学创作。在接下来的几年里，他写了若干部小说，但是，用毛姆自己的话来说，其中没有一部能够"使泰晤士河起火"。他转向戏剧创作，获得成功，成了红极一时的剧作家，伦敦舞台竟同时上演他的 4 个剧本。他的第十个剧本《弗雷德里克夫人》

连续上演达一年之久。这种空前的盛况,据说只有著名剧作家萧伯纳才能与之比肩。但是辛酸的往事,梦魇似的郁积在他心头,不让他有片刻的安宁,越来越强烈地要求他去表现、去创作。他暂时中断戏剧创作,用两年时间潜心写作出了酝酿已久的小说《人生的枷锁》。

柯南道尔

柯南道尔(1859—1930年),英国杰出的侦探小说家、剧作家,代表作是《福尔摩斯探案全集》。福尔摩斯凭借在剖析案件时具有的深刻的洞察力和与案犯搏斗的非凡勇敢精神,已成为家喻户晓的人物,在国际上享有极高的声誉。英国著名小说家毛姆曾说:"和柯南道尔所写的《福尔摩斯探案全集》相比,没有任何侦探小说曾享有那么高的声誉。"他被称为"英国侦探小说之父"。

司汤达

司汤达(1783—1842年),19世纪法国著名作家、杰出的批判现实主义作家,原名玛利·亨利·贝尔,司汤达为其笔名。他以准确的人物心理分析和凝练的笔法而闻名,被认为是最重要和最早的现实主义的实践者之一。最有名的作品是《红与黑》和《帕尔马修道院》。

巴尔扎克

巴尔扎克(1799—1850年),19世纪法国伟大的批判现实主义作家,欧洲批判现实主义文学的奠基人和杰出代表。一生创作96部长、中、短篇小说和随笔,总名为《人间喜剧》。其中代表作为《欧也妮·葛朗台》、《高老头》等。马克思、恩格斯称赞他是"超群的小说家"、"现实主义大师"。莫泊桑把巴尔扎克称为"法国文学之父"。

大仲马

大仲马(1802—1870年),19世纪法国积极浪漫主义作家。大仲马自学成才,一生写了300卷的各种类型作品,主要以小说和剧作闻名于世。

大仲马的剧本《亨利第三及其宫廷》是一部浪漫主义戏剧,它完全破除了古典主义的"三一律"。大仲马创作的小说多达百部,最著名的是《三个火枪手》和《基督山伯爵》。他的作品大多以真实的历史事件为背景,以主人公的奇遇为内容,情节曲折生动,出人意料,结构清晰完整,语言生动有力,堪称历史惊险小说。他也是马克思"最喜欢"的作家之一。

福楼拜

　　居斯塔夫·福楼拜(1821—1880年),19世纪法国批判现实主义作家。福楼拜生活在法国资本主义社会由上升逐渐转向腐朽的阶段,对资本主义的丑恶现实感到憎恨和失望,因而在他的作品中经常毫不留情地揭露现实,抨击资产阶级精神道德的没落,同时也流露出悲观情绪。主要作品有《包法利夫人》和《情感教育》,作品语言洗练、贴切,这是他苦心推敲的结果。福楼拜继承了现实主义的传统,刻画人物的精神状态细致入微,对于现实的揭露毫不留情。他在解剖人物和现实时,力求不流露自己的感情。福楼拜还是法国文学的语言巨匠,其语言向来被看作法语的典范,他主张"用几句话就把一个人或一件事表现得特点分明"。

莫泊桑

　　莫泊桑(1850—1893年),19世纪后半期法国优秀的批判现实主义作家。他出生于法国西北部诺曼底省的一个没落贵族家庭,在农村度过了童年;1870年到巴黎攻读法学,适逢普法战争爆发,遂应征入伍;退伍后,长期在政府部门任职。19世纪70年代是莫泊桑文学创作的重要准备阶段,曾师从著名作家福楼拜。莫泊桑一生创作了6部长篇小说和350多篇中短篇小说。文学成就以短篇小说最为突出,有"世界短篇小说巨匠"的美称,对后世产生了极大的影响。代表作有长篇小说《一生》、《漂亮朋友》,短篇小说《羊脂球》、《一家人》、《项链》、《我的叔叔于勒》等。

萨特

让·萨特(1905—1980年),20世纪最重要的哲学家之一,法国无神论存在主义的主要代表人物,也是优秀的文学家、戏剧家、评论家和社会活动家。生于巴黎,19岁入巴黎高等师范学院攻读哲学,后任中学哲学教师。1933年在柏林法兰西学院哲学系学习,第二次世界大战爆发后应征入伍。1940年被德军俘虏,次年获释,后参加法国地下抵抗运动。主要哲学著作有《存在与虚无》、《存在主义是一种人道主义》等。他的中篇小说《恶心》、短篇小说集《墙》、长篇小说《自由之路》,早已被公认为法国当代文学名著。

罗曼·罗兰

罗曼·罗兰(1866—1944年),是法国伟大作家、著名的反法西斯战士,将自己的一生都奉献给了人类正义的斗争事业。罗曼·罗兰毕业于巴黎高等师范学校,曾任艺术史、音乐史教授。早期从事戏剧创作;20世纪初陆续发表《米开朗琪罗传》、《贝多芬传》、《托尔斯泰传》。

1904—1912年完成了长篇小说《约翰·克利斯朵夫》。小说主人公约翰·克利斯朵夫那孤独的叛逆者和奋斗者的形象赢得了千千万万在苦难中奋进的知识分子的共鸣。1915年获诺贝尔文学奖。第一次世界大战期间写了很多反对战争的言论。第二次世界大战爆发后,专注于回忆录《内心的旅程》的写作,此外还写有长篇小说《欣悦的灵魂》等。

都德

阿尔封斯·都德(1840—1897年),出生于法国南方尼姆城一个破落的丝绸商人家庭。17岁时带着诗作《女恋人》到巴黎,开始文艺创作;1866年散文和故事集《磨坊书简》的出版给他带来小说家的声誉。都德是位多产作家,他一生共写了13部长篇小说、一个剧本和4个短篇集近百篇短篇小说。除著有大量小说外,1888年还发表了《一个作家的回忆》和《巴黎的三十年》两部回忆录。他的剧本《阿莱城的姑娘》曾由法国音乐家谱成歌剧。长篇中较著名的为《小东西》。

普希金

普希金(1799—1837年),19世纪俄国浪漫主义文学作家、伟大诗人,同时也是俄国现实主义文学的奠基人。主要作品有抒情诗《自由颂》,叙事诗《青铜骑士》,童话诗《渔夫和金鱼的故事》,小说《上尉的女儿》,长篇诗体小说《叶甫盖尼·奥涅金》等。普希金擅长各种文体,创立了俄罗斯民族文学和文学语言,在诗歌、小说、戏剧乃至童话等文学各个领域都为19世纪的俄国文学提供了典范,享有世界声誉。他的优秀作品达到了内容与形式的高度统一,抒情诗的内容丰富,形式灵活,结构精巧,韵律优美,感情真挚;散文及小说情节集中,结构严整,描写生动简练。普希金被高尔基誉为"一切开端的开端"。

列夫·托尔斯泰

列夫·托尔斯泰(1828—1910年),出生于贵族家庭,俄国杰出的批判现实主义作家、文学家和道德思想家。他的主要作品有长篇小说《战争与和平》、《安娜·卡列尼娜》、《复活》,中篇小说《哥萨克》,短篇小说《舞会以后》等。列夫·托尔斯泰的内心充满深刻的矛盾,在他的作品中,他宣扬了对爱和忠诚的人生的信仰、对财产及政府和教会之类人为的制度的鄙弃。列宁称他为"俄国革命的一面镜子"。

契诃夫

契诃夫(1860—1904年),19世纪末俄国伟大的批判现实主义作家,情趣隽永、文笔犀利的幽默讽刺大师,短篇小说的巨匠、著名戏剧作家。他早期作品多是短篇小说,如《胖子和瘦子》、《小公务员之死》。后期转向戏剧创作,主要作品有《伊凡诺夫》、《海鸥》、《万尼亚舅舅》、《三姊妹》、《樱桃园》。他善于从日常生活中发现具有典型意义的人和事,通过幽默可笑的情节进行艺术概括,塑造出完整的典型形象,以此来反映当时的俄国社会。其代表作《变色龙》、《套中人》堪称俄国文学史上精湛而完美的艺术珍品,前者成为见风使舵、善于变脸、投机钻营者的代名词,后者成为因循守旧、畏首畏尾、害怕变革者的符号象征。

屠格涅夫

屠格涅夫(1818—1883年),俄国19世纪批判现实主义作家,主要作品有长篇小说《罗亭》、《父与子》、《贵族之家》,中篇小说《木木》,散文故事集《猎人笔记》等。《猎人笔记》是屠格涅夫的成名作,也是他的第一部现实主义力作;作品主要描写了农奴的悲惨生活,控诉了腐朽的农奴制度,表现了作者的民主主义思想,被誉为"一部点燃火种的书"。他的作品风格独特,既擅长细腻的心理描写,又长于抒情。小说结构严谨,情节紧凑,人物形象生动,尤其善于细致雕琢女性艺术形象,对大自然的描写也充满诗情画意。作品的语言简洁、质朴、精确、优美,为俄罗斯语言的规范化作出了重要贡献。

阿·托尔斯泰

阿·托尔斯泰(1883—1945年),俄国现代著名作家。他出生于萨马拉的一个贵族家庭,大学期间即醉心于诗歌创作,后来转向现实主义小说创作。曾经参加过第一次世界大战,俄国十月革命爆发后,流亡法国、德国,期间创作了《苦难的历程》第一部《两姐妹》。1922年回到祖国后,进入了创作的高峰期,完成了三部曲《苦难的历程》的后两部《一九一八年》和《阴暗的早晨》。

绥拉菲莫维奇

绥拉菲莫维奇(1863—1949年),前苏联作家。原姓波波夫,出生于顿河州下库尔莫雅尔斯克镇一哥萨克军人家庭。在彼得堡大学数理系学习时,曾参加进步学生运动;1887年同列宁的哥哥相识,因起草反对沙皇的宣言被开除学籍,并遭逮捕和流放;1890年刑满获释,在顿河地区从事新闻工作;1902 年迁居莫斯科,同年与高尔基相识,并建立了深厚的友谊。绥拉菲莫维奇在流放期间开始文学创作活动,1901 年第一部短篇小说集出版。20 世纪二三十年代,领导过《创作》和《十月》等大型文学杂志的编辑工作。在创作方面,先后发表长篇小说《铁流》、《集体农庄的土地》以及短篇小说《加尔卡》等。

高尔基

高尔基(1868—1936 年),苏联无产阶级伟大作家,社会主义现实主义文学的奠基人。高尔基出身于贫苦家庭,幼年丧父,11 岁时为生计在社会上奔波,贫民窟和码头成了他的"社会"大学的课堂。他亲身经历了资本主义残酷的剥削与压迫,这对他的思想和创作发展具有重要影响。主要作品有自传体三部曲《童年》、《在人间》、《我的大学》,长篇小说《母亲》、散文诗《海燕》等。他的优秀文学作品和论著成为全世界无产阶级的共同财富。高尔基不仅是一位伟大的文学家,而且也是一位杰出的社会活动家。他组织成立了苏联作家协会,并主持召开了全苏第一次作家代表大会。他十分注意培养文学新人,积极参加保卫世界和平的事业。列宁称他为"无产阶级艺术的最杰出代表"。

歌德

约翰·沃尔夫冈·歌德（1749—1832 年),18 世纪中叶到 19 世纪初德国和欧洲最重要的剧作家。歌德的作品充满了狂飙突进运动的反叛精神,在诗歌、戏剧、散文等方面都取得了较高的成就,主要作品有剧本《葛兹·冯·伯里欣根》,中篇小说《少年维特之烦恼》,未完成的诗剧《普罗米修斯》和诗剧《浮士德》的雏形《原浮士德》等,此外还有许多抒情诗和评论文章。歌德生活在欧洲社会大动荡大变革的年代。当时的社会,封建制度日趋崩溃,革命力量不断高涨,这些都促使歌德不断受先进思潮的影响,加深了自己对社会的认识,创作出当代最优秀的作品。1832 年 3 月 22 日,歌德因病去世。歌德是德国民族文学最杰出的代表,他的创作把德国文学提高到欧洲先进水平,并对欧洲文学的发展作出了巨大的贡献。

黑塞

赫尔曼·黑塞（1877—1962年），德国作家，出生于德国西南部的小城卡尔夫的一个牧师家庭。自幼在浓重的宗教气氛中长大。1891年，他通过"邦试"，考入毛尔布隆神学校。由于不堪忍受神学院教育的摧残，半年后逃离学校。这期间他游历许多城市，从事过多种职业。在比较广泛地接受东西方文化熏陶之后，黑塞发表了长篇小说《彼得·卡门青特》，一举成名，从此成为专业作家。他的书深受西方读者的喜爱，得到极高的评价，其中《荒原狼》曾轰动欧美，被托马斯·曼誉为"德国的《尤利西斯》"。

霍桑

纳撒尼尔·霍桑（1804—1864年），美国19世纪影响最大的浪漫主义小说家和心理小说家之一。他出生于马萨诸塞州塞勒姆镇一个没落的世家。祖辈之中有人曾参与清教徒迫害异端的事件，为著名的1692年"塞勒姆驱巫案"的三名法官之一。这段历史对霍桑的思想产生了深刻的影响。1824年他大学毕业，回到塞勒姆镇，从事写作。他曾匿名发表长篇小说《范肖》和几十部短篇作品，陆续出版短篇小说集《古宅青苔》、《雪影》等，逐渐得到重视和好评。1836年和1846年曾两度在海关任职，1841年曾参加超验主义者创办的布鲁克农场。他于1842年结婚，在康科德村居住，结识了作家爱默生、梭罗等人。1848年由于政见与当局不同，失去海关的职务，后便致力于创作活动，写出了他最重要的长篇小说《红字》。

惠特曼

沃尔特·惠特曼（1819—1892年），19世纪美国伟大的民主诗人，主要作品为诗集《草叶集》，打破了传统诗的格律，首创自由体新诗。《草叶集》表现了作者反对奴隶制度、争取自由平等，向往没有压迫、痛苦和战争的未来世界的思想。1861年，美国南北战争开始，惠特曼自告奋勇地投入战斗，到军医院当看护，并用诗歌号召人们反对南方的奴隶制。惠特曼的诗洋溢着乐观主义精神,揭露资产阶级文明的丑恶,歌颂劳动人民的正义斗争和劳动创造,对美国和欧洲的诗歌发展有很大的影响。

欧·亨利

欧·亨利(1862—1910年),美国最著名的短篇小说家之一,曾被评论界誉为"曼哈顿桂冠散文作家"和"美国现代短篇小说之父"。他出生在美国南部,一生富于传奇性:幼年时读书不多,当过药房学徒、牧牛人、会计员、土地局办事员、新闻记者、银行出纳员。当银行出纳员时,曾因银行缺款案被捕入狱,并在监狱医务室任药剂师。1901年提前获释后,迁居纽约,专门从事写作,一生写有300多篇短篇小说,代表作有《警察与赞美诗》、《带家具出租的房间》、《麦琪的礼物》、《最后一片藤叶》等。他善于描写美国社会尤其是纽约百姓的生活,作品构思新颖,语言诙谐幽默,结局常常出人意外。他描写了众多的人物,富于生活情趣,被誉为"美国生活的幽默百科全书"。

马克·吐温

马克·吐温(1835—1910年),美国著名讽刺小说作家、批判现实主义文学的奠基人,著名的短篇小说大师。他出生在一个乡村穷律师家庭,主要作品有长篇讽刺小说《镀金时代》,儿童文学《汤姆·索亚历险记》,短篇小说《竞选州长》、《百万英镑》等。他经历了美国从"自由"资本主义到帝国主义的发展过程,作品暴露了美国社会阶级对立、种族歧视等真实情况,因而被誉为"美国文学中的林肯"。

杰克·伦敦

杰克·伦敦(1876—1916年),美国著名的小说家,他一生共创作了约50卷作品,其中最为著名的有《野性的呼唤》、《海狼》、《白牙》、《马丁·伊登》和一系列优秀短篇小说《热爱生命》、《老头子同盟》、《北方的奥德赛》、《马普希的房子》等。杰克·伦敦自幼当童工,漂泊在海上,跋涉在雪原,而后半工半读才取得成就；他那带有传奇浪漫色彩的短篇小说，往往描写太平洋岛屿和阿拉斯加的土著人及白人生活，大部分都可说是他短暂一生的历险记。他作品中的现实主义风格和多样化的题材，以及显示出来的作家的独特个性，多少年来一直深深吸引着不同时代、不同经历的读者。《热爱生命》就曾受到列宁的赞赏，直到逝世的前几天，列宁的手里还捧着它。《热爱生命》这篇小说写的是一个淘金者在荒原上迷路，最终顽强活下来的故事。

海明威

　　欧内斯特·米勒尔·海明威（1899—1961 年），美国著名的小说家，1954 年诺贝尔文学奖获得者。1925 年，出版第一部短篇小说集《在我们的时代里》。20 世纪 40 年代出版成名作《太阳照样升起》，这部小说被称为"迷惘的一代"代表作。短篇小说集《没有女人的男人》和《胜无所得》塑造了临危不惧、视死如归的"硬汉性格"，确立了他短篇小说大师的地位。长篇小说《永别了·武器》和《丧钟为谁而鸣》是两部反战小说，被誉为"现代世界文学名著"。中篇小说《老人与海》获得普利策奖。海明威是美国"迷惘的一代"作家中的代表人物，他的作品风格独特，文体简洁，语言生动明快，对美国文学和 20 世纪的世界文学产生了很大影响。

芥川龙之介

　　芥川龙之介（1892—1927 年），日本现代小说家，1913 年进入东京帝国大学英文系，在大学学习期间与久米正雄、菊池宽等人先后两次复刊《新思潮》，使文学新思潮进入日本文坛。期间他发表短篇小说《罗生门》、《鼻子》、《手巾》等，确立了其作家新星的地位。

大江健三郎

　　大江健三郎（1935— ），日本作家，出生在一个小山村，1954 年考入东京大学文科，热衷于阅读萨特、加缪、福克纳和安部公房等人的作品。

1957 年 5 月,开始发表作品,随后相继发表了习作《死者的奢华》、《人羊》和《他人的脚》等短篇小说。自此,大江健三郎作为学生作家开始崭露头角。1958 年又发表了《饲育》和《在看之前便跳》等短篇小说,其中《饲育》获得第 39 届芥川奖,因而他被视为文学新时期的象征和代表。稍后发表的第一部长篇小说《摘嫩菜打孩子》,则更是决定性地把他放在了新文学旗手的位置上。1959 年 3 月,大江健三郎从东京大学法文专业毕业。同年,接连发表了长篇小说《我们的时代》和随笔《我们的性的世界》等作品,开始从性意识的角度来观察人生,试图表现都市青年封闭的内心世界。1994 年凭借《个人的体验》、《万延元年的足球队》获诺贝尔文学奖。

茨威格

斯蒂芬·茨威格(1881—1942 年),奥地利的著名作家,出生于维也纳一个富裕的犹太工厂主家庭。上流的幸福家庭、优裕的生活环境对于茨威格童年的成长、受教育、文化艺术上的熏陶,都起到了十分重要的作用。从 20 世纪 20 年代起,他"以德语创作赢得了不逊于英、法语作品的广泛声誉"。他善于运用各种体裁,写过诗、小说、戏剧、文论、传记,还从事过文学翻译,但他的作品中以传记和小说最为著名。1933 年希特勒上台,茨威格于次年移居英国。1938 年入英国籍,不久离英赴美。1940 年到巴西,时值法西斯势力猖獗,作家目睹他的"精神故乡欧洲"的沉沦而感到绝望,遂于 1942 年同他的夫人在里约热内卢近郊的寓所内双双服毒自杀。他的主要作品有:《一个陌生女人的来信》、《一个女人一生中的 24 小时》、《看不见的珍藏》、《月光小巷》、《桎梏》等。

塞万提斯

塞万提斯(1547—1616 年),文艺复兴时期西班牙伟大的作家,他本人一生的经历,就是典型的西班牙人的冒险生涯。在他创作的作品中,以《唐·吉诃德》最为著名,影响也最大,是文艺复兴时期西班牙和欧洲最杰出的作品。《唐·吉诃德》中出现了近 700 个人物,描写的生活画面十分广阔,真实而全面地反映了从 16 世纪末到 17 世纪初西班牙的封建社会现象,揭露了正在走向衰落的西班牙王国的各种矛盾,谴责了贵族阶级的荒淫无耻,对人民的疾苦表示了深切的同情。

米兰·昆德拉

米兰·昆德拉(1929—),捷克小说家,生于捷克布尔诺市,父亲为钢琴家、音乐艺术学院的教授。生长于一个小国在他看来实在是一种优势,因为身在小国,"要么做一个可怜的、眼光狭窄的人,要么成为一个广闻博识的世性的人"。童年时代,他便学过作曲,受过良好的音乐熏陶和教育;少年时代,开始广泛阅读世界文艺名著;青年时代,写过诗和剧本,画过画,搞过音乐并从事过电影教学。20世纪50年代初,出版过一些诗集。最后,当他在30岁左右写出第一个短篇小说后,他确信找到了自己的方向,从此走上了小说创作之路。他1975年移居法国,很快便成为法国读者最喜爱的外国作家之一,他的绝大多数作品,如《笑忘录》、《生命中不能承受之轻》、《不朽》等等都是首先在法国走红,然后才引起世界文坛的瞩目。昆德拉原先一直用捷克语进行创作。但近年来,他开始尝试用法语写作,已出版了《慢》和《身份》两部小说。

"英国诗歌之父"乔叟

杰弗雷·乔叟(约1343—1400年),英国诗人。他十几岁起进入宫廷当差,曾因外交事务出使许多国家和地区,到过比利时、法国、意大利等国,有机会遇见薄伽丘与彼特拉克,这对他的文学创作产生了很大的影响。乔叟的诗歌创作分为三个时期:①法国影响时期(1359—1372年):主要翻译并仿效法国诗人的作品,创作了《悼公爵夫人》,用伦敦方言翻译了法国中世纪长篇叙事诗《玫瑰传奇》等。②意大利影响时期(1372—1386年):诗人接触了资产阶级人文主义的进步思想。这一时期的创作如《百鸟会议》、《特罗伊勒斯和克莱西德》、《好女人的故事》,反映了作者面向现实生活的创作态度和人文主义观点。③成熟时期(1386—1400年):乔叟在这最后15年里从事《坎特伯雷故事集》的创作。无论在内容和技巧上都达到他创作的顶峰。乔叟率先采用伦敦方言写作,并创作"英雄双行体",对英国民族语言和文学的发展影响极大,故被誉为"英国诗歌之父"。

第四章　文学家

"诗人的诗人"斯宾塞

艾德蒙·斯宾塞(1552—1599年),毕业于剑桥大学,著名英国诗人,尤以十四行诗著称。在不少英国批评家眼中,斯宾塞是英国历史上最伟大的诗人之一,与其齐名的,仅莎士比亚、弥尔顿、华兹华斯等二三人而已。从一个外国读者的眼中来看,他的诗无疑是优美可诵的,他写的十四行诗,并不比莎士比亚逊色。其诗主要以优美清新而著称。除此之外,斯宾塞还有长篇名著,如《仙后》、《牧童的日历》等。

法国寓言大师拉封丹

让·德·拉封丹(1621—1695年),法国寓言诗人,出生于法国香槟省的夏托蒂埃里,父亲是湖泊森林管理处的小官吏。拉封丹是个大器晚成的诗人。主要诗作有《寓言诗》、《故事诗》和韵文小说《普叙赫和库比德的爱情》等。拉封丹在1684年当选为法兰西学院院士,但他在去世前两年表示忏悔,公开否定了自己的作品。他的寓言诗对17世纪法国社会的丑陋现象进行了大胆的讽刺。拉封丹的寓言诗,与伊索寓言、克雷洛夫寓言诗一起,构成了世界寓言作品中最高的三座丰碑。

第五章　文学名著

《天方夜谭》

又名《一千零一夜》,阿拉伯文学的最高成就之一,是在中世纪阿拉伯文化的沃土上孕育而成的多民族文化交融汇合的产物。这部文学名著汇集了古代中东、中亚和其他地区诸民族的神话传说、寓言故事,情节诡谲怪异,变幻莫测,优美动人,牵动着世界各国读者的心弦,焕发出经久不衰的魅力。全书出场的人物形形色色,构成了一幅广阔的历史画卷,形象地再现了中世纪时期阿拉伯国家以及周边国家的社会风貌和风土人情。《一千零一夜》对世界文学产生了巨大而深远的影响。

《旧约》

犹太教最主要的经书之一,又是古代希伯莱文学总集。全书共 39 卷,分为律法书、历史书、先知书和诗文杂著四部分。《旧约》是古代希伯莱文学中最具有代表性的文学作品总集之一。它以多种多样的文学形式反映了古代希伯来人的历史变迁、社会生活、思想感情,表达了他们的理想和愿望,在思想和艺术上都取得了比较高的成就。

《少年维特之烦恼》

歌德早年时期最重要的作品,出版于 1774 年,它的出版也是德国文学史上一件划时代的大事。在《浮士德》的第二部出版以前,欧洲足足有五十年之久,歌德的名字总是和《少年维特之烦恼》连在一起。这部小说篇幅不长,情节也并不复杂曲折,是以第一人称用日记和书信写成的。主要角色只有维特和绿蒂两人, 全书以主人翁维特不幸的恋爱经历和在社会上处处遇到挫折这一根线索串联起来,披露主人公的内心世界,抒发苦闷的心理和情感。整部作品像一篇感伤的抒情诗,坦率、真实、袒露心扉、毫无矫饰、毫不做作,主人公爱的欢愉或痛苦,都跃然纸上,像是捧出一颗跳动的心,激起读者情感上的强烈共鸣和精神上的极度震动。

《格林童话》

作者是格林兄弟雅科布·格林和威廉·格林。他们都是德国民间文学搜集整编者,出身官员家庭,均曾在马尔堡大学学法律,又同在卡塞尔图书馆工作和任格延根大学任教,1841 年同时成为格林科学院院士。他俩共同编成《儿童与家庭童话集》,1857 年出最后一版,共 216 篇故事。其中的《灰姑娘》、《白雪公主》、《小红帽》、《勇敢的小裁缝》等名篇,已成为世界各国儿童喜爱的杰作。

《人间喜剧》

法国著名作家巴尔扎克的作品。1828 年夏季开始,巴尔扎克决定专心从事文学创作,揭开了《人间喜剧》的创作序幕。1829—1848 年是巴尔扎克文学事业的全盛时期,他感到要把自己的作品构成一个整体地、真实地、深刻地"再现自己的时代",使之成为一部通过形象来表现的历史。他把自己的作品分为《风俗研究》、《哲理研究》、《分析研究》三个部分,合称《人间喜剧》。巴尔扎克从 1829 年开始创作《人间喜剧》到 1848 年完成,历时 20 年。

《茶花女》

法国著名小说家小仲马 1848 年发表的小说,是他最成功的作品。主人公玛格丽特是个农村姑娘,长得十分漂亮。她来巴黎谋生,不幸做妓女。富家青年阿芒很爱她,引起了她对爱情生活的向往。但是阿芒的父亲反对这门婚事,迫使她离开了阿芒。阿芒不明真相,寻机羞辱她,终于使她在贫病交加之中悲惨地死去。《茶花女》的结构严谨,语言流畅。故事通过一个恋爱悲剧,比较真实地反映了资本主义社会的生活,表现了作者对资产阶级虚伪道德的愤怒抗议。1852 年,小仲马将小说《茶花女》改编成话剧,引起了更大的反响。

《红与黑》

法国现实主义作家司汤达的代表作,自 1830 年问世以来,赢得了世界各国一代又一代读者的心,特别为年轻人所喜爱。作品塑造的"少年野心家"于连是一个具有高度典型意义的人物形象,已成为个人奋斗的野心家的代名词。小说发表后,当时的社会流传"不读《红与黑》,就无法在政界混"的谚语,而此书则被许多国家列为禁书。《红与黑》在心理深度的挖掘上远远超出了同时代作家所能及的层次,它开创了后世"意识流小说"、"心理小说"的先河。后来者竞相仿效这种"司汤达文体",使小说创作"向内转",发展到重心理刻画、重情绪抒发的现代形态。

《罗密欧与朱丽叶》

英国剧作家莎士比亚著名的悲剧小说,但这一悲剧故事并不是莎士比亚的原创,而是改编自阿瑟·布卢克 1562 年创作的小说《罗密欧与朱丽叶的悲剧历史》。

故事讲述的是罗密欧与朱丽叶一见倾心但因封建世仇,恋爱受到阻挠,一对情人殉情而死。最后,双方家长认识到世仇铸成的错误而和好。作者用星光等来形容青春、爱情的美好,在封建的黑夜绽放出光明。《罗密欧与朱丽叶》反映了人文主义者的爱情理想和封建恶习、封建压迫之间的冲突。作者以抒情的笔调,写出了一首赞美青春和爱情的颂歌。虽然主人公最后都死去了,但故事所表明的美好事物和真正的爱情是不朽的。

《傲慢与偏见》

英国现实主义女小说家奥斯汀的杰作。这部作品以日常生活为素材,主要讲述了一对青年男女的爱情故事,因一方的傲慢与另一方的偏见而导致好事多磨。这部小说情节曲折、富有戏剧性,语言清新流畅,充满机智,一反当时社会上流行的感伤小说的内容和矫揉造作的写作方法,作者以女性特有的敏锐和细腻观察,描绘了有钱阶级恬静舒适的田园生活以及绅士淑女的爱情与婚姻,生动地反映了 18 世纪末到 19 世纪初处于保守和闭塞状态下的英国乡镇日常生活情景。这部社会风情画式的小说不仅给当时小说创作吹进了朴素的现实主义之风，吸引了广大的读者，时至今日，仍带给读者独特的艺术享受。

《雾都孤儿》

英国著名作家狄更斯的第一部社会批判小说，是他早期的代表作。小说讲述的是一位名叫奥利弗的孤儿的故事。富人的弃婴奥利弗在孤儿院里生活了9年，后又被送到棺材店老板那儿当学徒。在那里奥利弗受尽屈辱，再加上难以忍受的饥饿和贫困，迫使他逃到伦敦，又无奈地成了扒手。他曾被富有的布莱罗先生收留，不幸又重回贼窝。善良的女扒手南希为了营救奥利弗，不顾贼头的监视和威胁，向布莱罗报信。南希被贼头杀害，贼窝随即被围剿。随着剧情的发展，奥利弗的身世也一步步真相大白，最终与亲人团聚。整部小说语言凝练，情节曲折生动，富有生活气息并充满了激情。小说描写了善与恶、美与丑、正义与邪恶的斗争，赞扬了人性中的正直和善良，也深刻揭露了社会的弊病。作品又带有浓厚的浪漫主义情调，充满着人道主义情怀。

《苔 丝》

英国杰出批判现实主义作家托马斯·哈代的作品，这部小说确立了他19世纪末英国最杰出的批判现实主义文学家的地位。苔丝是个美丽的乡村姑娘，却遭到了资产阶级少爷亚雷·德伯的蹂躏，并生下了一个私生子，后来孩子夭折了。苔丝在牛奶厂遇上克莱尔，两个人真心相爱。在新婚之夜，苔丝将自己过去的悲惨遭遇告诉了克莱尔，没想到换来的却是克莱尔的无情离去。为生活所迫，苔丝无奈地成了亚雷的情妇。此时，克莱尔的归来让苔丝感到无比绝望。为了与心爱的人生活在一起，苔丝杀死了亚雷。在逃亡的途中，苔丝被捕，以杀人罪判处死罪。克莱尔则遵照苔丝的嘱咐，带着她的妹妹开始了新的生活。这部小说描写了苔丝追求爱情的经历，写得生动凄婉，令人感叹，是举世闻名的杰作之一。

《鲁滨孙漂流记》

英国著名作家笛福的代表作。这是一部流传很广、影响很大的文学名著,它表现了资产阶级强烈的进取精神和启蒙意识。小说讲述了英国青年鲁滨孙不安于中产阶级的安定平庸生活,三次出海经商的故事。作品歌颂了资本主义原始积累时期冒险进取的精神,在歌颂人和自然界斗争的同时又极力美化殖民掠夺行为。鲁滨孙成了当时中小资产阶级心目中的英雄人物,是西方文学中第一个理想化的新兴资产阶级者的形象。

《巴黎圣母院》

法国浪漫主义文学奠基者雨果的第一部长篇小说,具有重大思想意义和艺术价值,被誉为浪漫主义的代表作。小说以 1482 年路易十一统治下的法国为背景,以吉普赛姑娘拉·爱斯美拉达与年轻英俊的卫队长、道貌岸然的副主教以及畸形、丑陋的敲钟人之间的关系为主线,热情讴歌了吉普赛姑娘与敲钟人高贵的人性,无情地鞭挞了卫队长与副主教的虚伪与卑下,深刻地揭露了当时教会的黑暗、僧侣的虚伪以及封建贵族的残忍。小说歌颂了下层劳动人民的善良、友爱、舍己为人,反映了雨果的人道主义思想。它描写的虽然是 15 世纪的巴黎社会,贬斥的却是作者所处时代的社会现实,浪漫主义色彩浓烈,具有很强的可读性。

《基督山伯爵》

法国作家大仲马的作品,是世界上罕见的鸿篇巨制的长篇通俗小说。故事的主人公邓蒂斯是船主摩莱尔商船"法老号"的大副,因被诬告,被捕入狱 14 年。在狱中,他结识了法里亚神甫,神甫把他造就成一个知识渊博、无所不能的奇人,并告诉他基督山上的藏宝地点。神甫去世时,邓蒂斯设法钻进狱中裹尸的麻袋,逃出了监狱。出狱后,他得到宝藏,成为富有的基督山伯爵。他决心以上帝的名义用金钱去惩恶扬善,报恩复仇。他报答了曾经照顾他父亲的恩人摩莱尔船主,然后以巧妙的手段惩罚了陷害他的所有仇人。小说构思巧妙,主要情节跌宕起伏,迂回曲折,从中又演化出若干次要情节，小插曲紧凑精彩，却不喧宾夺主，通篇故事充满了传奇色彩。

《包法利夫人》

19世纪法国现实主义作家福楼拜的一部力作，它的发表在当时引起轩然大波，曾被人指控为伤风败俗。《包法利夫人》通过艾玛的悲剧，揭露了资产阶级豪绅富商的虚情假意，以及他们残害妇女的卑劣嘴脸，鞭挞了使艾玛堕落的社会。小说取材于一个真实的事件，但作家福楼拜并非单纯地复述这个事件，而是运用艺术概括的手法，把人物情节典型化，从而深刻地揭露了法国资产阶级的恶德败行和小市民的庸俗、猥琐，真实地反映了19世纪上半叶的法国社会现实。

《漂亮朋友》

《漂亮朋友》是莫泊桑批判现实主义成熟与繁荣时期的作品，是他的作品中描写最广阔、暴露最深刻、批判最有力的一部作品。它展示出莫泊桑艺术视野的广阔与深邃，以及作为一个艺术家的勇气与魄力。《漂亮朋友》描写了在法兰西第三共和国时期，青年资产阶级骗子、冒险家杜洛瓦利用种种无耻手段发迹的经过。作者不仅刻画了杜洛瓦本人灵魂的卑鄙龌龊，更为主要的是深刻地反映了法兰西第三共和国时期政治生活的黑暗与丑恶，以及资产阶级的堕落、报界的污秽。这部杰出的文学作品给我们提供了"比现实本身更完全、更动人、更确切的图景"。

《吝啬鬼》

莫里哀重要的代表作之一，创作于1668年。作者在剧中塑造了一个守财奴形象——阿巴贡。阿巴贡放债，儿子举债；儿子爱上的穷姑娘，又正是阿巴贡的意中人。戏剧通过栩栩如生的人物、戏剧性的情节和幽默讽刺的语言，真实深刻地揭露了资产阶级积累财富的狂热和金钱的罪恶，以及建立在金钱基础上的人与人之间的冷酷关系。戏剧具有发人深省的严肃的喜剧效果,揭露有力,讽刺深刻。《吝啬鬼》这一形象不仅成为莫里哀的喜剧中。也成为欧洲文学史上著名的守财奴典型。

《堂·吉诃德》

西班牙伟大作家塞万提斯的代表作,是文艺复兴时期欧洲第一部现实主义小说。小说的主人公堂·吉诃德因看骑士小说入迷,自诩为游侠骑士,要遍游世界去除强扶弱,维护正义。他带着幻想中的骑士狂热,把风车当成巨人,把穷客店当成豪华的城堡,把羊群当做军队……他出于善良的动机,却往往得到相反的结果,最终受尽挫折,一事无成,回到家乡后郁郁而死。作者以讽刺、夸张的艺术手法,通过堂·吉诃德荒诞离奇的经历,巧妙地把 16 世纪末 17 世纪初苦难中的西班牙社会展现在读者面前,以史诗般的规模描绘了这个时代的广阔画面,有力地抨击了当时西班牙社会的黑暗。

《上尉的女儿》

普希金逝世前一年发表的一部长篇小说,作者以同情的笔调描写了18世纪普加乔夫领导的农民起义,是俄国文学史上第一部反映农民斗争的现实主义作品。小说以贵族青年军官格里尼奥夫的个人遭遇为线索,再现了普加乔夫起义的历史。作品语言朴素、简洁,将 18 世纪俄罗斯的风俗人情通俗流畅地展现在读者面前,果戈里称它是"俄罗斯最优秀的一部叙事作品"。

《罪与罚》

俄国作家陀思妥耶夫斯基作品中流传最广、影响最大的一部享有世界声誉的长篇小说。故事发生在彼得堡,主人公拉斯柯尔尼科夫是个有才智的大学生,但是由于贫困不得不辍学。为了得到金钱,他杀死了以放债为生的老太婆,犯罪后,他精神上受到了极大的折磨,感到自己并不是强者,在靠卖淫养家的索尼雅的感化下投案自首,并走向"新生"。小说以彼得堡的贫民生活为背景,真实地再现了穷人的生活。小说触及了广泛的社会生活画面,人物心理刻画细腻入微,是陀思妥耶夫斯基最富于社会历史意义的一部心理小说,也是俄国文学史上一部杰作,别林斯基赞许它是俄国文学史上"社会小说的第一次尝试"。

《战争与和平》

列夫·托尔斯泰的代表作,是俄国文学史上第一部卷帙浩繁、长达 130 万字的史诗般长篇巨著。小说取材于 1812 年俄法战争时期,反映了1805—1820 年的重大历史事件。小说着重描写了保尔康斯基、别祖霍夫、罗斯托夫、库拉金四个家族在战争与和平环境中的思想和行动,以四个家庭的主要成员安德烈、皮埃尔、娜塔莎等人的命运为贯穿始终的情节线索,描绘了当时俄国的社会风尚,展示了广阔的生活画卷。小说出版的时候,正值俄国批判现实主义文学空前繁荣时期,它不但为俄国的文学增添了光彩,也为托尔斯泰赢得了世界文豪的声誉。

《安娜·卡列尼娜》

列夫·托尔斯泰最主要的作品之一。故事发生于 19 世纪的圣彼得堡,女主角安娜原来是一名政府要员的夫人,却在一次旅行中跟英俊的军官维朗斯基坠入情网,返家后仍然偷情。此事后来被丈夫卡伦汀发现,安娜要求离婚被拒,卡伦汀威胁她将因此再也见不到她心爱的儿子。安娜投奔维朗斯基,过了一段短暂的幸福生活,但不久维朗斯基便对这段感情感到厌倦,渴望重新恢复在军中无拘无束的日子。安娜则日益思念爱子,最后在绝望中撞火车自杀。托尔斯泰通过安娜的爱情、家庭悲剧寄寓了他对当时动荡的俄国社会中人的命运和伦理道德准则的思考。作家歌颂人的生命力,赞扬人性的合理要求;同时,他又坚决否定一切政治、社会活动(包括妇女解放运动)对改善人们命运的作用,强调母亲这一妇女天职的重要性。作家世界观的矛盾构成了安娜形象的复杂性。

《父与子》

　　俄国作家屠格涅夫的代表作。作品以农奴制改革时期为背景,反映了革命主义者同贵族自由主义者之间的冲突。主人公巴扎罗夫是位平民出身的医科大学生,他应邀到贵族子弟、同学阿尔卡季家作客。阿尔卡季的伯父巴威尔对他不拘贵族礼节而让他产生恶感, 两个人谈话从不投机导致唇枪舌剑。后来巴扎罗夫在舞会上爱上了美丽动人的富孀奥金佐娃,但遭到贪图贵族生活的奥金佐娃的拒绝。失恋后他埋头于生物学研究,以致在一次尸体解剖中划破手指,伤口感染而死。小说描写的是父辈与子辈冲突的主题,这一冲突在屠格涅夫笔下着上了时代的色彩。巴扎罗夫代表了19 世纪 60 年代的年青的一代激进的平民知识分子, 而巴威尔等人则代表了保守的自由主义贵族的老一代人。父与子的冲突在广义上表现为巴威尔和巴扎罗夫之间的对立,由此,作家在巴扎罗夫身上塑造了时代"新人"的形象。

《钢铁是怎样炼成的》

　　苏联作家奥斯特洛夫斯基的一部带有自传色彩的长篇小说, 主要描写了主人公保尔·柯察金如何从一个普通的工人子弟成长为无产阶级英雄的过程,成功地塑造了保尔这个共产主义战士的形象,突出表现了对革命理想执著追求、对革命事业无限忠诚以及百折不挠、自强不息的"保尔精神"。这种"保尔精神"是我们人类精神世界中的宝贵财富。保尔在故乡烈士公墓前的一段内心独白"人最宝贵的是生命……为人类的解放而奋斗",早已成为全世界无数青年激励自己奋发图强的座右铭。

《铁流》

　　苏联作家绥拉菲莫维奇 1924 年创作的作品,描写俄国国内战争时期一支散乱的哥萨克部队突破敌人重围,历尽艰险,终于找到红军主力的故事。这部长篇以浪漫主义笔触和诗一般的语言,表现了在布尔什维克党领导下一个铁一般坚强的革命集体的形成过程, 被公认为早期前苏联社会主义文学的优秀作品之一。1943年它的作者绥拉菲莫维奇获得斯大林奖金。这部作品在1931年由曹靖华译成中文出版,鲁迅在译本的序言中曾称赞它是"鲜艳的铁一般的鲜花"。

《飘》

美国著名女作家玛格丽特·米歇尔创作的一部具有浪漫主义色彩、反映南北战争题材的小说。美国南北战争前夕,佐治亚州塔拉庄园16岁的斯佳丽小姐疯狂地爱着邻居阿希礼·韦尔克斯。战争爆发后,阿希礼却与他的表妹玫兰妮·汉密顿结了婚,斯佳丽一怒之下,嫁给了自己并不爱的查尔斯。不久,查尔斯在战争中病死,斯佳丽成了寡妇。在一次募捐舞会上,她与瑞特·巴特勒船长相识。战火逼近亚特兰大,斯佳丽在瑞特船长的帮助下逃离亚特兰大,回到塔拉庄园。看到昔日庄园已变成废墟,斯佳丽决心重振家业,为此不惜一切代价。不久,斯佳丽的第二任丈夫弗兰克在决斗中身亡,她再度守寡。瑞特真诚而热烈地爱着斯佳丽,不久斯佳丽嫁给了瑞特。虽然瑞特身上有同她类似的气质特征吸引着她,但同时她仍迷恋着曾爱过的阿希礼。瑞特带着伤心离开了斯佳丽,而斯佳丽此时却意识到瑞特才是唯一能和她真正相爱的人。主人公斯佳丽身上表现出来的叛逆精神和艰苦创业、自强不息的精神一直令读者为之倾心。小说同时也描写了南北战争时期,人们渴望真爱却由于战火而迷失自己的矛盾状态。

《汤姆叔叔的小屋》

美国女作家比彻·斯陀夫人的代表作,揭露了南部种植园黑人奴隶制的残暴和黑奴的痛苦。庄园主谢尔比为了还债,决定把奴隶汤姆和女奴伊莱扎的儿子卖掉。伊莱扎听说后,连夜带着儿子逃往加拿大。汤姆被卖往新奥尔良。在途中,汤姆救了一个小女孩的命,女孩的父亲将汤姆买过来当家仆。女孩病死后,其父根据女儿生前的愿望,决定解放黑奴,可还没来得及办法律手续,便在一次意外事故中被人杀死。汤姆落到了一个极端凶残的奴隶主的手中,最终汤姆遍体鳞伤地离开了人世。小说赞扬了伊莱扎夫妇所代表的黑人为反抗压迫、争取自由解放而作的斗争,同时也推崇汤姆所体现的逆来顺受的基督教博爱宽恕精神。小说发表后在国内外引起强烈反响,有力地推动了美国反奴隶制的斗争,但也遭到奴隶主的诋毁。作者是要用道德激情打动读者,唤醒美国人民的良知,使之看到奴隶制践踏人性的罪恶。在作者看来,奴隶制的根源是人心中的邪恶,要消灭奴隶制就要依靠基督教的感化力量来净化人心。

《老人与海》

美国著名作家海明威的中篇小说,发表于 1952 年。这是他 20 世纪 20 年代以来描写的"硬汉性格"的继续和发展。小说主要写一个饱经风霜的古巴老渔夫桑提亚哥连续 84 天在海上打鱼而一无所获,第 85 天仍然继续去捕鱼,终于捕到了一条大马林鱼。但在返航的途中,又遇到了大群鲨鱼的围攻。老人奋不顾身,与鲨鱼进行了 3 天搏斗,结果当老人返回岸上时只剩下一副巨大的鱼骨架了。小说通过人与自然的斗争,表达了人要勇敢地面对失败的主题。桑提亚哥在同象征厄运的鲨鱼的斗争中虽然失败了,但他并没有在厄运面前屈服,认为人虽可以暂时战败,但精神和意志是永远也打不垮的。小说在艺术上具有很高的概括性、寓言性和象征性。运用反衬法、内心独白来刻画人物性格,语言清新流畅、朴素无华。

《哈克贝里·费恩历险记》

美国作家马克·吐温的作品。小说描写了白人小孩哈克跟逃亡黑奴吉姆结伴在密西西比河流浪的故事。小说文字清新有力,审视角度自然而独特,以深沉、辛辣的笔调讽刺和揭露了盛行于美国的投机、拜金狂热以及暗无天日的社会现实与惨无人道的种族歧视。这部作品不仅批判了封建家庭结仇械斗的野蛮,揭露私刑的毫无理性,而且讽刺宗教的虚伪愚昧,谴责奴隶制度的罪恶,歌颂黑奴的优秀品质;宣传国家应该不分种族地位,每个人都享有自由权利的进步主张。作品被视为美国文学史上具有划时代意义的现实主义著作。

《百万英镑》

马克·吐温著名的讽刺小说,描绘了美国的一个小办事员出海游玩迷失方向,后遇救,随船来到英国伦敦。他身无分文,举目无亲,两个富有的兄弟给了他一张 100 万镑的钞票,并以他在 30 天内凭这张钞票能否活下去而打赌。在小说的结尾,小人物不仅活过了 30 天,并且发了一笔财,还获得了一位小姐的芳心。小说通过小办事员的种种"历险"嘲弄了金钱在资产阶级社会叱咤风云、呼风唤雨的作用。作者用漫画笔法勾勒了不同人物在"百万英镑"面前的种种丑态,幽默滑稽,趣味横生,就如同一幅世态讽刺画,令人忍俊不禁。文章对"金钱就是一切"、"金钱是万能的"的想法进行了讽刺,揭穿了资本主义社会的丑恶面容。作者以其娴熟的幽默笔触描绘了资本主义社会金线至上的残酷现实,而作品中小人物的悲哀,也透射出整个社会的悲哀。

《玩偶之家》

挪威著名作家易卜生的社会问题剧作,又译《娜拉》、《傀儡家庭》。女主人公娜拉表面上是一个不谙世故的青年妇女,实际上她性格善良而坚强,为了丈夫和家庭不惜忍辱负重,甚至准备牺牲自己的名誉。她因挽救丈夫的生命,曾经瞒着他向人借了一笔债;同时想给垂危的父亲省去烦恼,又冒名签了一个字。就是由于这些合情合理的行为,资产阶级的"不讲理的法律"却逼得她走投无路。更令她痛心的是,真相大白之日,她才终于认识到自己婚前不过是父亲的玩偶,婚后不过是丈夫的玩偶,从来就没有独立的人格。于是,她毅然决定抛弃丈夫和孩子,从囚笼似的家庭出走了。《玩偶之家》就是一本对资本主义私有制下的婚姻关系、对资产阶级以男权为中心思想的一篇义正辞严的控诉书。

《百年孤独》

被称为拉丁美洲魔幻现实主义的代表作。其作者加尔列尔·加西亚·马尔克斯,1928 年出生于加勒比海岸哥伦比亚的热带小镇阿拉卡塔卡。

小说《百年孤独》内容复杂，人物众多，情节离奇，手法新颖；采用环环相扣的封闭式结构，造成时空的交错和重合。小镇马孔多对于人们来说是现实，对于叙述者来说是过去，而对于小说中的预言者梅尔加德斯来说又是将来。因而小说中的过去、现在和将来形成了一个完全自在的、形式上的世界。小说的结尾是梅尔加德斯的手稿被布恩蒂亚家族的最后一个成员破译。读者看到，全书的故事不过是对羊皮纸手稿的印证和再现。这一寓意深刻的揭示出历史与虚幻交织、现实与神奇相连的道理，点出魔幻现实主义的真谛。书中融汇了南美洲特有的五彩缤纷的文化，表现了拉丁美洲令人惊异的疯狂历史。小说以"汇集了不可思议的奇迹和最纯粹的现实生活"荣获 1982 年诺贝尔文学奖。

《伊豆的舞女》

日本作家川端康成早期的代表作，也是一篇杰出的短篇小说。作品情节简单，描述一名青年学生独自在伊豆旅游时邂逅一位年少舞女的故事。伊豆的青山秀水与少男少女间纯净的爱慕之情交织在一起，互相辉映，给了读者一份清新之感，也净化了读者的心灵，把他们带入了一个空灵美好的唯美世界。

第六章　文学趣谈

"六才子书"

金圣叹以《离骚》为第一才子书,《庄子》为第二才子书,《史记》为第三才子书,《杜诗》为第四才子书,《水浒传》为第五才子书,《西厢记》为第六才子书。

晚清四大小说杂志

晚清四大小说杂志是:《新小说》、《绣像小说》、《月月小说》、《小说林》。

《新小说》主编是梁启超。该刊 1902 年创于日本横滨,次年改在上海刊行,1906 年元月停刊,共出 24 期。连载过《二十年目睹之怪现状》、《痛史》等名作。对促进晚清小说繁荣局面的形成有重大作用。

《绣像小说》为半月刊,李伯元主编,1903 年 5 月创刊于上海,1906 年 4 月停办,共出 72 期。所刊作品之重要者如《老残游记》、《文明小史》等。该杂志致力于宣传资产阶级改良主义思想,"以开导社会为原则(阿英语)",其贡献不能低估。

《月月小说》为月刊,1906 年 9 月创刊于上海。初由汪维父编辑,第 4 期由吴沃尧、周桂笙继任笔政,至 1909 年 1 月停刊。共出 24 期,以刊短篇小说为主。发表过《劫余灰》、《泪珠缘》等作品,开了鸳鸯蝴蝶派的先河。

《小说林》由黄摩西任主编,1907 年 2 月创刊,1908 年 10 月停刊,共出 12 期。特点是以刊载翻译小说和小说评论为主,因而它对晚清文学理论所作的贡献,为其他刊物所不及。阿英曾充分肯定该刊发表的两篇小说理论文章—《小说林发刊词》和《小说林缘起》,指出对于小说的看法,"比之过去时代,是大大地迈进了一步"。

中国文学艺术家并称集锦

屈宋：指战国时楚国诗人屈原和宋玉，屈原是骚体的开创者，是中国积极浪漫主义诗歌的奠基者。宋玉略后于屈原，也是有名的辞赋作家，但其成就实远不如屈原。

枚马：指汉朝辞赋家枚乘和司马相如。枚、马两人都是汉朝前期的汉赋代表作家，对汉赋的发展颇有影响。

两司马：指汉朝辞赋家司马相如和史学家、散文家司马迁。二人在文学史上都很有影响，后人有"文章西汉两司马"之称。

扬马：指汉朝辞赋家司马相如和扬雄。扬雄作赋，在形式上模拟司马相如，旧时常以二人并称。

班马：也称"马班"。汉朝历史家、文学家司马迁和班固的并称。司马迁是《史记》的作者，班固是《汉书》的作者。二人对历史学都有重要贡献，前者是通史的开创者，后者是断代史的开创者，并且也是著名的散文家。

班张：指东汉班固和张衡。二人都擅长辞赋，班有《两都赋》，张有《二京赋》，都是描写京都的大赋。

张蔡：指东汉张衡和蔡邕。旧时文学批评论著因二人都善作辞赋，故以并举。

三曹：指汉魏间曹操与子曹丕、曹植。他们因政治上的地位和文学上的成就，对当时的文坛很有影响，故后人合称为三曹。三曹的诗继承了《诗经》、楚辞和汉乐府民歌的传统，气魄宏伟，慷慨悲壮，特别是曹操文字清峻洒脱，语言直抒胸臆。

建安七子：指汉末建安时期作家孔融、陈琳、王粲、徐干、阮瑀、应场和刘桢七人。因曹丕《典论·论文》曾以此七人并举，且予赞扬，又以同居邺中，故亦称"邺中七子"。他们的文章能反映动乱的社会现实和对理想生活的追求，情调慷慨悲凉，语言刚健爽朗。

建安之杰：是对曹植的誉称。钟嵘《诗品》："曹思（曹植谥号'思'）为建安之杰。"曹植是建安时代最杰出、最有代表的一位诗人，散文、辞赋和诗歌的成就非同时代人能匹敌。代表作有《洛神赋》、《七步诗》等。

大小阮：指三国魏后期诗人阮籍与侄阮咸。二人都是竹林七贤中人物,世称阮籍为大阮,阮咸为小阮。后人并以大小阮作为叔侄关系的代称。

竹林七贤:指魏晋间的嵇康、阮籍、山涛、向秀、阮咸、王戎、刘伶。《魏氏秋欧》说,此七人"相与友善,游于竹林,号为七贤"。其作品多用比兴,借古讽今,愤世嫉俗,也掺杂人生无常、消极避世的思想情趣。

三张:指西晋诗人张载与弟张协、张亢说,强调声韵格律,对近体诗的形成有重大影响。

元嘉三大家:指南北朝诗人谢灵运、颜延之、鲍照三人。三大家中成就最高者当是鲍照,此三人对清朝诗歌都有影响。

竟陵八友:南朝齐竟陵王萧子良门下的八个文学家。《梁书·武帝本纪》曰:"竟陵王子良开西邸,招文学,高祖(萧衍)与沈约、谢朓、王融、萧琛、范云、任昉、陆锤等并游焉,号曰八友。"他们作诗都注重声律,谢朓、沈约是当时"新体诗"的重要作家。

北地三才:是北魏文学家温子升和北齐文学家邢邵、魏收的誉称。三人都是北方人,同以诗文为世所重,故称。

阴何:指南朝梁诗人何逊和陈诗人阴铿。杜甫《解闷》诗曰:"颇学阴何苦用心。"二人作诗善于炼句修辞,风格相近。

王杨卢骆:指初唐文学家王勃、杨炯、卢照邻、骆宾王。杜甫《戏为六绝句》有"王杨卢骆当时体"之句。他们的诗文虽还残留着齐、梁以来的绮丽习气,但题材较广泛,风格较清峻,对唐朝文学风气的转变起了一定作用。也称"初唐四杰"。

沈宋:指唐朝诗人沈佺期、宋之问。二人俱以律诗见称。《新唐书·文艺·宋之问传》:"魏建安后迄江左,诗律屡变。至沈约、庾信,以音韵相婉附,属对精密。及宋之问、沈佺期,又加靡丽,回忌声病,约句准篇,如锦绣成文。文者宗张亢。"

二陆:指西晋文学家陆机与弟陆云。《晋书·陆云传》:"少与兄机齐名,虽文章不及机,而持论过之,号曰二陆。"

两潘:指西晋文学家潘岳、潘尼。二人是叔侄,作品的思想倾向基本相同,在形式上都追求文辞华丽。

潘陆:指西晋太康时诗人潘岳、陆机。两人都是太康体的代表作家。

中兴第一:是对东晋文学家、训诂学家郭璞的称誉。《诗品》说他"始变永嘉平淡之体,故称中兴第一"。中兴是南朝齐和帝的年号。

陶谢:指晋末宋初诗人陶渊明、谢灵运。旧时以为二人皆长于描绘自然景物,故以并称。但陶诗语言朴素自然,而谢诗语言绮丽,风格并不相同。

颜谢:指南朝宋诗人颜延之、谢灵运。

三谢:指南朝宋诗人谢灵运、谢惠连和南朝齐诗人谢朓。

大小谢:指南朝宋诗人谢灵运和族弟谢惠连。时称灵运为大谢,惠连为小谢。另说指谢灵运和南朝齐诗人谢朓。因谢朓的时代在谢灵运之后,所以也有人称谢朓为小谢。李白《宣州谢朓楼饯别校书叔云》诗:"蓬莱文章建安骨,中间小谢又清发。"小谢即指谢朓。

永明体:永明,是南朝齐武帝萧赜的年号(483—494 年),永明体即南朝齐武帝永明时期所形成的诗体,亦称新体诗。这种诗体要求严格遵照"四声八之,号为沈宋。"

吴中四士:指盛唐前期诗坛上的四位诗人贺知章、包融、张旭、张若虚。这四人中贺知章存世作品最多,有 20 首。这四位诗人当时曾"名扬上京"。

燕许大手笔:"燕许"指唐大臣张说、苏颋。

王孟:唐诗人王维、孟浩然的并称。王、孟都较多地用五言诗描写自然景物,艺术风格也较相近。

高岑:唐诗人高适、岑参的并称。二人都善写边塞诗,风格也有相似之处。

七绝圣手:指盛唐诗人王昌龄。其诗将七绝推向高峰,以《从军行》最为有名。

李杜:指唐朝诗人李白、杜甫。韩愈《调张籍》诗:"李杜文章在,光焰万丈长。"还指唐诗人李商隐、杜牧。二人同为晚唐的著名诗人,后也有人称之为李杜或小李杜。

竹溪六逸:据《新唐书·文艺·李白传》,唐诗人李白客居任城(今山东济宁),与孔巢文、韩准(《旧唐书》作韩沔)、裴政、张叔明、陶沔六人共隐于徂徕山,酣歌纵酒,时号"竹溪六逸"。

韩柳:唐散文家韩愈、柳宗元的并称。韩、柳都是唐朝古文运动的代表作家,对后代散文的发展,很有影响。

韩孟:唐文学家韩愈、孟郊(字东野)的并称。二人诗风也相近似,韩愈诗中,常以己与孟郊并举。

诗豪:指中唐诗人刘禹锡。他的诗或抒发身世遭遇的愤懑和痛苦,讽刺权贵;或怀古济今,表达自己的政治观点。他也善于向民歌学习。

诗囚:指中唐诗人孟郊和贾岛。元好问《放言》诗:"长沙一湘累,郊岛两诗囚。"意思是说二人耽于作诗苦吟,仿佛为诗所囚。二人又有苦吟诗人之称。

元白:指唐诗人元稹和白居易。二人为好友,文学主张也相近,是当时"新乐府"运动的倡导者。

温李:指晚唐诗人温庭筠、李商隐。二人在当时齐名,作品风格绮丽,较为接近,故称为温李。但李诗实胜于温。

皮陆:晚唐文学家皮日休、陆龟蒙的并称。二人是好友,作品的思想倾向基本相同,而以皮日休成就较高。

唐宋八大家:指唐、宋两代八个散文作家,即唐朝的韩愈、柳宗元和宋朝的欧阳修、苏洵、苏轼、苏辙、王安石、曾巩。明初有《八先生文集》,八家之名,实始于此。

九僧:宋初诗僧希画、保暹、文兆、行肇、简长、惟凤、宇昭、怀古、惠崇等九人的并称。其时西昆体盛行,此九僧互相唱和,不满西昆浮艳之习,但崇奉晚唐贾岛、姚合一派,作品多写日常生活琐事。有九人合集《九僧诗》。

三苏:指北宋文学家苏洵与子苏轼、苏辙。洵称老苏,轼称大苏,辙称小苏。其中苏轼的成就较高,在诗、词、文各方面都有重要地位。

苏黄:指北宋文学家苏轼、黄庭坚。二人以诗歌齐名,赞扬或批评他们的人,都常以"苏黄"并举。推崇他们书法的人,也常以二人并称。

苏门六君子:指北宋文学家黄庭坚、秦观、晁补之、张耒、陈师道和李庸。他们都出于苏轼门下,当时皆有文名。推尊他们的人称之为苏门六君子。

苏门四学士:指北宋诗人黄庭坚、秦观、晁补之和张耒。

苏辛:指宋词人苏轼、辛弃疾。后人词论,常分词为"婉约"、"豪放"二派,而以苏轼、辛弃疾为豪放词派的代表,故常以并称。

二安:指宋朝词人辛弃疾、李清照。辛字幼安、李号易安居士。他们分别是宋朝词坛豪放派与婉约派的代表,二人字号中都有一"安"字,故得名。

周柳：宋词人柳永、周邦彦的并称。两人皆精于音律，创制长调。作品的思想内容也有相近之处，故常以二人并举。但柳词较为通俗，周词侧重典雅。

周姜：宋词人周邦彦、姜夔的并称。二人皆精于音律，自创新调，是格律词派的代表。

姜张：指南宋词人姜夔和张炎。张炎论词，推崇姜夔，加以二人都讲究格律声韵，词风相近，故被并称为"姜张"。

尤杨范陆：南宋诗人尤袤、杨万里、范成大、陆游的并称。四人在当时都很著名。除尤袤诗集仅存辑本外，其余三人的作品均存。又称"中兴四大诗人"。

永嘉四灵：指南宋永嘉（郡治今浙江温州市）诗人徐照、徐玑、翁卷、赵师秀。照字灵辉、玑号灵渊、卷字灵舒、师秀号灵秀，故有此称。他们反对江西诗派而推崇唐朝贾岛、姚合的五言律诗。作品内容贫乏，意境狭窄。

元曲四大家：指元朝杂剧作家关汉卿、白朴、马致远、郑光祖。

前七子：指明弘治、正德时期文学家李梦阳、何景明、徐祯卿、边贡、康海、王九思和王廷相。他们对于文学的见解虽不完全一致，但大多强调"文必秦汉，诗必盛唐"，重视摹拟，成为一个流派。因区别于后起的李攀龙、王世贞等七子，故称为"前七子"。

后七子：指明嘉靖、隆庆时期文学家李攀龙、王世贞、谢榛、宗臣、梁有誉、徐中行和吴国伦。他们继承前七子的拟古主张，相互标榜，以致模拟成风。

三袁：明文学家袁宗道、袁宏道、袁中道兄弟三人的并称。他们都是公安派的代表作家。

宁都三魏：清初散文家江西宁都魏祥、魏禧、魏礼之并称。祥为禧兄，后更名际瑞。礼为禧弟。三人中魏禧较有名。

南洪北孔：指清朝剧作家洪昇、孔尚任。洪生浙江钱塘、孔生山东曲阜，故名。代表作分别是《长生殿》与《桃花扇》。

金陵十二钗

《红楼梦》中十二位绝佳女子：贾元春、贾迎春、贾探春、贾惜春、林黛玉、薛宝钗、史湘云、妙玉、王熙凤、李纨、秦可卿、巧姐。

红楼四春

　　曹雪芹长篇章回小说《红楼梦》中的四个人物:贾元春、贾迎春、贾探春、贾惜春。红学家分析,其名谐"原应叹惜"四字,预示了她们不同的坎坷命运。四春的贴身丫鬟分别与"琴棋书画"有关:

　　元春:抱琴;迎春:司棋; 探春:侍书; 惜春:入画。

《水浒传》五虎将

　　《水浒传》中的五员大将关胜、林冲、秦明、呼延灼、董平。《水浒传》第七十一回:"马军五虎将五员:大刀关胜、豹子头林冲、霹雳火秦明、双鞭呼延灼、双枪将董平。"

《水浒传》三十六天罡星

　　《水浒传》中所排一百零八将的前三十六位。其所应星宿及诨号、姓名如下:天魁星呼保义宋江、天罡星玉麒麟卢俊义、天机星智多星吴用、天闲星入云龙公孙胜、天勇星大刀关胜、天雄星豹子头林冲、天猛星霹雳火秦明、天威星双鞭呼延灼、天英星小李广花荣、天贵星小旋风柴进、天富星扑天雕李应、天满星美髯公朱仝、天孤星花和尚鲁智深、天伤星行者武松、天立星双枪将董平、天捷星没羽箭张清、天暗星青面兽杨志、天佑星金枪手徐宁、天空星急先锋索超、天速星神行太保戴宗、天异星赤发鬼刘唐、天杀星黑旋风李逵、天微星九纹龙史进、天究星没遮拦穆弘、天退星插翅虎雷横、天寿星混江龙李俊、天剑星立地太岁阮小二、天平星船火儿张横、天罪星短命二郎阮小五、天损星浪里白条张顺、天败星活阎罗阮小七、天牢星病关索杨雄、天慧星拼命三郎石秀、天暴星两头蛇解珍、天哭星双尾蝎解宝、天巧星浪子燕青。

七侠

宋朝的七位侠士,在清朝小说《七侠五义》中,被誉为"忠烈七侠"。他们是智化(黑妖狐)、沈仲元(小诸葛)、卢方(钻天鼠)、韩彰(彻地鼠)、徐庆(穿山鼠)、蒋平(翻江鼠)、白玉堂(锦毛鼠)。

晚清三大词话

晚清时期总结清词创作、代表清朝词学最高水平的三部词话:《白雨斋词话》(陈廷焯)、《蕙风词话》(况周颐)、《人间词话》(王国维)。后两种又有"近代两大词话"之称。

朱光潜《修养三书》

现代学者朱光潜的三部谈修养的随笔集:《给青年的十二封信》(1931年),《谈美》(1932年),《谈修养》(1946年),台北晨星出版社以"修养三书"为名,合以出版。

王安忆一逝二庄三恋

20世纪80年代,当代女作家王安忆有代表性的六部作品。一逝,指《流逝》(获全国优秀中篇小说奖);二庄,指《大列庄》、《小鲍庄》(获全国优秀中篇小说奖);三恋,指《小城之恋》、《荒山之恋》、《锦绣谷之恋》。

世界著名文学家与文学名著

迦梨陀娑(印度):《沙恭达罗》;
紫式部(日本):《源氏物语》;

泰戈尔(印度):《吉檀迦利》、《飞鸟集》；

小林多喜二(日本):《蟹工船》、《为党生活的人》；

尔克斯(哥伦比亚):《百年孤独》；

阿里斯托芬:《鸟》；

乔叟(英国):《坎特伯雷故事集》；

莎士比亚(英国):《哈姆雷特》、《罗密欧与朱丽叶》、《威尼斯商人》；

弥尔顿(英国):《失乐园》、《复乐园》；

笛福(英国):《鲁滨孙漂流记》；

斯威夫特(英国):《格列佛游记》；

菲尔丁(英国):《汤姆·琼斯》；

拜伦(英国)《恰尔德·哈洛尔德游记》、《唐·璜》；

雪莱(英国):《西风颂》；

济慈(英国):《夜莺颂》；

狄更斯(英国):《大卫·科波菲尔》；

哈代(英国):《苔丝》、《无名的裘德》；

萧伯纳(英国):《伤心之家》；

柯南道尔(英国)《福尔摩斯探案集》；

伏尼契(英国):《牛虻》；

拉伯雷(法国):《巨人传》；

拉封丹(法国):《寓言诗》；

莫里哀(法国):《伪君子》；

司汤达(法国):《红与黑》；

巴尔扎克(法国):《人间喜剧》、《高老头》；

大仲马(法国):《三个火枪手》、《基督山伯爵》；

小仲马(法国):《茶花女》；

雨果(法国):《巴黎圣母院》、《悲惨世界》；

欧仁·鲍狄埃(法国):《国际歌》；

福楼拜(法国):《包法利夫人》；

左拉(法国):《萌芽》；

莫泊桑(法国):《羊脂球》；

罗曼·罗兰(法国):《约翰·克利斯朵夫》；

萨特(法国):《恶心》；

你应该具备的

157

普鲁斯特(法国):《追忆逝水年华》;

歌德(德国):《浮士德》、《少年维特之烦恼》;

席勒(德国):《阴谋与爱情》;

格林兄弟(德国):《格林童话》;

海涅(德国):《德国——一个冬天的童话》、《西里西亚纺织工人》;

托马斯·曼(德国):《布登勃洛克一家》;

但丁(意大利):《神曲》;

薄伽丘(意大利):《十日谈》;

塞万提斯(西班牙):《堂·吉诃德》;

安徒生(丹麦):《安徒生童话》;

卢梭(法国):《忏悔录》、《新爱洛绮丝》;

简·奥斯丁(英国):《傲慢与偏见》;

萨克雷(英国):《名利场》;

夏洛蒂·勃朗特(英国):《简·爱》;

艾米莉·勃朗特(英国):《呼啸山庄》;

劳伦斯(英国):《查泰莱夫人的情人》;

易卜生(挪威):《玩偶之家》;

拉格洛夫(瑞典):《骑鹅旅行记》;

卡夫卡(奥地利):《变形记》;

乔伊斯(爱尔兰):《尤利西斯》;

普希金(俄国):《叶甫盖尼·奥涅金》;

果戈里(俄国):《死魂灵》;

列夫·托尔斯泰(俄国):《安娜·卡列尼娜》、《复活》;

屠格涅夫(俄国):《父与子》、《猎人笔记》;

陀思妥耶夫斯基(俄国):《罪与罚》、《卡拉马佐夫兄弟》;

契诃夫(俄国):《套中人》、《变色龙》;

高尔基(苏联):《母亲》、《海燕》;

马雅可夫斯基(苏联):《列宁》;

法捷耶夫(苏联):《毁灭》、《青年近卫军》;

奥斯特洛夫斯基(苏联):《钢铁是怎样炼成的》;

肖洛霍夫(苏联):《静静的顿河》;

裴多菲(匈牙利):《自由与爱情》;

惠特曼(美国):《草叶集》;

马克·吐温(美国):《哈克贝利·费恩历险记》;

德莱塞(美国):《嘉莉妹妹》、《美国的悲剧》;

杰克·伦敦(美国):《马丁·伊登》;

福克纳(美国):《喧哗与骚动》;

海明威(美国):《永别了,武器》、《老人与海》;

霍桑(美国):《红字》;

加缪(法国):《鼠疫》。

外国文学各派别

古典主义:指产生于欧洲文艺复兴后的一种文艺思潮。由于在文艺理论和创作实践上都以古希腊、罗马文艺为典范,因而有"古典主义"之称,古典主义在 17 世纪的法国最为盛行。

古典主义在创作和理论上强调模仿古代,主张用民族规范语言,按照规定的创作原则即"三一律"进行创作,追求艺术完美。它对近代欧洲各国文学艺术,尤其是戏剧的发展影响很大。

狂飙突进:指 18 世纪 70 年代在德国兴起的一场声势浩大的文学运动。因作家克林格尔的同名剧本《狂飙突进》而得名,是德国启蒙运动的继续和发展。主要思想倾向是强调发挥人的主观能动性,实现个性解放,反对阻碍人的发展的一切僵化保守的教条和遵循传统精神的处世态度,在艺术领域则否定任何世袭的陈规;倡导民族风格,主张从本民族历史中汲取题材;歌颂自由,拥护卢梭"回到自然"的口号;推崇"天才",强调"天才"。参加狂飙突进运动的青年作家大多富有狂热的幻想和奔放的激情,他们的作品往往充满浪漫的气息和感伤的成分。歌德的《少年维特之烦恼》和席勒的《阴谋与爱情》是狂飙突进运动文学的代表作品。

象征主义:欧美现代文学中出现最早、影响最大的一个诗歌流派。19世纪 70 年代兴起于法国。它的名称是法国诗人莫雷亚斯 1886 年 9 月在巴黎《费加罗报》上发表的《象征主义宣言》中提出的。象征主义的先驱是法国的波德莱尔,他发展了浪漫派诗人在创作中的象征、朦胧因素,在诗歌创作中以外界"对应物"暗示内心的微妙世界,即强调用有物质感的形象,通过暗示、对比、烘托等方法来表现个人感受或某种理念。

达达主义:第一次世界大战期间出现的现代文艺流派。Dada 本来是初学说话的幼儿的语言,意思是"马"。将它用作文艺活动的旗号,并无任何意义。但达达主义的宗旨在于反对一切有意义的事物,反对一切传统,反对一切常规,也反对被认为有意义的文学艺术。它主张以梦呓一般混乱的语言、怪诞荒谬的形象表现不可思议的事物。

意识流小说派:兴起于 20 世纪初以反传统的"意识流"方法写作的西方现代文学流派,风靡于 20 世纪 40 年代。"意识流"这一名称最先由美国心理学家威廉·詹姆斯在 19 世纪 80 年代提出。法国哲学家柏格森认为:"真实"存在于"意识的不可分割的波动之中",小说家应当深入人物的内心世界,刻画人物内在世界的意识流动。人们把用"意识流"表现手法写作的作家称为"意识流小说派"。

迷惘的一代:指 20 世纪 20 年代美国的一批怀有彷徨和失望情结的青年作家。这些年轻作家多数都参加过第一次世界大战。他们当时刚刚成年,曾在美国政府"拯救世界民主"口号的蛊惑下,奔赴欧洲战场,但是他们所目睹的是人类的大屠杀和普遍的反战情绪。于是他们觉得自己受骗上当,被人出卖了。他们原来的价值观念受到冲击,对生活悲观、失望,感到苦闷、迷惘。他们大多流落在欧洲,以巴黎为文学活动中心,通过写小说诉说他们精神上受到的创伤。

新小说派:20 世纪 50 年代兴起于法国,60 年代成为法国影响最大的一个文学流派。因标新立异地反对有人物、有情节、有社会意义的巴尔扎克式的小说,拒绝一切小说传统,要求新的小说形式而得名"新小说派"。该派有两种主要倾向:一种是以萨洛特为代表的"内心小说",着重写内心独白和下意识的情感;另一种是以罗布·格里耶为代表的"客观说",强调客观地记录外界的语言、动作和情景而不作任何解释。

垮掉的一代:指 20 世纪五六十年代风行于美国的一个文学流派,该流派都是男女青年,他们以否定一切的无政府主义态度,反对现存的社会秩序和风尚习俗,要求摆脱一切传统的束缚,拒绝承担任何家庭和社会义务,追求绝对自由的生活。他们逃避现实,吸毒、酗酒、偷窃,不停地追求各种刺激,提倡同性恋和佛教禅宗,以躲进超现实的幻境寻求神秘主义的灵感,因而被称为"垮掉的一代"。他们在艺术上"以全盘否定高雅文化为特点",发明了"自发式散文"、"放射诗"。

黑色幽默：20世纪60年代风行于美国的文学流派。60年代初,美国一些作家在作品中把恐怖、怪诞和滑稽结合在一起,把生活描写为荒谬可怕的喜剧。黑色幽默小说家突出描写周围世界的荒谬和社会对自我的压抑,嘲讽地、玩世不恭地将周围世界的丑恶、自我的滑稽及环境与自我之间的不协调加以放大、扭曲,使它们显得更加荒诞不经、滑稽可笑。

魔幻现实主义：20世纪60年代拉丁美洲小说创作中出现的一个流派。该流派的主要特点是在反映现实的叙事和描写中,插入离奇怪诞的情节、人物和意境,以及种种超自然现实。"魔幻现实主义"这一名词被应用到拉丁美洲的文学上,是从哥伦比亚作家加西亚·马尔克斯于1967年出版的长篇小说《百年孤独》开始的。小说中有不少离奇怪诞的情节和人物,带有浓烈的神话色彩和象征意味。评论界认为此书是当代拉丁美洲小说中一种新流派的代表,因此便借用了在美术界与此相近似的新流派的名词,称之为魔幻现实主义。代表作家有马尔克斯、博尔赫斯和阿斯图里亚斯等。魔幻现实主义文学具有深刻的现实主义,其离奇怪诞而引人入胜的情节、独特的文字风格和色彩,深受读者欢迎。

世界四大英雄史诗

1. 法兰西的《罗兰之歌》(11世纪末12世纪初);
2. 西班牙的《熙德之歌》(12世纪中叶);
3. 德国的《尼伯龙根之歌》(13世纪初);
4. 俄罗斯的《伊戈尔远征记》(12世纪)。

根据《纽约时报》和美国《读者文摘》2000年组织的横跨欧、亚、美、澳、非五大洲百城十万读者的投票调查,精选出以下十部经典长篇名著。

世界十大经典长篇小说

1. 《战争与和平》(俄国),列夫·托尔斯泰著;
2. 《巴黎圣母院》(法国),雨果著;
3. 《童年·在人间·我的大学》(俄国),高尔基著;
4. 《呼啸山庄》(英国),艾米莉·勃朗特著;

5. 《大卫·科波菲尔》(英国),狄更斯著;

6. 《红与黑》(法国),司汤达著;

7. 《飘》(美国),玛格丽特·米切尔著;

8. 《悲惨世界》(法国),雨果著;

9. 《安娜·卡列尼娜》(俄国),列夫·托尔斯泰著;

10. 《约翰·克利斯朵夫》(法国),罗曼·罗兰著。

世界十大古典悲剧及作者

1. 《普罗米修斯》(古希腊),埃斯库罗斯著;

2. 《俄狄浦斯王》(古希腊),索福克勒斯著;

3. 《美狄亚》(古希腊),欧里庇德斯著;

4. 《奥赛罗》(英国),莎士比亚著;

5. 《万尼亚舅舅》(俄国),契诃夫著;

6. 《大雷雨》(俄国),奥斯特洛夫斯基著;

7. 《阴谋与爱情》(德国),席勒著;

8. 《哀格蒙特》(德国),歌德著;

9. 《安德洛玛刻》(法国),莱辛著;

10. 《熙德》(法国),高乃依著。

世界十大古典喜剧及作者

1. 《鸟》(古希腊),阿里斯托芬著;

2. 《一仆二主》(意大利),哥尔多尼著;

3. 《威尼斯商人》(英国),莎士比亚著;

4. 《伪君子》(法国),莫里哀著;

5. 《贫穷与傲慢》(丹麦),霍尔堡著;

6. 《钦差大臣》(俄国),果戈里著;

7. 《破瓮记》(德国),克莱斯特著;

8. 《费加罗的婚礼》(法国),博马舍著;

9. 《造谣学校》(英国),谢立丹著;

10. 《温德米尔夫人的扇子》(英国),王尔德著。

外国文学中的神话传说人物

主宰宇宙的天神：宙斯；

寻取金羊毛的阿尔戈船英雄；

创造之神：大梵天；

谷物女神：得墨忒耳；

文艺、科学女神：缪斯；

冰雷巨人：伊密尔；

狮身人面的斯芬克斯；

古埃及的太阳神拉；

古希腊的太阳神：阿波罗；

盗火英雄：普罗米修斯；

智慧女神：雅典娜；

毁灭之神：湿婆；

保护之神：毗湿奴；

机智勇敢的奥德修斯；

丰饶之神和冥世之王：奥西里斯；

力大无比的赫拉克勒斯；

弃邪归正的吉尔迦美什。

欧洲文学的源泉

　　古希腊神话是欧洲文学的源泉。根据传说，世界始自卡奥斯(混沌)，然后出现盖亚(大地)和埃罗斯(爱)。由卡奥斯生出黑暗，由黑暗生出白昼。盖亚生乌拉诺斯(天空)，乌拉诺斯与盖亚结合而生克罗诺斯等男女神及众巨怪，成为世界主宰。克罗诺斯推翻乌拉诺斯的统治自成世界主宰，与其妹瑞亚结合而生宙斯等男女神。宙斯又推翻克罗诺斯，成为新的一代神祇，俗称奥林匹斯诸神，这就是宙斯之前的神谱。奥林匹斯诸神以宙斯为主神，与他的亲兄弟姊妹赫拉(天后)、波塞冬(海神)、哈德斯(冥神)、得墨忒尔(谷神)、赫斯提亚(灶神)及其子女阿波罗(日神)、阿尔忒弥斯(月神)、雅典娜(智慧之神)、阿瑞斯(战神)、阿芙洛狄忒(爱神)、赫菲斯托斯(匠神)共称 12 主神，其他的为次要的神，共同组成神界的氏族社会。希腊神话中的英雄多为神明（主要是宙斯）和凡人所生，因而是半人半神。他们生活在人间，但往往可与神明直接联系，具有某种神性能力。有些英雄则是凡人，因其非凡的业绩或遭遇而出名。他们都是部落和城邦崇拜的偶像，围绕他们形成一系列动人的神话传说，反映了古代人的生活、古代人与自然的斗争以及真实的历史事件。

众神之父宙斯

希腊神话中的主神，第三任神王，是奥林匹斯山的统治者。克罗诺斯和瑞亚之子，掌管天界。奥林匹斯的许多神祇和许多希腊英雄都是他的子女。他以雷电为武器，维持着天地间的秩序。宙斯对其父的暴政极为反感，于是他联络众兄与其父辈进行了一场战争，终于取得了胜利。他们的父亲和许多泰坦神被送进地狱的最底层。伟大的胜利之后到了决定谁来做新的神王，宙斯和他的兄弟们都互不相让，眼看他们之间又要开战，这时普罗米修斯提出用抓阄来决定。结果，宙斯做了天上的王；波塞冬做了海里的王；哈德斯做了地狱的王。宙斯坐镇奥林匹斯山，拥有无上的权力和力量；他是正义的引导者，他对人类的统治公正不偏颇。他的劝告不易理解，他的决定不可改变，他的意愿是审慎的、正确无误的、智慧的。宙斯既是众神之王也是人类之王，所以人们往往描绘他坐在精致的宝座上，肃穆的头部表现出驾驭风暴的力量，同时也显示出控制星空的魅力。宙斯的象征物是雄鹰、橡树和山峰；他最爱的祭品是母山羊和牛角涂成金色的白色公牛。

天后赫拉

主神宙斯之妻（亦为其姐姐），婚姻的保护神，尤其是已婚女人的保护者。克罗诺斯与盖亚之女。其兄弟姊妹还有：得墨忒尔、哈德斯、赫斯提娅、波塞冬。她与宙斯生有：阿瑞斯、狄斯科尔狄娅、埃斯提娅、埃勒提娅、赫伯、赫菲斯托斯。阿尔戈斯是赫拉的崇拜中心。宙斯虽多次与众女神及凡人幽会，却只属意于赫拉。一次，他看到赫拉在阿尔戈斯附近的树林里悠闲漫步，便立即降下一阵暴雨，自己则化作杜鹃，佯装躲雨，藏于赫拉衣襟

左侧竖排：你应该具备的

内,然后现出原形,拥抱赫拉,并发誓非赫拉不娶。据说,宙斯与赫拉秘密结合 300 年以后,宙斯才将此事向众神宣告。在宙斯与赫拉的婚宴上,盖亚以圣园的金苹果相赠。赫拉通常被描述为嫉妒成性、暴戾异常的女神。

海神波塞冬

宙斯的二哥,经常手持三叉戟,这成了他的标志。当他愤怒时海底就会出现怪物,他挥动三叉戟就能引起海啸和地震,但象征他的圣兽海豚则显示出海的宁静和波塞冬亲切的神性。爱琴海附近的希腊海员和渔民对他都极为崇拜。波塞冬的三叉戟并非只用来当武器,它也被用来击碎岩石,从裂缝中流出的清泉浇灌大地,使农民五谷丰登,所以波塞冬又被称为丰收神。波塞冬也给予了人类第一匹马,他乘坐的战车就是由金色的战马拉的。当他的战车在大海上奔驰时,波浪会变得平静,并且周围有海豚跟随。波塞冬的神性广泛,有强烈的侵略性和极大的野心,时刻想夺取宙斯天帝的宝座,但被宙斯发觉,把他放逐到地上受刑,帮助劳梅顿王修建特洛伊城。此外他还常与诸神交战,在雅典和特罗森城就有过他和雅典娜的争霸战。

冥王哈德斯

负责统治地狱世界,是天神宙斯的兄长。地狱和阳间一样是一个广大的世界,蕴藏着丰富的矿物。哈德斯是任何人都恐惧的神,每个人都对他敬而远之。他通常是坐在四匹黑马拉的战车里,手持双叉戟,无论前面有任何障碍他都能铲除。如果他走入阳界那必然是带领牺牲者的灵魂去冥府,或是检查是否有阳光从地缝射进黄泉。地狱跟阳间有一道门连着,这就是"地狱门"。这座门设在泰纳斯海角附近,由一只名叫萨贝拉斯的三头犬看守,任何人一旦进入地狱门就绝对不能重返阳间。哈德斯把地狱的事处理得井井有条、纪律严明。他个性残忍,毫无恻隐之心,但公正无私,是一个令人敬畏的神。

火焰和家灶女神赫斯提亚

克罗诺斯和瑞亚的女儿、宙斯和赫拉的姐姐。阿波罗和波塞冬都曾向她求婚，但她发誓终身不嫁，以保持少女的贞洁。宙斯考虑到她也要有个栖身之地，就答应让每个家庭都给她一个席位。她悄悄地离开奥林匹斯山，保护每个有炉灶的家庭。她不仅是灶神也是家神。火焰象征她的存在，她是家庭永续、稳定、和睦与繁荣的保证。

农神得墨忒耳

掌管农业的女神、宙斯的姐姐。她给予大地生机，教授人类耕种。她也是正义女神。她与宙斯生下女儿珀耳塞福涅，珀耳塞福涅后来被得墨忒耳的哥哥哈德斯抢去做了冥后。因为失去女儿，她无心过问耕耘，令大地失去生机，直至宙斯出面，令她们母女可以重逢，大地才得以重生。每年的冬天就是她与女儿团聚的日子，她放下耕作陪伴女儿，令这段时间不宜耕作。

太阳神阿波罗

古希腊神话中最著名的神祇之一，是主神宙斯与勒托所生之子，阿尔忒弥斯的孪生兄弟。他被视为司掌文艺之神、人类的保护神、太阳神、预言之神、雄辩之神、迁徙和航海者的保护神、医神以及消灾弥难之神。出生于阿斯特利亚的一座浮岛提洛岛之上。阿波罗作为预言者之神，被视为小亚细亚和意大利众多圣所的创建者。阿波罗既被视为先知和预言者，又被视为"命运主宰者"。据说，他曾将预言之异能赋予卡桑德拉，但他遭到后者厌弃。阿波罗即使预言也不为人们所信。阿波罗的子女中有：预言者布兰科斯、西彼拉和摩普索斯、女预言者曼托、伊德蒙（后者又是"阿尔戈"英雄远征的参加者）。

月亮女神阿尔忒弥斯

古希腊神话中的狩猎女神、月神，亦被视为野兽的保护神。宙斯与勒托之女,阿波罗的孪生姊妹,出生于阿斯特里岛(提洛岛)。在林莽和山野间,她手持弓箭,由众犬伴随,与众女神一起狩猎嬉戏;有时乘坐两牡鹿所曳之车出行。阿尔忒弥斯勇猛剽悍,有时又十分残暴。她恪守自古已有的种种规习,并要人们严格奉守。凡违忤者,常以弓箭射杀。作为处女神,阿尔忒弥斯庇护反抗和蔑视爱情的青年男女。阿尔忒弥斯手持弓箭与众神相伴的形象,在古希腊和欧洲中世纪的造型艺术中屡见不鲜,其形象还常为戏剧等文学作品所袭用。

智慧女神雅典娜

古希腊神话中的智慧、权力及才艺之女神,是宙斯与聪慧女神墨提斯所生。雅典娜兼有父母的长处,成为权力与智慧的化身。因雅典娜为女战神,宙斯应允她随身携带一有魔怪戈尔贡头像之盾,并司掌乌云和雷电。雅典娜的象征有盾、长矛、猫头鹰、蛇等,由此可见,对她的尊崇与图腾崇拜有关。据说她有宙斯一般的力量,如果加上与生俱来的神盾埃吉斯的力量,她的实力就超过了奥林匹斯山的所有神。她也是最聪明的女神,是智慧与力量的完美结合。

战神阿瑞斯

宙斯与赫拉之子,被视为尚武精神的化身,其形象源于色雷斯人。阿瑞斯性情暴戾,狂妄自矜,常与争执女神埃里斯以及嗜杀成性的埃尼奥为伍,专司不义之战。由于他极端好战,遭到宙斯以及众神的厌恶,往往襄助其对手。阿瑞斯的野蛮暴行令奥林匹斯山的众神都非常憎恶他,宙斯斥之为"神之最可憎者"。阿瑞斯的主要敌人就是雅典娜。这位才智非凡的女神经常挺身而出,同阿瑞斯进行面对面的战斗,保护那些为正义事业而战的战士。

火神赫淮斯托斯

宙斯与赫拉之子(一说为赫拉独自所生)。他隐居在埃托纳山,联合独眼怪族开发丰富的矿山,专门打造精良的器具。赫淮斯托斯面容丑陋,瘸了一条腿,但他的才智十分出众。他心智灵巧,而且充满热诚。他在奥林匹斯山上建筑了诸神的宫殿,为宙斯打造雷霆和铠甲;此外还制造了爱神的弓、赫拉克勒斯的马车等诸神的物品和武器,被尊为工匠之神。与爱神阿芙洛狄忒结为夫妻。后又转至有火山活动地区,诸如西西里岛的埃特纳、利帕里群岛以及维苏威火山所在的康帕尼亚,因此,亦被奉为火神。赫淮斯托斯经常在奥林匹斯山上插科打诨,以使众神欢悦,并以琼浆佳肴供众神享用。

爱与美之神阿芙洛狄忒

宙斯与瀛水之神奥克阿诺斯的女儿狄奥涅所生,司掌人类的爱情、生育以及一切动植物的生长繁衍。"阿芙洛狄忒"意为"由海水的泡沫中诞生",她是赫淮斯托斯的妻子。传说有一次众神正在欢宴时,纷争女神悄悄来到奥林匹斯山的宴会厅,把一个刻有"属于最美者"的金苹果放在餐桌上。赫拉把苹果拿了过来,但雅典娜和阿芙洛狄忒都不同意,并要求宙斯作出裁决。宙斯只好让一个叫帕里斯的人来评判。帕里斯端详着三位女神,经过反复考虑,他把金苹果给了阿芙洛狄忒。三位女神的纠纷解决了,从此,阿芙洛狄忒便成了无可争辩的美神。她以甜蜜的愿望给人们点燃激情,使他们产生爱情,让他们感到幸福或痛苦。她的影响遍及大自然,在茫茫的大海上,她以光的形式出现,惊涛骇浪见到她会立刻平静,暴风也会立刻停止。她也是植物之母,使大地充满生机,繁花似锦。

小爱神埃罗斯

他的罗马名称"丘比特"更为人熟知。他是阿瑞斯和阿芙洛狄忒所生,是一位小奥林匹斯山神。他的形象是一个裸体的小男孩,有一对闪闪发光的翅膀。他带着弓箭漫游,恶作剧地射出令人震颤的神箭,唤起爱的激情;给自然界带来生机,授予万物繁衍的能力。这位可爱而又淘气的小精灵有两种神箭:加快爱情产生的金头神箭和中止爱情的铅头神箭。另外,他还有一束照亮心灵的火炬。

缪斯

古希腊神话中科学、艺术女神的总称，为主神宙斯与记忆女神谟涅摩叙涅所生。缪斯女神的数目不定，有三女神之说，亦有九女神之说。她们生于奥林匹斯山麓的彼埃里亚，时常漫游于赫利孔山和帕尔纳索斯山（均为古希腊的名山）。她们经常在奥林匹斯山群神宴饮时载歌载舞，是歌手和乐师的技艺传授者和庇护者，并赋予诗人和歌唱者以艺术灵感，因此尤受文学家和诗人的尊崇。传说中的九人分别为：卡拉培（雄辩和叙事诗）、克利欧（历史）、乌拉妮娅（天文）、梅耳珀弥妮（悲剧）、塔利亚（喜剧）、特普斯歌利（舞蹈）、依蕾托（爱情诗）、波利海妮娅（颂歌）、优忒毗（抒情诗）。

俄狄浦斯

希腊神话中忒拜的国王，是国王拉伊奥斯和王后约卡斯塔的儿子。拉伊奥斯年轻时曾经劫走国王佩洛普斯的儿子，因此遭到诅咒，神谕表示他会被儿子所杀死，为了逃避命运，他让牧人把俄狄浦斯丢弃在野外等死。然而奉命执行的牧人偷偷将婴儿转送给科林斯的国王抚养。等俄狄浦斯长大后，知道神谕说他会弑父娶母，不知道科林斯国王与王后并非自己亲生父母，为避免神谕成真，便离开科林斯并发誓永不再回来。他流浪到忒拜附近时失手杀了人，其中正包括了他的亲生父亲。后来俄狄浦斯解开了围困忒拜的狮身人面兽斯芬克斯的谜题，解救了忒拜。他继承了王位，并在不知情的情况下娶了自己的亲生母亲为妻。最后在先知提瑞西阿斯的揭示下，俄狄浦斯才知道他是拉伊奥斯的儿子，终究应验了他之前杀父娶母的不幸命运。约卡斯塔羞愧地上吊自杀，而俄狄浦斯则刺瞎了自己的双眼并把自己流放了。

伊阿宋

希腊神话中的忒萨利亚王子，夺取金羊毛的主要英雄。伊阿宋是埃宋的儿子，克瑞透斯的孙子。克瑞透斯在帖撒利的海湾建立城池和爱俄尔卡

169

斯王国,并把王位传给儿子埃宋。后来,埃宋的弟弟珀利阿斯篡夺了王位。叔父珀利阿斯夺得王位后,令伊阿宋去科尔喀斯觅取金羊毛。为了夺回王位,伊阿宋答应帮珀利阿斯取得金羊毛。伊阿宋得赫拉之助,与赫拉克勒斯、珀尔修斯等英雄,乘坐阿耳戈快艇,历经艰险取得金羊毛。后来他与曾帮助他取得金羊毛的女巫美狄亚结婚,但后又喜新厌旧抛弃了妻子。后来他与孩子遭到美狄亚的诅咒,全部丧命。也有传说他在遭到诅咒后,死于取得金羊毛的那艘大船下面。

赫拉克勒斯

希腊神话中的第一英雄,他是宙斯与凡间女子所生的儿子,所以生来就受天后赫拉的嫉恨,据说赫拉克勒斯的意思就是"被赫拉诅咒的人"。他神勇无比,完成了 12 项英雄伟绩,被升为武仙座。此外他还参加了阿尔果斯远征帮助伊阿宋取得金羊毛;解救了普罗米修斯等。赫拉克勒斯最后被半人马涅索斯的毒血所毒死。赫拉克勒斯死后升天,与众天神一起居住在奥林匹斯山上,并娶了青春女神赫柏为妻。在现代语中"赫拉克勒斯"一词已经成为"大力士"的同义词。

奥德修斯

希腊神话传说中的人物,希腊西部伊塔卡岛之王,曾参加特洛伊战争。出征前参加希腊使团去见特洛伊国王普里阿摩斯,以求和平解决因帕里斯劫夺海伦而引起的争端,但未获结果。希腊联军围攻特洛伊 10 年期间,奥德修斯英勇善战,足智多谋,屡建奇功。他献木马计里应外合攻破特洛伊。在率领同伴从特洛伊回国途中,因刺瞎独目巨人波吕斐摩斯,得罪了海神波塞冬,从而屡遭波塞冬的阻挠,历尽各种艰辛、危难。他战胜魔女基尔克;克服海妖塞壬美妙歌声的诱惑;穿过海怪斯库拉和卡吕布狄斯的居地;摆脱神女卡吕普索的 7 年挽留;最后于第十年侥幸一人回到故土伊塔卡,同儿子特勒马科斯一起,杀死纠缠他的妻子、挥霍他家财产的求婚者,阖家团圆。

帕里斯

特洛伊小王子，普里阿摩斯和赫卡柏的儿子。他裁决了赫拉、雅典娜、阿芙洛狄忒谁是最美的女人，裁决了谁拥有金苹果。帕里斯是与神有着"金苹果之约"的风流男子，可以得到世上最美的女人。因为他的出现，祭司认定他会给特洛伊带来毁灭式的命运，便被放逐到伊达山放牧多年。以后，为了向希腊讨还自己的姑母赫西俄涅，帕里斯奉父亲之命去了希腊本土，在那里遇到了海伦。他与海伦迅速相爱，拉开了特洛伊战争的序幕。帕里斯擅长放冷箭，数名希腊名将为此受伤。特洛伊战争将近结束之时，帕里斯在特洛伊的盟友太阳神阿波罗的指点下，暗箭射中阿喀琉斯的脚踝，致使阿喀琉斯死亡。阿喀琉斯死后，帕里斯被愤怒的希腊神射手菲罗克忒忒斯用毒箭杀死。

阿伽门农

"阿伽门农"，希腊文意为"坚定不移"，希腊神话中的迈锡尼王、阿特柔斯之子、斯巴达王墨涅拉俄斯的哥哥。他武艺高强，擅使长矛，足智多谋。也正因为他很聪明，所以他没有必胜把握时，从来不肯正面与人交锋，也总是避免危险的决斗，当然安全的决斗是参加的。他的弟妹海伦被特洛伊王子帕里斯诱走，他弟弟墨涅拉俄斯恼羞成怒，阿伽门农就跟迈锡尼王结盟，两国联手攻打特洛伊。

阿喀琉斯

希腊最有名的英雄，出生后被母亲握住脚倒浸在冥河水中，除未沾到冥河水的脚踝外，周身刀枪不入。在特洛伊战争中杀死特洛伊主将赫克托尔，使希腊军转败为胜。后被特洛伊王子帕里斯的暗箭射中脚踝而死。阿喀琉斯是海洋女神忒提斯和凡人英雄珀琉斯所生。他是参加特洛伊战争的唯一的半人半神。

古希腊三大悲剧诗人

1. 埃斯库罗斯(前 525—前 458 年),一共留下了 90 部剧作(包括山羊剧),其中 79 部的名称流传下来了,其中最著名的 20 部都遗失了。他的悲剧有 7 部完整地流传到今天:《被缚的普罗米修斯》、《波斯人》、《祈援人》、《七将攻忒拜》、《阿伽门农》、《奠酒人》、《善好者》(或称《复仇女神》)。

2. 索福柯勒斯(约前 496—前 406 年),一生写过 120 多部剧本,得过 24 次奖,现存完整的剧本 7 部:《埃阿斯》、《安提戈涅》、《俄狄浦斯王》、《埃勒克特拉》、《特拉基斯少女》、《菲罗克忒忒斯》、《俄狄浦斯在科洛诺斯》。

3. 欧里庇得斯(约前 485—前 406 年),一生共创作了 90 多部作品,保留至今的有 18 部:《独目巨人》、《阿尔刻提斯》、《美狄亚》、《大力士的女儿》、《安德洛玛刻》、《希波吕托斯》、《赫卡柏》、《特洛伊的妇女》、《在陶洛人里的伊菲格纳亚》、《厄勒克特拉》、《海伦》、《伊翁》、《腓尼基的妇女》、《俄瑞斯特斯》、《赫拉克勒斯的儿女》、《疯狂的赫拉克勒斯》、《醉酒的女人》、《伊菲格纳亚奥里斯》。

古希腊七贤

1. 梭伦(公元前 638—前 559 年),生于雅典,出身于没落的贵族,是古代雅典的政治家、立法者、诗人,是古希腊七贤之一。梭伦在公元前 594 年出任雅典城邦的第一任执政官,制定法律,进行改革,史称“梭伦改革”。他在诗歌方面也有成就,诗作主要是赞颂雅典城邦及法律的。

2. 泰勒斯(约公元前 625—约公元前 547 年),是古希腊哲学家、自然科学家。他出生于小亚细亚西南海岸的米利都,早年是商人,曾游历巴比伦、埃及等地,学会了古代流传下来的天文和几何知识。泰勒斯创立了爱奥尼亚学派,企图摆脱宗教,通过自然现象去寻求真理。他认为处处都有生命和运动,并以水为万物的本源。泰勒斯在埃及时曾利用日影及比例关系算出金字塔的高。泰勒斯最早开始了数学命题的证明,它标志着人们对客观事物的认识从感性上升到理性,这在数学史上是一个不寻常的飞跃。

3. 奇伦(公元前 6 世纪),是斯巴达人,第一个建议任命监察官来辅助国王,并于公元前 556 年担任这一职务。作为监察官,他提高了这个位置的权力,并首次使监察官同国王一起监督政策。他给斯巴达的训练带来了极大的严格性;他最著名的格言是:"遵守诺言。"

4. 毕阿斯(公元前 6 世纪),是普里耶涅人,他是一名强有力的律师,并总是将他的言语能力用于好的目的。在他看来,人力的增长是自然的,但用语言来捍卫国家利益则是灵魂和理性的天赋。毕阿斯承认神的存在,主张把人的好行为归功于上帝。

5. 庇塔库斯(公元前 650—前 570 年),米提利尼人,是一位政治家和军事领导人。他在阿尔卡尤斯兄弟的帮助下推翻了列斯堡的僭主美兰克鲁斯,成为那里的法律制定者,统治了十年。作为一个温和的民主政治者,庇塔库斯鼓励人们去获得不流血的胜利。但他也反对被流放的贵族返回家园。

6. 佩里安德(公元前 665—前 585 年),生于科林斯,后为僭主。在位期间,他所统治的城邦获得了极大的繁荣。他改革了科林斯的商业和工业,修筑了道路,开凿了运河。他是一位伟大的政治家,热心于科学和艺术。

7. 克莱俄布卢(公元前 6 世纪),生于林迪,后成为林迪的僭主,据说他曾追溯其祖先到赫拉克勒斯。强壮而英俊的克莱俄布卢对埃及哲学很熟悉。他也很关心教育,主张女子应该和男子一样受教育。

雅典三大喜剧诗人

公元前 5 世纪,雅典产生了三大喜剧诗人:克拉提诺斯、欧波利斯、阿里斯托芬。只有阿里斯托芬流传下一些完整的作品。

阿里斯托芬(约公元前 446—前 385 年),古希腊早期喜剧作家,生于阿提卡的库达特奈昂。他一生大部分时间在雅典度过,同哲学家苏格拉底、柏拉图都有交往。公元前 427 年他的剧本第一次上演。他一生写过 44 部喜剧,得过 7 次奖,流传下来的有 11 部。阿里斯托芬的喜剧尖锐、深刻,俗称旧喜剧,属政治讽刺剧,触及了重大的社会政治问题。在阿里斯托芬之前的喜剧作家不胜枚举,但他现存的 11 个剧本,是现存于世的最早的希腊喜剧。有"喜剧之父"之称。

但丁长诗《神曲》

《神曲》是一部充满隐喻性、象征性,同时又洋溢着鲜明的现实性、倾向性的作品。《神曲》采用了中世纪特有的幻游文学的形式,写但丁迷路,被人引导神游三界。在地狱中见到贪官污吏等遭受着惩罚;在净界中见到贪色贪财等犯罪较轻的人,在天堂里见到殉道者等高贵的灵魂。它映照现实,启迪人心,让世人经历考验,摆脱迷雾,臻于善和真,引导意大利走出苦难,拨乱反正,寻找政治上、道德上的复兴道路。

古印度两大史诗

《摩诃婆罗多》和《罗摩衍那》并称为古代印度两大史诗。两大史诗是在长达数世纪的过程中,在民间口头流传的基础上发展起来的。为此,史诗中纳入了许多各具特色的诗篇,汇集了大量的民间口头创作。在长时期的流传过程中,各阶级都想利用这两部巨著为本阶级的利益服务,以致对它们不断地加以增删,因此就形成这样一个显著特点:附加成分多,内容极为庞杂。如在《摩诃婆罗多》中,除加进不少插话外,还加上了"法典"性质的内容、颂神诗歌、神学以及哲学著作等,几乎要"喧宾夺主",把史诗故事淹没掉。两大史诗在印度文学史上占有极重要的地位,是印度人民拥有的巨大而宝贵的精神财富,成为印度后世各类文学艺术创作汲取素材的一个重要来源。

莎士比亚的四大悲剧

1.《哈姆雷特》,又名《王子复仇记》,是莎士比亚最负盛名的剧本,莎士比亚"四大悲剧"之一。这部作品主要讲的是丹麦王宫里的故事,克劳狄斯杀死了自己的哥哥丹麦王,篡夺了王位并娶了王后。哈姆雷特回国后,国王的幽灵托梦给他,让他复仇。哈姆雷特通过装疯查出了事情的真相,挫败了克劳狄斯企图暗害他的阴谋。但是,哈姆雷特最后也在与奥菲利娅的哥哥雷欧提斯决斗中被毒剑刺死。哈姆雷特在死前将克劳狄斯杀死，为自己的父亲报了仇。《哈姆雷特》的剧情中自始至终都存在着善良与邪恶之间一系列激烈的矛盾冲突，主人公也一直处于矛盾之中，复仇的过程交织着爱恨情仇。哈姆雷特是文艺复兴时期人文主义的典型形象。

2.《奥赛罗》，是多主题的作品，其中包括：爱情与嫉妒的主题、轻信与背信的主题、异族通婚的主题等。奥赛罗是威尼斯公国的一员勇将，他与元老的女儿苔丝狄梦娜相爱。但由于他是黑人，婚事未被允许，两个人只好私下成婚。奥赛罗手下有一个阴险的旗官伊阿古，一心想除掉奥赛罗。他先是向元老告密，不料却促成了两个人的婚事。他又挑拨奥赛罗与苔丝狄梦娜的感情，说另一名副将凯西奥与苔丝狄梦娜关系不同寻常，并伪造了所谓定情信物等。奥赛罗信以为真，在愤怒中掐死了自己的妻子。当他得知真相后，悔恨之余拔剑自刎，倒在了苔丝狄梦娜身边。

3.《麦克白》，是莎士比亚戏剧中心理描写的佳作，全剧弥漫着一种阴鸷可怕的气氛。由于女巫的蛊惑和夫人的影响，不乏善良本性的麦克白想干一番大事业的雄心渐渐蜕变成野心，而野心实现又导致了一连串新的犯罪，结果是倒行逆施，必然灭亡。莎士比亚通过对曾经屡建奇勋的英雄麦克白变成一个残忍暴君的过程的描述，批判了现实中野心对良知的侵蚀作用。

4.《李尔王》，叙述了年事已高的李尔王意欲把国土分给3个女儿，口蜜腹剑的大女儿和二女儿因其宠信而瓜分国土，小女儿却因不愿阿谀奉承而一无所得。前来求婚的法兰西国王慧眼识人，娶考狄利娅为皇后。李尔王离位后，大女儿和二女儿居然不给其栖身之地，当年的国王只好流落到荒郊野外……考狄利娅率兵攻入，父女团圆。但战事不利，考狄利娅被杀死，李尔王守着心爱的小女儿的尸体悲痛地死去。

法国古典主义戏剧三大师

莫里哀（1622—1673年），代表作《伪君子》、《吝啬鬼》、《可笑的女才子》。

高乃依（1606—1684年），代表作《熙德》。

拉辛（1639—1699年），代表作《安德罗马克》、《菲德尔》。

光明世纪

法国史籍上所说的"光明世纪"是指18世纪的启蒙运动。启蒙运动是思想运动,不是文学潮流,但是和文学有密切的关系。18世纪法国启蒙运动直接受英国的影响。孟德斯鸠和伏尔泰曾经侨居英国,观察英国的社会生活和文化生活,赞扬英国的君主立宪政体,推崇英国资产阶级民主和自由思想。在文学方面,孟德斯鸠的《波斯人信札》尖锐地批判了路易十四时期的政治,并在由若干篇信札组成的《穴居人的事》中,表达作者乌托邦式的社会理想。伏尔泰的《哲理小说》以及狄德罗的小说《拉摩的侄儿》等,都是具有启蒙运动时期特殊风格的文艺作品。

"百科全书派"及其代表人物

在法国的启蒙运动中,百科全书派是一面色彩鲜艳的旗帜。它区别于一般的文学流派,是18世纪法国启蒙思想家在编纂、出版《百科全书》的过程中形成的派别。《百科全书》的主编是狄德罗,参加撰稿的有140余人,他们哲学观点不同,宗教信仰不一。其中有达朗贝尔、霍尔巴赫,以及孟德斯鸠、魁奈、杜尔哥、伏尔泰、卢梭、布丰等声誉卓著的改革者。百科全书派的核心是以狄德罗为首的唯物论者,他们反对封建特权制度和天主教会,向往合理的社会,认为迷信、成见、愚昧无知是人类的大敌。主张一切制度和观念要在理性的审判庭上受到批判和衡量。他们推崇机械工艺,孕育了资产阶级务实谋利的精神。

英国现代小说三大奠基人

1. 亨利·菲尔丁(1707—1754年),英国18世纪的戏剧家和杰出的小说家,出生于英国西南部格拉斯顿伯里附近的一个贵族家庭。1728年第一个剧本《戴各种假面具的爱情》上演。1748年《汤姆·琼斯》问世,这是菲尔丁最为成熟的小说。最后一部小说《爱米丽亚》的风格有很大变化。他一生作品很多,小说创作完全是业余时间完成,同时还写了大量的散文。由于身体的原因,1754年去葡萄牙旅行,写了《里斯本航海日记》,同年10月在里斯本逝世。

2. 丹尼尔·笛福(1660—1731),被誉为"英国与欧洲小说之父"。出生伦敦原姓福,1703年后自称笛福。他受过中等教育,但没有受过大学古典文学教育。他在59岁时开始写作小说。1719年第一部小说《鲁滨孙漂流记》发表,大受欢迎,同年又出版了续篇。1720年又写了《鲁滨孙的沉思集》。笛福对他所描写的人物理解较深,他善于写个人在不利的环境中克服困难,情节不落斧凿痕迹。他的语言自然,不引经据典,故事都是由主人公自述,使读者感到亲切。

3. 塞缪尔·理查逊(1689—1761年),英国18世纪感伤主义小说家,自学成才,以印刷出版为生。50岁以后才开始写书信、日记体的小说,篇幅都很长,经他自己多次修改出版。共计三部:《帕梅拉》(4卷)、《克拉丽莎》(8卷)、《查尔斯·格兰迪森爵士》(7卷)。

德国"狂飙突进"文学运动

"狂飙突进"运动发生在18世纪七八十年代中叶的德国,历时15年。它是德国新兴资产阶级全国性的一次文学运动,也是启蒙运动在德国的延长与继续。"狂飙突进"这个名称,象征着一种力量,含有摧枯拉朽之意。它得名于剧作家克林格尔1776年出版的一部同名悲剧,此剧宣扬反抗精神。当时的德国,有一批初登文坛具有反抗封建专制斗争精神的青年知识分子,他们受到启蒙思潮的影响与鼓动,想在落后的德国掀起一场风暴,要求自己像狂飙一样冲破社会的黑暗,因而组织了一个同名的社团。这场运动,实质上乃是德国新兴资产阶级对腐朽的封建主义意识形态的一次有力冲击。它来势凶猛,但没深入持久,犹如昙花一现,瞬即消逝。狂飙突进运动在小说方面影响最大的作品是歌德的《少年维特之烦恼》。

德国浪漫主义耶拿派

施莱格尔兄弟在18世纪最后几十年中成为德国浪漫主义的领袖。施莱格尔兄弟编辑的刊物《雅典娜神殿》,在推动浪漫主义运动的宣传和理论建设方面起了重要作用,因此被称为耶拿派浪漫主义。他们要求个性解放,主张创作自由,提出打破各门艺术界限。但他们的浪漫主义理论带有浓厚的主观唯心主义和宗教神秘主义色彩。

德国浪漫主义海德堡派

德国浪漫主义的另一个派别是海德堡派。19世纪一批作家在海德堡创办《隐士报》,形成了海德堡派。代表人物有阿尔尼姆、布伦坦诺和格林兄弟等人,他们重视民间文学,深入民间收集民歌和童话等德国民间文学,对浪漫主义文学的发展起过积极作用。阿尔尼姆和布伦塔诺收集编写的民歌集《儿童的奇异号角》、格林兄弟《儿童与家庭童话集》都是对德国民族文学的重要贡献。

英国浪漫主义湖畔派

英国文学中最早出现的浪漫主义作家是华兹华斯、柯勒律治和骚塞。他们对资本主义文明及人与人之间的现金交易关系极为反感,向往中古时期。因他们曾定居于英国西北部的湖区,所以得名"湖畔派"。他们的诗作或讴歌宗法式的农村生活和自然风景,或描写奇异神秘的故事和异国风光,一般都是远离社会斗争的题材。他们常常是通过缅怀中古时代的"淳朴"来否定丑恶的现代都市文明。华兹华斯为他和柯勒律治共同创作的《抒情歌谣集》所作的序言,被认为是英国浪漫主义文学的宣言。

俄国文学自然派

19世纪俄罗斯文学中的一个派别,其代表人物为果戈里。该派以果戈里的创作为楷模,极力忠实于"自然"即现实,抨击反动腐朽的农奴制和专制制度。文学题材上多以描写"小人物即小官员、小职员、农民"为主,体裁上多以小说为主。发展到后来"自然派"成为俄国批判现实主义的别称。

巴黎公社文学

　　巴黎公社文学指 1871 年巴黎公社革命的参加者所从事的与这一伟大历史运动有关的文学创作。它旗帜鲜明地服务于公社的革命事业，开辟了法国无产阶级文学的新纪元。所有创作都真实地记录了巴黎人民英勇的事迹和反对派血腥镇压的滔天罪行，表现了被压迫无产阶级为争取做主的权利而斗争的主题，塑造了无产阶级的英雄形象。大多采用通俗化、大众化的诗歌形式表达。最著名的代表作即鲍狄埃在公社革命失败以后第二天创作的《国际歌》。

美国的废奴文学

　　美国的废奴运动从 18 世纪初到 19 世纪中期一直在开展。从 18 世纪初开始，有识之士、进步文人纷纷在报纸杂志等刊物上发表谴责奴隶制存在的作品，19 世纪 30 年代形成高潮。

　　诗人发表诗作、作家发表小说对奴隶制进行无情鞭挞，这就形成了美国的废奴文学。废奴文学最具代表性的作品是斯陀夫人的《汤姆叔叔的小屋》。

20 世纪的解冻文学

　　20 世纪 50 年代，苏联作家爱伦堡的小说《解冻》，反映的是"关心人"、"爱护人"这一主题，很富有时代性，发表后即产生了重大影响，很快出现了一批类似的引人注目的真实反映现实生活的作品。在这之前，斯大林时代的文坛大多是歌颂文学，宣扬"无冲突论"，造成了公式化、概念化、粉饰生活、回避矛盾的状况，并且粗暴批判一些触及现实的作家作品。斯大林逝世后，苏联第二次作代会召开，彻底纠正"左"的偏向，作家们开始大胆地表现生活矛盾和冲突以及黑暗面。因此西方评论界认为"解冻"影射斯大林个人崇拜时代已经结束，将这股新的文学潮流称作"解冻文学"。

冰山原则

海明威在他的作品《午后之死》中第一次提出了文学创作的"冰山"原则。他说:"冰山运动之所以雄伟壮观,是因为它只有 1/8 在水面上。"所谓"冰山"原则,就是用简洁的文字塑造出鲜明的人物形象,并把作者自己的感受和思想隐藏在形象中,使之情感充沛却含而不露,让读者通过对鲜明形象的感受去发掘作品的思想意义。简洁的文字、鲜明的形象、丰富的情感和深刻的思想是构成"冰山原则"的四大要素,从而也成为海明威的基本创作风格。

现代主义文学流派

主要为象征主义、意识流小说、意象派、存在主义、超现实主义、表现主义、荒诞派戏剧、未来主义、新小说派、黑色幽默、魔幻现实主义等。

象征主义

象征主义是西方现代派文学中产生最早、影响最大、波及面最广的一个现代派文学流派。有前期象征主义、后期象征主义之分。象征主义这一称谓最早出现于 1886 年。首先,法国诗人勒内·吉尔出版《言词研究》一书,试图系统地肯定自从波德莱尔以来先锋派作家们在诗歌艺术上出现的新倾向和新成就,玛拉美为其写了前言。同年 9 月 15 日,长期定居法国的希腊年轻诗人让·莫雷亚斯在《费加罗报》上发表"文学宣言",主张用"象征主义者"这个称号来称呼当时用象征手法创作诗歌的现代派诗人。这篇宣言得到了广泛热烈的响应,自此,法国文学史上正式出现了"象征主义"这一流派。第一次世界大战后,后期象征主义应运而生,到 20 世纪 20 年代,后期象征主义达到高潮。

第六章　文学趣谈

意识流小说

意识流小说是 20 世纪初兴起于西方、在现代哲学特别是现代心理学的基础上产生的小说类作品。意识流的概念最早由美国心理学家威廉·詹姆斯所提出。他认为人的意识活动不是以各部分互不相关的零散方法进行的，而是一种流，是以思想流、主观生活之流、意识流的方法进行的。意识流小说不是一个统一的文学流派，也没有公认的统一的定义。其特点是打破传统小说基本上按故事情节发生的先后次序或是按情节之间的逻辑联系而形成的单一的、直线发展的结构，故事的叙述不是按时间顺序依次直线前进，而是随着人的意识活动，通过自由联想来组织故事。这种小说常常是以一件当时正在进行的事件为中心，通过触发物的引发、人的意识活动不断地向四面八方发射又收回，经过不断循环往复，形成一种枝蔓式的立体结构。公认的意识流小说代表作有安德列·别雷的《彼得堡》，普鲁斯特的《追忆逝水年华》，伍尔夫的《到灯塔去》、《海浪》等。

文坛才女乔治·桑

乔治·桑（1804—1876），女小说家，原名露西·奥罗尔·杜邦，出生于巴黎一个贵族家庭，在法国诺昂乡村长大。她是一位多产作家，她一生写了100 卷以上的文艺作品、20 卷的回忆录《我的一生》以及大量书简和政论文章。她的小说创作大致可分四阶段：早期作品称为激情小说；第二阶段作品为空想社会主义小说；第三阶段作品为田园小说；第四阶段作品为传奇小说。

意识流小说家乔伊斯

詹姆斯·乔伊斯（1882—1941），爱尔兰作家、诗人。出生于都柏林一个信奉天主教的家庭，卒于瑞士苏黎世。他先后就读于都柏林大学克朗格斯伍德学院、贝尔沃迪尔学院等，很早就显露出音乐、宗教哲学及语言文学方面的才能，并开始诗歌、散文创作。他谙熟欧洲大陆作家作品，受易卜生影响尤深，并渐渐表现出对人类精神世界特殊的感悟及对家庭笃信的宗教和自己生活环境中的习俗、传统的叛逆。1902 年大学毕业后，曾与当时的爱尔兰文艺复兴运动有所接触，不久即成为其对立面。同年，迫于经济压力及为摆脱家庭宗教和自身狭隘环境的束缚，自行流亡到欧洲大陆，先后在法国、瑞士、意大利过着流离的生活，广泛地吸取欧洲大陆和世界文化的精华。1905 年以后，携妻子、儿女在意大利的里亚斯特定居，带病坚持文学创作。詹姆斯·乔伊斯是 20 世纪最伟大的作家之一，他的作品及"意识流"思想对全世界产生了巨大的影响。乔伊斯是意识流文学作品的开山鼻祖，其长篇小说《尤利西斯》成为意识流作品的代表作，是 20 世纪最伟大的小说之一。

现代派大诗人艾略特

艾略特(1888—1965)，英国著名现代派诗人和文艺评论家。他出生于美国密苏里州，1906 年入哈佛大学学哲学，后到英国牛津大学，毕业后留英教书和当职员。1908 年开始创作，有诗集《普鲁弗洛克及其他观察到的事物》、《诗选》、《四个四重奏》等。代表作为长诗《荒原》，表达了西方一代人精神上的幻灭，被认为是西方现代文学中具有划时代意义的作品。1948 年因"革新现代诗，功绩卓著的先驱"获诺贝尔文学奖，是英国 20 世纪影响最大的诗人。

现代派文学鼻祖—卡夫卡

弗兰茨·卡夫卡(1883—1924)，是 20 世纪德语小说家。生于捷克(当时属奥匈帝国)首府布拉格一个犹太商人家庭。他自幼爱好文学、戏剧，18 岁进入布拉格大学，先习化学、文学，后习法律，获博士学位。毕业后，在保险公司任职。他曾三次订婚，又三次退婚，因而终生未娶，41 岁时死于肺痨。他文笔明净而想象奇诡，常采用寓言体，背后的寓意人言人殊，暂无(或永无)定论，其别开生面的手法，令 20 世纪各个写作流派纷纷追认其为先驱。卡夫卡生前默默无闻，孤独地奋斗。随着时间的流逝，他的价值才逐渐为人们所认识。他一生作品并不多，但对后世文学的影响是极为深远的。卡夫卡生活和创作活动的主要时期是在第一次世界大战前后。长篇小说《城堡》是一部典型的表现主义小说,《变形记》是他中短篇小说的代表作,《判决》是他本人最喜爱的作品。

克雷洛夫和他的寓言

克雷洛夫(1769—1844),是俄罗斯作家,全名是伊万·安德列耶维奇·克雷洛夫,出身于贫穷的步兵上尉家庭。1809 年克雷洛夫出了第一本寓言集,获得了巨大声誉,1811 年被选为俄国科学院院士。克雷洛夫十分勤奋,一生写了 203 篇寓言,50 岁时学会古希腊文,53 岁还开始学英文。他的作品生前就被译成十多种文字,成为与伊索、拉封丹齐名的寓言作家。他的寓言揭露沙皇专制统治,讽刺、嘲笑统治阶级的专横、寄生、无知等。许多寓言描写了强权者的专横无理, 揭露了在强者面前弱者永远有罪的强盗逻辑,像《狼和小羊》、《狮子分猎物》、《狼与鹤》、《兽国的瘟疫》;而《大象当官》、《狗熊照看蜂房》、《狐狸建筑师》、《村社大会》等则揭露了统治者欺压百姓的狡诈伎俩;沙皇专制制度下法律维护统治者的虚伪本质在《狗鱼》、《农夫和绵羊》、《农夫与河》、《乌鸦》等篇中得到了揭示;而《狐狸和旱獭》、《蜜蜂和苍蝇》、《猴子和眼镜》、《鹅》、《老鼠会议》等则抨击了统治者的种种丑行,如贪污受贿、寄生、无知、无能、崇洋、任人唯亲等;有些寓言更是把矛头直指沙皇本人,如《杂色羊》等。普希金说,克雷洛夫是"最有人民性的诗人"。

莱蒙托夫

莱蒙托夫(1814—1841 年),俄国诗人。出生于莫斯科一个小贵族家庭。上中学时开始写诗,1830 年考入莫斯科大学,课余写了近 300 首抒情诗和几首长诗,绝大多数在生前没有发表。1832 年因参与反对保守派教授被迫离开大学, 转入圣彼得堡近卫军骑兵士官学校,1834 年毕业后到近郊骠骑兵团服役。1835 年发表长诗《哈吉·阿伯列特》,引起文坛注意。同年创作剧本《假面舞会》,表现一个勇于同上流社会对抗的悲剧人物。1837 年 2 月,普希金在决斗中受重伤后去世,莱蒙托夫愤然作《诗人之死》一诗,直言杀害普希金的罪魁祸首是俄国上流社会,他因此被流放到高加索。1838 年 4 月他回到圣彼得堡原部队。1841 年夏,莱蒙托夫休假后回部队途中在决斗时被杀。

长篇小说《苦难的历程》三部曲

作者是托尔斯泰。三部曲的第一部《两姐妹》侧重描写的是主人公个人的命运,反映的是个人对时代的感受,带有"家庭生活"小说的特点。第一次世界大战前夕到十月革命前夕的俄国社会动荡不安,但是作为俄国资产阶级知识分子典型的 4 个主人公都沉湎于个人的爱情而置身于社会斗争之外,生活十分空虚。小说第二部《一九一八年》则开始转向了史诗式的描写。作者在国内战争的巨大历史画面上展示人物的命运。在暴风骤雨的年代里,4 个主人公的个人生活都遇到了不幸,但在斗争中有的找到了革命的真理,有的仍在进行艰苦的探索。小说最后一部《阴暗的早晨》在同样广阔的背景上描写了 1919 年前后苏联人民抗击外国干涉者和白匪军的英勇斗争,4 个主人公也在经历了现实生活的洗礼之后,先后走向了革命。他们在莫斯科重逢,并一起倾听了列宁关于电气化计划的报告。小说预示着"阴暗的早晨"以后将迎来幸福的、阳光明媚的白天。

德莱塞和《欲望三部曲》

德莱塞(1871—1945),美国小说家,出生于破产小业主家庭。德莱塞是倾向社会主义的美国现实主义作家。1928 年访苏前,他的创作仍属批判现实主义范畴,写出了揭露美国社会贫富悬殊、道德沦丧的长篇小说《嘉莉妹妹》、《珍妮姑娘》。1911 年夏天写完了《珍妮姑娘》之后,德莱塞就立即动手创作《欲望三部曲》。第二年完成了三部曲的第一部《金融家》,1914 年,他完成了三部曲的第二部《巨人》、第三部《禁欲者》(又译为《斯多噶》),直到作者去世之后的 1947 年才出版。三部曲以一个名叫法兰克·阿吉龙·柯帕乌的垄断资本家的一生经历为主线,集中地写出了他如何从一个初出茅庐的青年暴发成为拥有上千万财富的铁路、金融资本家的过程。为什么要取名为《欲望三部曲》呢?因为他认为,不择手段地聚敛财富,通过金钱的威力来维护特殊的社会地位已经成为垄断资产阶级共同的"欲望",这一"欲望"是永远无法得到满足的。

印加文学

印加文明是在南美洲西部、中安第斯山区发展起来的又一著名的印第安古代文明。它的影响范围北起哥伦比亚南部的安卡斯马约河,南到智利中部的马乌莱河,全长 4800 千米,东西最宽处 500 千米,总面积达90 多万平方千米,人口超过 1000 万人。大体来说,它包括了现今厄瓜多尔山区部分、秘鲁山区部分、玻利维亚高原地区、半个智利和阿根廷西北部。由于印加人没有完整的文字系统,文学多是口头传说和戏剧。其中最著名的有《奥扬泰》,在西班牙人到来前已广泛流传于中安第斯山区,在殖民时代初又被用克丘亚文字(西班牙传教士创制)写成剧本,在世界古典文学名著中占有重要地位。

美洲最古老的书—《波波尔·乌》

《波波尔·乌》是危地马拉玛雅文明基切人的圣书,最著名且最完整的手稿是由基切语书写成的。此书一开始为玛雅文明的创世神话,紧接着是两位在玛雅神话中扮演极重要角色的双胞胎英雄乌纳普和斯巴兰克的故事。之后又围绕在王族以及欲以神力维持统治的众神身上,详细描述了基切人的历史与建国基础。西班牙人在征服危地马拉之后,禁止了玛雅文字的使用,并开始了拉丁文字的教授。但一些玛雅的祭司和书记仍偷偷地以玛雅文字抄写一些古老典籍,其中一份《波波尔·乌》的手抄本于1702 年为神甫法兰西斯可·席梅内兹在危地马拉一个小镇奇奇卡斯德南哥发现。席梅内兹并没有把它烧毁,反而抄写下来,又翻译成西班牙文。席梅内兹的手抄本与翻译本一直被世人遗忘在危地马拉市圣卡洛斯图书馆的一处角落,直到 1854 年才由布拉瑟尔·德布尔布尔格及卡尔·谢雷尔发现。两位发现者在几年后出版了法文与西班牙文的翻译本,这是《波波尔·乌》在世间流传的开始。前哥伦布时期的玛雅陪葬陶器常有以玛雅文字书写的《波波尔·乌》部分内容或章节,以及一些故事中的情节描绘。

部分《波波尔·乌》中的故事,至今仍以民间传说的形式流传于现代玛雅人的口中。事实上,一些20世纪人类学家记录下来的这些玛雅人口述的古老故事情节,可能比席梅内兹手稿所描述的更为详细。

泰国史诗—《拉玛坚》

《拉玛坚》是由印度史诗罗摩衍那派生出来的泰国史诗。大部分版本在176年缅甸军队攻破大城时都已经丧失。目前只存有三种版本,其中一种是拉玛一世的钦定本, 他的儿子拉玛二世将其中部分改写为泰国舞剧的剧本。这部史诗对泰国的文学、舞蹈都有很大的影响。《拉玛坚》的主要故事情节还保留着《罗摩衍那》的原作,但其中人物的服装、环境、武器和其他细节都已经变成泰国式了。虽然泰国人基本信奉上座部佛教,但《拉玛坚》平衡了一般人心中保留的迷信,提供了人类起源的神话。

阿拉伯文坛的诗圣

艾哈迈德·邵基(1868—1932),埃及著名文学家、诗人,出生于开罗一个穆斯林贵族家庭。他早年毕业于开罗法律学校,1887年由埃及国王选派赴法国留学,主攻法律,兼学文学。1892年在宫廷中任职。第一次世界大战爆发后,被英国人放逐到西班牙;战后回国,专事写作。他的作品以《邵基诗集》(4卷)最为著名。还有散文集《黄金市场》以及早期的几部历史小说。邵基的诗歌想象丰富,音律优美,语言凝练、典雅,具有强烈的艺术魅力。他继承阿拉伯古典诗歌的优秀传统,不断创新,形成独特的风格和流派,在阿拉伯近现代文学史上占有重要地位,是继埃及大诗人巴鲁迪之后阿拉伯诗歌复兴运动的中坚之一。由于在诗歌创作方面的卓越成就,他被誉为"诗圣"、"诗王",在阿拉伯世界极享盛名。

阿拉伯文学泰斗

塔哈·侯赛因(1889—1973),埃及现代著名作家、文学家、文艺批评家,也是一位思想家。他的著述丰富,是个多产作家。他不仅对文学,而且对历史、哲学等都有精深的研究,成为一代文宗,被人们誉为"阿拉伯文学泰斗"。他出生于米尼亚县尼罗河左岸小城马加加附近的乡村,父亲是制糖厂的小职员。由于家庭经济不宽裕,塔哈三岁时患眼疾未得到很好的治疗,以致双目失明;但他聪明好学,后被埃及大学派去法国留学。1919 年回到埃及后,翻译了许多欧洲的文学作品。在一个时期还致力于长篇小说的创作。他还写了许多历史传记小说,出版了许多散文集和有关文艺批评的论文集。

世界十大文豪

1. 古希腊诗人荷马,代表作《伊利亚特》、《奥德赛》。
2. 意大利诗人但丁,代表作《神曲》。
3. 德国诗人、剧作家、思想家歌德,代表作《浮士德》、《少年维特之烦恼》。
4. 英国积极浪漫主义诗人拜伦,代表作《唐·璜》。
5. 英国文艺复兴时期戏剧家、诗人莎士比亚,代表作《哈姆雷特》、《奥赛罗》。
6. 法国著名作家雨果,代表作《巴黎圣母院》、《悲惨世界》。
7. 印度作家、诗人和社会活动家泰戈尔,代表作《吉檀迦利》。
8. 俄国文学家巨匠列夫·托尔斯泰,代表作《战争与和平》、《安娜·卡列尼娜》。
9. 苏联无产阶级文学奠基人高尔基,代表作《童年》。
10. 中国现代伟大的文学家、思想家、革命家鲁迅,代表作《阿 Q 正传》、《孔乙己》。

世界十大名著

1. 《战争与和平》(俄)列夫·托尔斯泰。
2. 《巴黎圣母院》(法)雨果。
3. 《童年》《在人间》《我的大学》(俄)高尔基。
4. 《呼啸山庄》(英)艾米莉·勃朗特。

5.《大卫·科波菲尔》(英)狄更斯。

6.《红与黑》(法)司汤达。

7.《飘》(美)玛格丽特·米切尔。

8.《悲惨世界》(法)雨果。

9. 安娜·卡列尼娜(俄)列夫·托尔斯泰

10.《约翰·克里斯托夫》(法)罗曼·罗兰

世界文坛三大"短篇小说之王"

美国作家欧·亨利、法国作家莫泊桑、俄国作家契诃夫。

诺贝尔文学奖

诺贝尔文学奖是诺贝尔奖的一个分支。瑞典著名的发明家和化学家诺贝尔(1833—1896)在1895年11月27日写下遗嘱,捐献全部财产设立基金,每年把利息作为奖金,授予"一年来对人类作出最大贡献的人"。根据他的遗嘱,瑞典政府于同年建立"诺贝尔基金会",负责把基金的年利息平分成五份,其中一份授予"在文学方面创作出具有理想倾向的最佳作品的人",这就是诺贝尔文学奖,由瑞典文学院颁发。

英国布克奖

布克奖是英国的主要文学奖项之一,每年评选一次,授予当年出版的最佳长篇小说,由出版商从当年出版的长篇中选出一批推荐给评委会,评委会在10月份公布有望获奖书目录,11月评奖并颁奖。

法国龚古尔文学奖

龚古尔文学奖是1903年在法国设立的。在1874年,法国作家埃德蒙·德·龚古尔(1822—1896)为了纪念他早逝的弟弟于勒·德·龚古尔

（1830—1870），在遗嘱中规定用他们的遗产作为基金,成立龚古尔学院,由 10 位著名作家担任院士,每年评选出一本当年出版的最佳小说,颁发龚古尔文学奖。虽然该奖项奖金只有 50 法郎,但在法国文学界的影响非同小可,例如杜拉斯的《情人》本来售出 25 万册,1984 年获该奖后销量就上升到 100 万册。

美国国家图书奖

美国国家图书奖每年一度由非营利机构的国家图书基金会颁发。设最佳小说奖、最佳非小说奖、最佳诗歌奖和最佳少年文学奖四大奖项,并且设特别荣誉奖章。它是美国最重要的文学奖,颁奖典礼是美国文坛的年度盛事。

首届美国国家图书奖于 1949 年举行, 此后每年由出版社从美国全年总数 6 万余种书中推荐约千种参加竞选。

美国普利策奖

普利策奖是 1917 年由美国报人普利策(1847—1911)在哥伦比亚大学创办,奖励给对美国的新闻、文学、戏剧和音乐事业作出杰出贡献的人。该奖的文学奖中包括小说奖、表演剧本奖、美国历史奖、传记与自传奖、诗歌与大众非小说奖,每年春季颁发。

日本芥川奖、直木奖

自 1935 年起,日本为纪念两位知名作家芥川龙之介和直木三十五,由文艺春秋出版公司创设"芥川奖"和"直木奖",这两个奖项均为日本重要的文学奖,主要奖给日本文坛的新人。每半年由评委会从各报纸杂志上发表的无名作家和新作家作品中选出几篇优秀的作品,颁发奖品和奖金。

第一个诺贝尔文学奖获得者

苏利·普吕多姆(1839—1907),法国诗人,原名勒内·弗朗索瓦·普吕多姆,出生在巴黎一个工商业者家庭。19 世纪 60 年代曾参加帕尔纳斯派诗歌运动,并成为该派的代表人物之一。1865 年苏利·普吕多姆发表第一部诗集《韵节与诗篇》,崭露头角,引起诗坛重视。1900—1901 年,他编辑出版了《苏利·普吕多姆诗文集》。他的诗歌长于揭示人心灵深处的隐秘、幽微的感受和体验;更长于分析,无论是灵感诗还是哲理诗,都给读者留下了深刻印象。由于他创作上的成就,1881 年,他被选为法兰西学院院士。1901 年,瑞典学院把第一个诺贝尔文学奖颁发给他。

东方第一位诺贝尔文学奖获得者

泰戈尔(1861—1941),是印度现代伟大的诗人、文学家、哲学家和社会活动家,诺贝尔文学奖获得者。印度人尊称他为"诗圣"或"诗哲"。泰戈尔出生于一个开明的地主家庭,青年时赴英国留学。他 8 岁开始写诗,25 岁时已经蜚声国内文坛。他一生写了大量的诗歌、小说、散文和哲学著作,诗集有《飞鸟集》、《新月集》,长篇小说《沉船》,散文集《孟加拉掠影》等。他的《人民的意志》一诗被定为印度国歌。在漫长的创作生涯中,泰戈尔创造了一个别具特色的哲学思想体系。他曾经访问过中国和苏联,晚年积极参与反帝国主义、反法西斯活动,对世界人民产生了深远的影响。

德国第一位诺贝尔文学奖获得者

特奥多尔·蒙森(1817—1903),德国历史学家,生于德国的席莱苏维格(当时属于丹麦)的伽尔丁。父亲是乡村牧师,母亲是教师。在家庭的影响下,蒙森自小便喜欢和熟悉古罗马史,他的主要成就是对古代罗马历史的研究。1902 年,由于他是"现存的最伟大的历史写作艺术大师,特别要提及他的里程碑著作《罗马史》,因此获得诺贝尔文学奖。瑞典学院认为,他的直觉能力与创作能力,沟通了史学家与诗人之间的鸿沟。

第六章　文学趣谈

英国第一位诺贝尔文学奖获得者

吉卜林(1865—1936)，英国小说家、诗人，出生于印度孟买。1884 年 9 月，吉卜林发表了他的第一个短篇小说《百愁门》，从此便不断发表诗歌和短篇小说。吉卜林早期较出名的有诗集《机关打油诗》、短篇小说集《山的故事》和《三个士兵》等。这些作品风格清新自然，生动展现了印度的风土人情，曾使当时英国读者耳目一新。他一生共创作了 8 部诗集、4 部长篇小说、21 部短篇小说集和历史故事集，以及大量散文、随笔、游记等。由于吉卜林"观察的敏锐、新颖的想象、雄浑的思想和杰出的叙事才能"，于1907 年获得诺贝尔文学奖。

意大利第一位诺贝尔文学奖获得者

乔·卡尔杜齐(1835—1907)，意大利诗人、文艺批评家，生于韦西利亚。早期诗集《青春诗钞》、《轻松的诗与严肃的诗》颂扬了法国资产阶级革命。著名长诗《撒旦颂》歌颂撒旦的叛逆精神，严厉抨击教会势力扼杀自由和理性的罪恶，赞美人的理性和物质精神对宗教的胜利和人世生活的欢乐。1906 年，"不仅由于他渊博的学识和批判性的研究，更因他杰出的创造力、清闲的风格的抒情魅力"获诺贝尔文学奖。1907 年逝世，身后有《卡尔杜齐全集》20 卷。

美国第一位诺贝尔文学奖获得者

刘易斯（1885—1951），美国作家，生于明尼苏达州的索克中心镇。1914 年，他的第一部长篇小说《我们的雷恩先生》问世。1916 年，他辞去编辑工作，专门从事写作，一生创作 20 多部作品。他早期的 5 部长篇都是具有浪漫气息的通俗小说，这只能算是他创作生涯中的一段学徒插曲。20 世纪 20 年代是刘易斯创作的最旺盛时期。他善于描绘小镇风貌，刻画市侩典型，嘲弄"美国生活方式"，充满讽刺、诙谐，风格粗犷、直率。这一切也是美国新文学的重要特点之一。1930 年，"由于其描述的刚健有力、栩栩如生和以机智幽默创造新型性格的才能",他获得了诺贝尔文学奖。

俄国第一位诺贝尔文学奖获得者

伊凡·蒲宁(1870—1953)俄国作家,出生于没落的贵族家庭。1887 年开始发表文学著作。1901 年因诗集《落叶》获普希金奖。他的诗以祖国及其贫穷的村庄和辽阔的森林为题材,诗句优美。1899 年与高尔基相识后,参加知识出版社工作,这对他民主主义观点的形成起了促进作用。1909 年当选为科学院名誉院士。蒲宁对十月革命不理解,1920 年起侨居法国。在那里,他仍创作了近 200 篇中、短篇小说。1933 年蒲宁因为"继承俄国散文文学古典的传统,表现出精巧的艺术方法"获诺贝尔文学奖。他的众多的充满矛盾的创作遗产,具有一定的美学与认识价值。1953 年 6 月,蒲宁病逝于巴黎。

苏联第一位诺贝尔文学奖获得者

鲍利斯·列奥尼多维奇·帕斯捷尔纳克(1890—1960),苏联作家、诗人,生于莫斯科。主要作品有诗集《云雾中的双子座星》、《生活是我的姐妹》等。父亲是著名画家,曾为托尔斯泰作品画过插图。母亲是著名钢琴家。与父母过从甚密的奥地利诗人里尔克启发了他对诗歌的爱好,是他一生喜爱的诗人。1914 年,第一部诗集《云雾中的双子星座》问世。1916 年,他出版第二部诗集《在街垒之上》,从此步入诗坛。20 世纪 20 年代后期,帕斯捷尔纳克转向翻译外国文学作品。1958 年他因发表长篇小说《日瓦戈医生》获诺贝尔文学奖。

日本第一位诺贝尔文学奖获得者

川端康成(1899—1972),是日本现当代小说家。一生创作小说 100 多篇,中短篇多于长篇。主要作品有小说《伊豆的舞女》、《雪国》、《千鹤》、《山之音》、《吉都》等。他出生在大阪,自幼父母双亡,后祖父母和姐姐又陆续病故,孤独忧郁伴随了他一生并反映在他的作品中。早期的作品主要描写下层女性的纯洁和不幸，后期一些作品写了近亲之间甚至老人的变态情爱心理，表现了他颓废的一面。川端康成担任过国际笔会副会长、日本笔会会长等职，1957 年被选为日本艺术院会员。1968 年获诺贝尔文学奖。

女性第一位诺贝尔文学奖获得者

塞尔玛·拉格洛夫（1858—1940），出生在瑞典西部伐姆兰省的一个世袭贵族地主的家庭。她的童年时代是在家乡美丽的庄园和家庭教师的陪伴下度过的。1885 年，她从斯德哥尔摩罗威尔女子师范学院毕业，受聘到伦茨克罗纳斯女子中学教了 10 年书，在这里开始创作她的第一部文学作品。1902 年，受瑞典国家教师联盟委托为孩子们编写一部以故事的形式来介绍地理学、生物学和民俗学等知识的教科书。4 年后，这部以童话形式写成的长篇小说《骑鹅旅行记》出版了，立刻大受欢迎。1909 年由于"她作品中特有的高贵的理想主义、丰富的想象力、平易而优美的风格"获得诺贝尔文学奖。她是瑞典第一位得到这一荣誉的作家，也是世界上第一位获得这一文学奖的女性。

第七章　文学与语言

世界三对著名兄弟作家

1. 德国的亨利希·曼和托马斯·曼,亨利希的代表作是《臣仆》,托马斯的代表作是《布登勃洛克一家》。

2. 德国的雅各布·格林和威廉·格林,他们合作编撰的《格林童话》在全世界享有盛誉。

3. 法国的爱德蒙德·龚古尔和于勒德·龚古尔,他们二人合写的小说《日尔末尼·拉塞德》是一本典型的自然主义作品。

勃朗特三姐妹

勃朗特三姐妹指 19 世纪英国的三位女作家,出生于穷牧师家庭。姐姐夏洛特·勃朗特,写有著名的长篇小说《简·爱》;其妹艾米莉·勃朗特,诗歌方面成就较为突出,写有著名的长篇小说《呼啸山庄》;小妹安妮·勃朗特,写有长篇小说《艾格尼丝·格雷》。

世界三大短篇小说之王

1. 莫泊桑(1850—1893):法国,一生共著 340 余篇短篇小说。其作品题材广泛,情节生动曲折,语言准确优美。代表作有《羊脂球》、《项链》等。

2. 契诃夫(1860—1904):俄国,一生共著有 400 多篇短篇小说。其作品既有着普希金式的单纯和朴实,又具备果戈理式的无情暴露,简洁凝练是他作品的主要风格和特色。代表作有《套中人》、《变色龙》等。

3. 欧·亨利(1862—1910):美国,一生共创作了近300篇短篇小说。其小说构思巧妙,情节跌宕起伏,结局出人意料,又符合生活的情理。其作品语言风格幽默,有"含泪的微笑"之效果,因此人们称他的作品为"美国生活的幽默百科全书"。代表作有《警察与赞美诗》、《麦琪的礼物》、《最后一片绿叶》等。

十四行诗

十四行诗,是一种节奏和押韵均有一定的程式的诗体,它的创始人是文艺复兴时期意大利诗人彼特拉克(1304—1374),其后风行全欧。彼特拉克的十四行诗是两节四行、一节六行的意大利体,押韵法采用五韵。后来,英国诗人莎士比亚将十四行诗改为三节四行、一节两行的英国体,以抒情为主,但末两行往往点出全诗内容的结论,其押韵法改为七韵,形成了莎士比亚十四行诗体。

七星诗社

七星诗社是 16 世纪中期法国的一个文学团体,由彼埃尔·德·龙沙、卓阿金·杜·贝雷、雷米·贝洛、安东纳·德·巴依夫、朋都士·德·缔亚尔、爱缔安·若岱尔人文主义作家和他们的老师希腊语文学者若望·多拉共 7 人组成。他们大多出身上层社会,主张统一法兰西民族语言,反对用拉丁语和外国语进行创作,但主张采用希腊、罗马文学诗体和意大利十四行诗体。艺术上他们提出要创造出可以和希腊、罗马文学媲美的民族文学,诗歌风格应自然朴实,韵律响亮而富于变化。但他们蔑视民间文学,摒弃民间诗体,从而忽略了文学的创造性和反映生活真实的任务。

墓园诗派

墓园诗派是 18 世纪中期英国出现的一个诗歌派别,属于英国感伤主义文学的一个分支,得名于当代诗人托马斯·葛雷(1716—1771)的诗作《墓园哀歌》。这一流派诗人常以死、坟墓为创作题材,格调低沉,充满悲观失望的感伤情绪和神秘主义思想,令人窒息。它虽然具有感伤主义文学的基本特征,但更多的只是反映感伤主义文学的消极面。墓园诗派的代表作家有爱德华·杨格、托马斯·葛雷、奥立佛·哥尔斯密等。

湖畔派

湖畔派是 18 世纪末至 19 世纪初英国消极浪漫主义诗歌流派。诗人华兹华斯（1770—1850）、柯勒律治（1772—1834）和骚塞（1774—1843）曾一度聚居在英国西北部威斯木尔兰郡的湖区，因而得名"湖畔诗人"。

英国诗坛的三颗巨星

指拜伦（1788—1824）、雪莱（1792—1822）、济慈（1795—1821）。可惜他们都很命短，拜伦活了 36 岁，雪莱活了 30 岁，济慈活了 26 岁。

欧洲文学作品中的四大吝啬鬼

1. 夏洛克：莎士比亚喜剧《威尼斯商人》中的高利贷资本家，一个凶狠毒辣的复仇狂。
2. 阿巴贡：莫里哀喜剧《悭吝人》中的法国高利贷资产者，视钱如命，吝啬多疑。
3. 葛朗台：巴尔扎克小说《欧也妮·葛朗台》中法兰西革命时期的资产阶级暴发户，自私、狡诈、贪婪，是"占有金子的执著狂"。
4. 泼留希金：果戈理小说《死魂灵》中的俄国封建地主，贪婪、腐朽上散发着霉味。为了积财，他捡破烂，做小偷，耍无赖，出尽洋相。

这四大吝啬鬼，年龄相仿，脾气相似，有共性，又有各自鲜明的特征。简言之，夏洛克的凶狠，阿巴贡的多疑，葛朗台的狡黠，泼留希金的迂腐，构成了他们各自最耀眼的气质与性格。

以作家姓名命名的文学奖

1. 欧·亨利短篇小说奖：1918 年，美国艺术科学协会为纪念美国著名的批判现实主义短篇小说家欧·亨利而设立该项奖。

2. 亨利希·曼奖:1953 年,德国民主共和国艺术科学院为纪念该科学院第一任院长、小说家、政论家亨利希·曼而颁发的文学奖金。

3. 法兰克福·歌德奖:法兰克福市是歌德的诞生地,为了纪念歌德,该市自 1927 年起每年给文学、自然科学及人文科学的突出贡献者颁发歌德奖金。

4. 法捷耶夫奖:1972 年元月,苏联部长会议为纪念俄罗斯苏维埃著名的无产阶级作家法捷耶夫而设立的一项奖。

5. 米盖尔·德·塞万提斯文学奖:西班牙于 1976 年设立的文学奖,该奖每年一次。

6. 国际安徒生奖:被誉为青少年文学诺贝尔奖。它由莱普曼夫人创建的国际青少年读物委员会于 1956 年设立,每两年评选一次。

感伤主义

18 世纪后期伴随欧洲资产阶级启蒙运动中产生的一种文艺思潮。发源地在英国,因英国作家劳伦斯·斯泰恩的小说《感伤旅行》(1768)而得名。这派作家夸大感情的作用,细致地刻画人物的心情和不幸遭遇,以引起读者的同情和共鸣,表现了对社会现实的不满和对劳动人民的怜悯之心。著名的感伤主义作家有英国的劳伦斯·斯泰恩和詹姆斯·汤姆生、法国的卢梭、德国的歌德、俄国的卡拉姆辛等。

表现主义

表现主义是 20 世纪初盛行于西方的一种由绘画艺术扩展至音乐、文学的文艺思潮,其中心在德国。表现主义文学的特点是反对客观地表现自然和社会,提倡表现主观现实或内在现实,认为"自我是宇宙的中心和真实的源泉"。表现主义由于没有追求更美好的社会目标,在 20 世纪 20 年代中期便逐渐衰落下去。恩斯特·勒的《群众与人》、卡夫卡的《变形记》、奥古斯特·斯特林堡的《鬼魂奏鸣曲》等都是著名的表现主义文学作品。

超现实主义

超现实主义是 20 世纪 20 年代兴起于法国的现代资产阶级文艺思潮。它由达达主义演变而来。1924 年法国作家布勒东等人在巴黎创立"超现实主义研究室",表达了这一流派的思想倾向和艺术观点。他们以柏格森的直觉主义和弗洛伊德的精神分析学说为哲学基础,否定文艺反映现实生活的基本创作规律,鼓吹超越现实,超越理智,用"自然写作"的方法(即不受理性、道德准则制约的写法)来表现思想的真实活动。超现实主义作品大多杂乱无章,荒谬混乱,有的甚至用晦涩难懂的符号来代替文字,反映了当时欧洲青年一代苦闷彷徨和找不到出路的狂乱不安的精神状态。除布勒东外,这一流派的代表作家还有法国的艾吕雅和阿拉贡、英国的托马斯等人。

后现代主义

后现代主义一般指第二次世界大战以后的文学艺术。"后现代"由英国历史学家阿诺德·汤因比于 1947 年提出,它既是"现代派"的延续,又试图打破已过时的"现代派"。所以说,后现代主义不仅继承了现代主义并将它推到极致,继续从事反传统的现代经验,而且也尝试脱离不可避免地日渐成为新的规范的现代主义形式。这一流派的代表有塞缪尔·贝克特等。

意识流

"意识流"的概念最早由美国心理学家威廉·詹姆士提出,他认为人类的思维活动是一种斩不断的"流",因而称之为"思想流,意识流,或主观生活之流",并且认为这种"意识流"具有变化多端和错综复杂的特点。法国哲学家亨利·柏格森进一步提出"真实"存在于"意识的不可分割的波动之中"的见解,劝小说家进入人物的内心中去,跟着人物意识的流动来刻画人物。这种理论正符合了 19 世纪末 20 世纪初一些侧重于描写人物内心活动的作家的要求。1887 年,法国小说家艾杜阿·杜夏丹在《月桂树被砍掉了》一书中,首先运用了"内心独白"的写作方法,开意识流小说的先河。1915—1940 年间,英、美、法等国的小说家在文学创作中大量应用意识流技巧,形成了一种文学流派—意识流文学。爱尔兰作家詹姆士·乔伊斯的《尤利西斯》、英国女作家沃尔芙的长篇小说《到灯塔去》、美国南方著名小说家威廉·福克纳的《喧嚣和狂怒》、海明威的短篇小说《乞力马扎罗的雪》都是这一文学流派的出名之作。

骑士文学

骑士文学是西欧中世纪反映骑士阶层生活和理想的文学。骑士文学的主要体裁分骑士抒情诗和骑士传奇两种。

骑士抒情诗以法国南部普罗旺斯为中心,主要内容是描写骑士的业绩、冒险经历,及其对贵妇人的爱慕和忠诚。其中以《破晓歌》最为著名。骑士传奇按题材可分三个系统:(1)取材于希腊、罗马故事的古代系统,如《亚历山大传奇》和《特洛伊传奇》等;(2)以英国亚瑟王和他的圆桌骑士的故事为中心的不列颠系统,如《96 斯洛》、《伊凡》、《特列斯丹和绮瑟》、《圣杯》等;(3)取材于东方拜占庭题材的拜占庭系统,如《奥迦生和尼哥雷特》等。

在创作方法上,以浪漫主义为主要特征,注重人物肖像、内心活动、生活等方面的细节描写,对以后欧洲浪漫主义诗歌和小说的形成和发展影响较大。

比较文学

比较文学产生于 19 世纪,是专指跨越国界和语言界限的文学比较研究,即用比较的方法来研究民族与民族、国家与国家、文学与文学或者文学与其他的艺术形式、意识形态之间的关系的新型边缘学科。歌德是比较文学的先驱。目前,比较文学在世界上主要有法、美两派。前者注重研究一国文学对另一国文学的影响;后者注重研究在相同的历史条件下不同民族文化的比较,找出异同及缘由,以找出共同的规律。

伤痕文学

"伤痕文学"指20世纪80年代后期出现在苏联文学刊物上的大批以揭露和抨击斯大林时代破坏法制、大搞个人迷信为主题的文艺作品。它分为两类,一类是取20世纪30—50年代,反映斯大林个人专制事实的小说,如雷巴科夫的长篇小说《阿尔巴特街的儿女们》、丘科夫斯卡娅的中篇小说《苏菲娅·波得罗夫娜》、诗人日吉林的自传体中篇小说《黑石》等;另一类作品是当事人的回忆录,如30年代的新闻工作者拉兹贡的回忆录《并非伪造》一书,除叙述了本人被捕后的遭遇外,还写了不少名人在狱中的情况。不论是小说还是回忆录,都不同程度地反映了当时苏联社会生活的紧张气氛,以及斯大林多疑、残暴、专制的心理性格,体现了这一代作家对苏联社会政治生活的反思和总结。这些作品大部分内容真实,题材新颖,鲜为人知,因此引起了广大苏联读者的浓厚兴趣。

先锋文学

"先锋文学"是现代主义文学的一个重要流派。一小群自我意识十分强烈的艺术家和作家,根据"不断创新"的原则,打破公认的规范和传统,不断创造新的艺术形式和风格,引进被忽略的、遭禁忌的题材。先锋派的艺术家们经常自我表现出"离异"既定的秩序,从中宣布自己的"主体性",他们的目标是震撼受传统影响的读者的感受能力,向传统文化的教条和信念发起挑战。

格萨尔王传

世界上最长的史诗,是我国藏族的长篇叙事诗《格萨尔王传》。不算它的散文部分,史诗部分就有150万行。这是一部以民间说唱体形式来歌颂英雄的诗章,创始于11世纪,后来陆续完成。诗中塑造了以格萨尔王为首的一群英雄人物同人民一起,勇敢、机智地向邪恶势力进行斗争的形象。这部长短句的诗歌,流传广泛,国内有汉、蒙等文的译本,国外也有俄、德、英、法等文的译本。在此前，人们认为纪元前后的印度古诗人毗耶婆写的长达 40 万行的《摩诃婆罗多》史诗，是世界上最长的史诗。

离骚新解二种

《史记·屈原列传》曰："离骚，犹离忧也。"于"离"字未作进一步说明。应劭以"遭"训"离"，王逸以"别"训"离"，二说均未必是。

《易·离》："离者，丽也。"明朝杨慎《丹铅杂录》说："丽之为训，连也，又双也。"《礼记》所谓"离坐离立"，正是"丽坐丽立"，为相并而坐、相并而立之意。在先秦、两汉以至隋唐文献中，"离"与"丽"通假，都是相连比并之意，是不言而喻的。故先秦、两汉典籍中，常于"离"字不下注脚，这正是太史公于"离"字"初未明下注脚"的原因。准此，"离骚"当理解为"双重乃至多重牢骚"。屈原之《离骚》，既"恐皇舆之败绩"，"哀民生之多艰"，又"恐修名之不立"，"哀朕时之不当"。这双重乃至多重牢骚，实在是《离骚》创作触媒。楚语"离骚"，又作"骚离"。梁章钜《文选旁证》引《项氏家语》说："《楚语》"

伍举曰："德义不行，则迩者骚离，远者距违。"此所谓"骚离"，也是牢骚尤甚之意。"骚"为一类文体的名号，"离"则为"骚"前的修饰用语。故此类文体一般可用"骚"字独称。屈原所作之"骚"，之所以特别题作《离骚》者，正是欲以此"双重乃至多重牢骚"的文题，来揭示文中忧愤的深广。

对楚辞中"离"与"骚"的用法进行统计、分析后可知，"骚"不含"忧愁"、"悲恸"之意。研究《哀郢》、《卜居》两篇与《离骚》间的有机联系，可知《哀郢》是诗人遭放逐，离开楚王、郢都时悲哀心情的表达；《卜居》是屈原离别家乡用占卜的方法，决定自己今后的生活道路；《离骚》则是诗人为实现崇高理想时而告别故乡之作，故《离骚》即"离别故乡"之意。对诗人的故乡进行了解释，"骚"即诗人的故乡"蒲骚"的省称。因此《离骚》的题解应是：告别了，蒲骚！

九歌应是九天十神歌

《九歌》是战国末期伟大诗人屈原的一部著名诗篇。围绕这部著作，历史上一直存在一系列疑难问题。例如,《九歌》名"九",实际上却有11篇。这些是否都是屈原的原作?"九"究竟是什么含义?《九歌》中的群神,许多名号不见于其他典籍,这些神从何而来?是不是楚文化所独有的?它与中原各国的宗教文化关系如何?一直众说纷纭。有些海外学者(如台湾省凌纯声、苏雪林)甚至认为,《九歌》中的诸神乃是由东南亚或古巴比伦辗转流传到楚国的。

其实,若将《九歌》中的十位神灵,按东、西、南、北、中的五行方位排列成图,而与《礼记·月令》和《吕氏春秋·十二纪》中的五方十帝图相比照,可以明显地看出一种结构性的相似关系。这种关系的存在不是偶然的。实际上《九歌》十神,五男五女,正体现了古人的阴阳观念。十神分别配置在东、南、中、西、北五个方位,又体现了五行、五方位的观念。《九歌》中各神与中原五帝五佐神的关系如下:

东皇太—黄帝(皇天上帝);云中君(太阴君)—后土(高母神);湘君—炎帝(舜);湘夫人—祝融(女娲);河伯(龙神)—太昊(青龙东君(神)—勾芒(春神);少司命—少昊(秋神);大司命—蓐收(刑杀神);山鬼—颛顼(冬神玄英);国殇(蚩尤,兵主)—冥(即玄武,真武大帝;战神)。

屈原在27岁时出使齐国,两年后创作《九歌》。阴阳五行学说是战国末期由方仙术士邹衍所倡导而流行于齐国的一种天文理论。《九歌》可能正是他采纳了邹衍的阴阳五行理论,结合古代的五方帝神话而创作的一部瑰丽神话诗篇。这首十天神诗,加上最末一首作为送神曲的"礼魂",共11篇,组成了一个结构严密的整体,缺一不可。至于《九歌》名叫"九"是作为天体宇宙观念的名词,其含义就是"天"。

古代民谣漫说

我国民谣十分发达,源远流长。据清人沈德潜编选的《古诗源》流传下来最早的一首民谣是帝尧时代的《击壤歌》。我国第一部诗歌总集《诗经》共收诗305篇,大部分是各地民间歌谣。

民谣的作者,可以说是无名氏,如鲁迅所说,是"不识字的诗人"。而在流传过程中,又经过群众的不断加工、锤炼,有的也可能受到文人的润色,因此实为集体创作。由于它来自群众,又是靠群众的嘴巴传播的,因而多短小精悍，通俗上口，丰富形象，有的还幽默诙谐。

古代民间歌谣，除有许多是抒写男女恋情的外，主要是对当时政治状况和社会现象的反映和折射。人们有感于心，发而为声，爱憎好恶，喜怒哀乐，杂然纷呈。借助于这些民谣，我们可以窥见当时的风习、政情、民心。东汉末年，政治腐败，奸邪当道，正人遭殃，京都便出现这样的民谣："直如弦，死道边；曲如钩，反封侯。"而"三千索，直秘阁；五百贯，擢通判"，则揭示了北宋末年卖官鬻爵的恶风。宋江领导农民起义，当时流传一首民谣："来时三十六，去时十八双。若还少一个，定是不还乡。"它反映了起义军同生死、共患难的精神，以及群众对他们的赞颂。

民谣也常常用之于评品官吏，臧否人物。"军中有一韩，西贼闻之心霄寒。军中有一范，西贼闻之惊破胆。"这是北宋时人们对于能抵御外敌，保卫西部边防，素有军威的韩琦和范仲淹的颂扬。明朝奸相严嵩（介溪），弄权误国，作恶多端，民间便流传这样一首歌谣："可恨严介溪，做事忒欺心。常将冷眼观螃蟹，看你横行到几时！"表示了对他的仇视和诅咒。

有时对于同一个人、同一件事，可以先后出现态度相反的民谣。战国时子产在郑国执政，实行改革。开始时效益未显，群众也不习惯，因而颇多怨言。"取我衣冠而褚之，取我田畴而伍之，孰杀子产，吾其与之。"这是他掌权一年时的民谣。到了第三年，出现了新的民谣："我有子弟，子产诲之。我有田畴，子产殖之。子产而死，其谁嗣之！"表明这时改革的成果已显示出来，人们对子产的态度也变得拥护和热爱了。真是人心如秤，"劝君不用镌顽石，路上行人口似碑"。

古代民谣，对于后人来说，只是一种可贵的历史、文化、思想遗产；而在当时，却是一种朝政清昏的镜子，举措得失的探测器，民心向背的风向仪。所以历代比较有见识的统治集团中人士，对民谣颇加重视。有的曾设采诗官，进行搜集和研究。唐朝诗人白居易早年撰"策林"，主张"采诗以补察时政"，后来在《新乐府》50篇中，还专门写了《采诗官》，指出不设采诗官对于统治者长治久安的不利，他呼吁"言者无罪闻者戒，下流上通上下泰"，"欲开雍蔽达人情，先向诗歌求讽刺"！当然，封建统治阶级不可能真正按白居易的想法去做，他的主张却是值得重视的。

讽刺歌谣漫话

　　讽刺歌谣是一种时政歌,是民歌中政治色彩最浓、斗争锋芒最利的武器。它传达时代的情绪,鞭挞假丑恶现象。

　　我国封建社会漫长,自古以来就有大量讽刺歌谣在民间流传。"时日曷丧,予及汝偕亡",据说是夏桀时代人民对统治者的诅咒。"职方贱如狗,都督满街走;将军只爱钱,皇帝但吃酒",则是对上自皇帝下至文官武将的形象描绘。

　　在今天,讽刺歌谣是政治民主、思想自由的硕果,它非但无须隐蔽于地下悄悄流行,活跃在人民口头上、发表在报刊上,成为党和政府听取群众意见,改善工作调整政策的有力参考。"吹过喇叭帮过腔,舞过棍子上过纲,如今牙齿咬得响,一切都怪'四人帮'!"便是对"风派"人物的描绘。"酒杯一端,政策放宽;筷子一举,可以可以。"则形象地展现了当代一些人的人际关系。

　　总之,讽刺歌谣是人民的口头文学,它虽然没有文采,却以直率的表达方式和真实的生活气息感人。它似乎是"怪话",却倾吐着人们的心声;它虽然长满刺儿,却燃烧着赤诚的感情。

楚辞中的兮字

　　"兮"字,在《楚辞》中很常见,普通话读如"希",是语气助词,同现代汉语中的"啊"。"兮"字是在战国时代民间普遍使用的口语,特别是楚国(今湖北一带),使用很广泛。一般地说,它在《楚辞》中作语气助词使用,以调整音节,舒缓语气,更好地表达感情。使用"兮"字,并不自《楚辞》始。《诗经》中就有不少"兮"字句子了。不过,《楚辞》中把它使用得更集中更灵活,以至成为《楚辞》的一个特色。另外,"兮"字也还有别的讲法。如在有的地方当"于"讲,有的地方当"则"讲,等等。

烈士的含义

"烈士暮年,壮心不已"是曹操的诗句,历来脍炙人口。这里的"烈"是"刚正有节操"的意思,"士"是古代对男子的美称,"烈士"在这里指刚正有节操的男子。古代把有志功业或重自己的信念而轻生的人大都叫做"烈士"。

桂林山水甲天下名句考原

"桂林山水甲天下"这句话的成文,有着一个漫长的历史过程。最早赞美桂林山水的文字,是南北朝时宋文帝元嘉初年(424)诗人颜延之的"未若独秀者,峨峨郛邑间"。只是着眼独秀峰,没有提到水。唐朝杜甫的"宜人独桂林",一个"独"字把桂林与外地作了比较。到了宋朝,广西转运使李师中说:"桂林天下之胜,处兹山水……"第一次在"天下"的范围内去说桂林。以后,类似的说法逐渐增多。如张淘的"桂林山水冠衡湘",邓公衍的"桂林岩洞冠天下",曾几的"江山清绝胜中原",张孝祥的"桂林山水之胜甲东南",等等。到了南乾道、淳熙年间,曾任桂林地方官的诗人范成大,写下了"桂山之奇,宜为天第一"的赞语,把对桂林山水的评价提高到一个前所未有的高度。南宋末年的李曾伯沿着范成大的思路,在《重修湘西楼记》中就直书"桂林山川甲天下"了。清朝的诗人金武祥把"桂林山川甲天下"中的"川"字改为"水"字,就成了流传至今的名句:"桂林山水甲天下。"。

落霞孤鹜句的由来

唐朝诗人王勃的《滕王阁序》中"落霞与孤鹜齐飞,秋水共长天一色"一句,并非王勃所独创,而是对古人诗句的一种沿用。

早在南北朝时,北周诗人庾信在他所写的《三月三日华林马射赋》中写下了"落花与芝盖同飞,杨柳共春旗一色"的诗句,其中,芝盖指古时一种固定在车上遮阳的曲柄凉伞,春旗指插在车上和执于行人手中的彩旗。

庾信描写一支队伍在行进时,周围奔驰的落花与车上的芝盖搅为一团,似乎互相缭飞;路旁的杨柳与路人所持的旗子相映,似乎混为一色。这在当时已成为人们吟咏的佳句。王勃正是点化了这一诗句,把其中的落花、芝盖、杨柳、春旗四句换成了落霞、孤鹜、秋水、长天。但王勃的"落霞孤鹜"句比庾信的"落花芝盖"句更高出一等,其内容和意境也大不相同,因而成了更为名的诗句。

似曾相识燕归来名句缘起

北宋著名词人晏殊,他的《浣溪沙》里的名句"无可奈何花落去,似曾相识燕归来",千古相传,脍炙人口。你可知道,这句中的下联却不是他作的?

晏殊作了宋仁宗的宰相之后,一次出巡扬州,发现了一首好诗,是当地主簿王淇写的。晏殊并不因为王淇地位低下、没有名气而轻视他。而是请他来促膝交谈。晤谈中证实了王淇确有真才实学。当场,他把自己的诗句上联"无可奈何花落去"提出来,说自己煞费苦心,思索不得妥善的下联,当时著名诗人也一时难以属对,要请王淇对之。

王淇略加思索,就对以"似曾相识燕归来",属对工巧而自然,晏殊大喜,拍手称好,并且惊叹他的文思聪捷。后来就把他推荐到京城集贤院任职,做到人尽其才。

满城风雨的来历

宋朝黄州诗人潘大临,勤奋好学,曾写过不少好诗。由于家境十分贫寒,创作激情经常被严酷的现实生活所湮灭。

一个傍晚,他饥肠辘辘地躺在床上,倾听着窗外秋风萧瑟、雨打树叶的飒飒声,不由诗兴大发。遂披衣下床,提起笔来,刚写完一句"满城风雨近重阳",忽听传来敲门声。原来是有人上门催租讨债来了。潘大临只得强打精神,尽力应付。

催租人絮絮叨叨,埋怨了好一阵方才悻悻地离去。潘大临重新凝思,已毫无诗兴,不得不放下笔,和衣睡了。

此后,潘大临再也没有能把这首诗继续写下去。但仅此"满城风雨近重阳"一句,就使人感到开篇不凡。全句情景交融,余味无穷。然而仅此一句诗,总不免使人感到遗憾。

今天"满城风雨"已经成了我们经常引用的一个成语,它的意思是:"事情(多指坏事)传得快,人们到处都在议论着。这和诗的原意已有本质的不同"。

诗人"桂冠"的来历

希腊神话中的太阳神阿波罗有一天受了小爱神埃罗斯的捉弄,被他的爱情之箭射中,爱上了仙女达芙妮。而达芙妮却同时被埃罗斯的冷酷之箭射中,拒绝了阿波罗的求爱,并头也不回地逃跑了。阿波罗跟在后面追着她,眼看就要追上了,达芙妮大声呼唤父亲河神出来帮忙,果然一股巨浪从河里涌起,吞没了达芙妮。浪潮过后,河边亭亭玉立着一株月桂,它就是仙女达芙妮的化身。阿波罗满怀深情地抚摸着它,倾诉着心中真挚的爱情:"达芙妮,你快醒醒!亲爱的月桂树,我要把你的枝叶缠在竖琴和银弓上,让你永远陪伴在我的身边;我要把你的枝叶编成花冠,戴在骄傲的诗人和胜利的将军的头上。"从此,桂冠就成了爱情、荣誉和胜利的象征,成了诗人成就的最高奖赏。

日本最古老的诗歌总集

《万叶集》是日本第一部诗歌总集,大约成书于奈良时代后期或平安时代前期(公元 8 世纪末叶),其中收录了公元 4 世纪初至公元 8 世纪下半叶间,天皇、文人以及庶民的诗作 4500 余首,分为 20 卷。题名"万叶"含有"万言"、"万世相传"之意。

物语文学的代表—《源氏物语》

《源氏物语》的作者是日本平安时代(794—1192)的著名女作家紫式部(973—1015),是日本的一部古典文学名著,对于日本文学的发展产生过巨大的影响,被誉为"日本文学的高峰"。作品的成书年代至今未有确切的说法。一般认为它是在 1001—1008 年间,因此可以说,《源氏物语》是世界上最早的长篇写实小说,在世界文学史上也占有一定的地位。这部小说描写了宫中的斗争,反映了当时妇女的无权地位和苦难生活,被称为日本的"国宝"。"源氏"是小说前半部男主人公的姓,"物语"意为"讲述",是日本古典文学中的一种体裁,类似于我国唐朝的"传奇"。

"人文主义之父"彼特拉克和他的《歌集》

彼特拉克(1304—1374),意大利诗人,出生于阿雷佐城,父亲是佛罗伦萨的望族律师。他自幼随父亲流亡法国,后攻读法学。父亲逝世后,他专心从事文学活动,并周游欧洲各国。他还当过神甫,有机会出入教会、宫廷,观察生活,追求知识,提出以"人的思想"代替"神的思想",被称为"人文主义之父"。彼特拉克是文艺复兴时期用人文主义观点研究古典文化的最早代表。他用拉丁语写了许多诗歌、散文,代表作《歌集》相传为诗人于1327 年见到美丽少女萝拉后陆续写下的 300 多首十四行诗,以及 1347年萝拉死后为表达哀思的一些抒情诗的结集,用意大利语写成,主要是爱情诗。这些诗篇大胆歌颂爱情,表达对幸福的渴望,反映出人文主义者蔑视中世纪道德、热爱生活的世界观。